JOHN KELLERMANN

OVER & OUT
CREE - Die Weissagung

AF221089

Von John Kellermann sind bereits
folgende Titel erschienen:

Deutsche Ausgaben: Over & Out

Das Gold-Komplott   ISBN 978-3-7412-6167-1
Die Snow White Verschwörung   ISBN 978-3-7504-1884-4
CREE – Die Weissagung   ISBN 978-3-7519-0429-2

Englische Ausgaben: Over & Out

The Gold Conspiracy   ISBN 978-3-7412-2652-6
Operation Snow White   ISBN 979-8-6070 6407-5

Pressestimmen: Das Gold-Komplott

„ ... durchgehend spannend, genau recherchiert und systematisch zu Ende gedacht."

Handelsblatt

„... ein beklemmend reales Bild ... kurzweilige Lektüre"

€uro

„Rasant, verstrickt, verschwörerisch ... In Manier eines Dan Brown treibt der Autor seinen Protagonisten durch die Bundesrepublik"

Journal Frankfurt

„Ein Polit-Thriller, dem nie die Puste ausgeht"

Huffington Post

Pressestimmen: Die Snow White Verschwörung

„ ... pure Hochspannung von der ersten bis zur letzten Seite."
Wiener Zeitung

**JOHN
KELLERMANN**

OVER & OUT

CREE
Die Weissagung

Thriller

Bibliografische Information
der Deutschen Nationalbibliothek:
Die Deutsche Nationalbibliothek verzeichnet diese
Publikation in der Deutschen Nationalbibliografie;
detaillierte bibliografische Daten sind im Internet
über dnb.dnb.de abrufbar.

1. Auflage 2020
John Kellermann
www.john-kellermann.de
Umschlaggestaltung: eichfelder artworks

© 2020 Kellermann, John
Herstellung und Verlag:
BoD - Books on Demand, Norderstedt
ISBN: 978-3-7519-0429-2

CREE

Erst wenn der letzte Baum gerodet,
der letzte Fluss vergiftet,
der letzte Fisch gefangen ist,
werdet ihr merken, dass man Geld nicht essen kann!

Die Weissagung der Cree-Indianer

Vorrede

Berlin, 2020

Die Ereignisse, die ich in diesem Buch beschreibe, haben bereits vor einiger Zeit begonnen. Einiges läuft im Verborgenen ab, das meiste jedoch unter den Augen der Öffentlichkeit. Vieles, was in diesen Tagen passiert, wirkt einfach nur unlogisch und macht als isoliert betrachtetes Ereignis keinen Sinn.

„Die Welt ist verrückt geworden!", werden viele denken.

Nicht ganz.

Um die einzelnen Puzzleteile zusammenzufügen, muss man zu den wenigen Verbliebenen von uns gehören, die das Gesamtbild dahinter kennen, ein Bild, das so unvorstellbar ist, dass ich mich zu Ihrem und meinem Schutz nur traue, es Ihnen als Fiktion nahezubringen und mich für folgende Schutzklausel entschieden habe:

Der Leser, der dieses Buch in den Händen hält, muss wissen, dass alles meiner Phantasie entsprungen ist. Ähnlichkeiten mit real existierenden Personen und Sachverhalten können jedoch nicht vollständig ausgeschlossen werden. Aussagen über die Zukunft bleiben, unabhängig von ihrem Wahrheitsgehalt, immer Fiktion. Um Beteiligte und Informationsquellen zu schützen, habe ich die Personennamen geändert. Die meisten Orte sind real.

gez. John Kellermann

Prolog

Nahe der Deutsch-Holländischen Grenze.

Er war die Zielperson, da war sich Alexej in diesem Augenblick zu einhundert Prozent sicher.

Todsicher.

Alexej betrachtete den Mann, mit den zum Pferdeschwanz zusammengebundenen schwarzen Haaren. Er hatte ihn erst vor einer Stunde kennengelernt. Jetzt saß ihm der Mann ruhig und mit einem fast entspannten Gesichtsausdruck gegenüber. Nach anfänglichem Misstrauen hatte er Vertrauen geschöpft, und es hatte sich ein erstaunlich interessantes Gespräch entwickelt.

Eigentlich kein Wunder, dachte Alexej und zündete sich eine American Spirit an. *Wir beide sind ungefähr in einem Alter und haben einen ähnlichen Background.*

„Möchtest du auch eine, Noah? … Ach so, du rauchst nicht … Nicht mehr. Ist ja auch schlecht für die Gesundheit."

Alexej nahm einen tiefen Zug und blies den Rauch gedankenverloren in den blauen Himmel. In gut drei Stunden ging sein Flieger. Ein Sonderflug von der US-Air-Base in Frankfurt. Diesmal hatte General Diggins sich großzügig gezeigt. Das Treffen mit Noah war ihm wichtig gewesen.

Natürlich gab sich der amerikanische Verteidigungsminister nicht persönlich mit irgendwelchen Eremiten ab, die einsam in dunklen deutschen Wäldern lebten. Dafür hatte Diggins ja ihn, Alexej, seinen ehemaligen Verhörspezialisten, unehrenhaft aus der Armee entlassen. Jetzt war Alexej der Mann für kreative Lösungen.

Und hätte dieser Noah nicht jahrelang beim BND gearbeitet und angefangen, auf NASA-Servern rumzuschnüffeln … Aber das war jetzt Vergangenheit.

„Noah, nimm es mir nicht übel, aber ich muss jetzt wirklich los, ich habe noch einen anderen Job zu erledigen."

Alexej stand auf. Dann tastete er vorsichtig über seinen Wangenknochen und betrachtete die klebrig, rote Flüssigkeit an seinen Fingern. Die Blutung war fast zum Stillstand gekommen, aber der tiefe Schnitt brannte höllisch.

„Ich bring dich runter zum Bach, dann kannst du dein Wasserrad noch ein bisschen aus der Nähe betrachten." Alexej bückte sich und schulterte Noahs Leiche, die sich wie ein schwerer Sack anfühlte.

Kaum zu glauben, wie geschmeidig und gekonnt dieser Sack noch vor wenigen Minuten mit seinem Jagdmesser umgegangen war.

Geschickt trug Alexej seine Last die kleine Böschung hinunter. In fünfzehn Jahren bei der Army und bei etlichen Fronteinsätzen hatte er so manchen verwundeten Kameraden geschultert.

Hier unten im Schatten der Tannen herrschte eine friedliche Stille, nur unterbrochen vom leisen Plätschern des Baches, der die Holzschaufeln des Wasserrades langsam nach vorne drückte.

„Das ist ein schöner Ort, Noah, den du dir hier ausgesucht hast. Freunde fürs Leben werden wir zwar nicht mehr, aber …"

Das plötzliche Aufheulen eines Motors unterbrach alle menschlichen Anwandlungen Alexejs. Auf der Stelle ließ er die Leiche fallen, die spritzend im Bach landete, bevor der Oberkörper gegen das laufende Wasserrad kippte. Schon war er auf dem Weg zu seinem Jeep. Er schätzte die Entfernung zu dem anderen Fahrzeug auf wenige hundert Meter.

Das Geräusch näherte sich schnell.

Eine Woche vorher

Münchener Morgenzeitung
EXPERTEN BESTÄTIGEN:
KLIMAZIELE WERDEN ERREICHT
VON FERDINAND A. THIERSCH

Dortmund/Pasadena/München. Die Vorbereitungen für die Climate Action Conference (CAC) in Dortmund gewinnen an Fahrt. Ziel der Konferenz ist es, konkrete Maßnahmenpläne festzulegen, mit denen sich die Pariser Klimaschutzziele, die Erderwärmung auf 1,5 Grad zu begrenzen, doch noch erreichen lassen.

G20 IST AUF KURS

Die G20-Staaten sehen sich auf Kurs. Als Gründe für die positive Korrektur der bisherigen Annahme nannte der Sprecher der Staatengemeinschaft: Die Volksrepublik China habe im abgelaufenen Jahr erneut mehr geleistet, als vertraglich zugesagt, und Russland habe sich verpflichtet, die Klimaschutzziele einzuhalten. Die Kündigung des Klimaabkommens durch die USA falle dagegen kaum ins Gewicht, da sich die meisten Bundesstaaten dem Abkommen weiter verpflichtet fühlten.

KLIMAMODELLE RICHTIG

Wie wichtig die Amerikaner weiterhin für den Schutz des Klimas sind, zeigen nicht zuletzt die Arbeiten des Jet Propulsion Laboratory der NASA. Dr. Greg Dunford, einer der Referenten der CAC, bestätigte jüngst in einer aufwändigen Vergleichsstudie die Richtigkeit der bestehenden Klimamodelle, auf denen die Vorhersagen beruhen.

MÜNCHEN OPTIMISTISCH

Aus München reisen zur Dortmunder Konferenz Schadensexperten von der German Re sowie Mitglieder der Landesregierung an. Für Letztere äußerte sich Staatsminister Julian Holzmann zuversichtlich: Die Klimapolitik der CSU sei bei der Bevölkerung angekommen, und man sehe optimistisch in die Zukunft.

Freitag, 6. August: München, German Re

Dr. Rainer Bahlo riss die Tür auf. Wie von einer Tarantel gestochen stürzte er aus seinem Büro ins Klimazentrum des größten Rückversicherers der Welt.

„Krisensitzung!", brüllte er in den Raum.

„Was ist los?" Knut Marbeck, Head of Risk Solutions, und zuständig für alle neuen Versicherungslösungen der Großindustrie, blickte entgeistert von seinem Bildschirm auf.

Dr. Bahlo war normalerweise die Ruhe selbst, unabhängig davon, ob Waldbrände den halben Planeten vernichteten oder eine gebrochene Ölpipeline den Golf von Mexiko verseuchte. Sein Chef war Kopf des berühmten Klimateams der German Re und zudem einer der weltweit angesehensten Atmosphärenphysiker.

In den letzten zehn Jahren hatten sie gemeinsam viele Krisen durchgestanden. Dermaßen außer sich wie jetzt hatte Knut ihn noch nie erlebt.

„Sarah! Peter! Knut!", rief Dr. Bahlo, während er durch die Schreibtischreihen hechtete, „in drei Minuten im großen Besprechungsraum! In voller Ausrüstung. Und sagt schon mal alle privaten Termine für heute Abend ab."

Verdutzt sahen sich die Fachanalysten an. Plötzlich war es mucksmäuschenstill im Raum. Hier stimmte etwas nicht.

Alle wussten, was Dr. Bahlos exzellenten Ruf begründete: Man sagte, er könne Katastrophen *sehen*, bevor sie eintraten. Und das hatte weniger mit prophetischer Begabung zu tun als mit seiner Fähigkeit, verschiedene Faktoren logisch zu kombinieren.

Knut Marbeck schnappte sich seinen Laptop und hastete in den Besprechungsraum.

Dort tigerte Dr. Bahlo bereits unruhig auf und ab.

„Sarah, Biskaya-Tief auf die große Projektionsfläche!"

Eilig tippte Sarah auf ihre Tastatur, bis nach wenigen Sekunden auf dem zwei mal drei Meter großen Wandmonitor das gewünschte Bild erschien. In der Zwischenzeit hatten auch die übrigen Fachanalysten ihre Computer eingestöpselt.

Dr. Bahlo deutete auf eine Region, an der die Isobaren bereits eng zusammenlagen. Über dem Seegebiet zwischen Frankreich und der Nordküste Spaniens schoben sich blaue Linien immer mehr zusammen.

„Der Luftdruck ist unter neunhundert Hektopascal abgerutscht! Er fällt viel zu schnell weiter!"

Sarah warf einen kurzen Blick aus dem Fenster über die Dächer hinweg auf die im Hintergrund leuchtenden Alpen. Es war ein warmer Augusttag, der Himmel über München zeigte sich in gutartigem Blau. Keine Spur von einem Unwetter, während sich tausend Kilometer weiter westlich riesige Regenmengen wie für eine Schlacht formierten.

„Peter, Stratosphärentemperatur hochladen!" Dr. Bahlo zeigte auf den Monitor hinter sich.

„Sarah, Plattentektonik Zentraleuropa daneben!"

„Peter, zuerst deine Einschätzung."

Peter ging nachdenklich nach vorn und begann die Fakten zu analysieren.

„Über der Biskaya haben wir minus dreißig Grad in fünf Kilometer Höhe. Die Temperatur liegt ungewöhnlich tief. Bei einer aktuellen Oberflächentemperatur des Nordatlantiks von plus vierundzwanzig Grad ..." Peter vollendete seinen Satz nicht.

Auch Sarah Helland hatte mitgerechnet: Die Temperaturdifferenz betrug unglaubliche vierundfünfzig Grad Celsius! Bildete sich jetzt auch bei uns ein Monster-Hurrikan?

„Das bedeutet Unwetter, wie wir sie noch nie erlebt haben. Sturm, Gewitter, Tornados, das ganze Programm.

Und Regen, Regen ohne Ende." Peter war schon wieder auf dem Weg zurück zu seinem Laptop. „Eine Apokalypse", flüsterte er geschockt, während er sich setzte.

In der Zwischenzeit ging Sarah, Expertin für europäische Plattentektonik, nach vorn. Ihr Blick wanderte von einem Monitor zum anderen, während die Kollegen unruhig auf ihre Risikoeinschätzung warteten. Auf einmal erkannte Sarah, was Dr. Bahlo vermutlich in den Daten gelesen hatte.

„Aachen ... Roermond ... Köln", sagte sie ganz langsam. „Die Niederrheinische Bucht wird weich."

„Wir müssen sofort eine Katastrophenwarnung herausgeben!", unterbrach Knut nervös die Stille, die sich im Raum ausgebreitet hatte.

„Und was soll da drinstehen? Ungewöhnliche Temperaturen in der Stratosphäre? Ein Monstersturm der Spannungen in der Erdkruste löst und weiche Schollen zerbrechen lässt? Europa ist unverzüglich zu evakuieren! Frauen und Kinder zuerst. Bitte benutzen Sie die Rettungsboote!", bellte Dr. Bahlo als Antwort in den Raum, weniger an Knut direkt gerichtet, als an all die ahnungslosen Gesichter der Analysten. Seine Worte verhallten in der Stille.

Knut Marbeck gingen viele Gedanken durch den Kopf: Gerade erst hatten sie zwei Jahre mit verheerender Trockenheit und Schäden in Milliardenhöhe überstanden. Durch den langersehnten Regen der letzten Monate waren die Stauseen endlich mal wieder randvoll. Endlich! Alle waren glücklich. Aber Stauseen dürfen nie überlaufen, das war ihm bewusst. Jetzt eine Warnung zum Ablassen des kostbaren Wassers rausgeben? Und was, wenn der Sturm dann gar nicht bis zu ihnen kam?

„Dieses gefährliche Gemisch über der Biskaya trifft in zwei Stunden auf Bordeaux und die Pyrenäen. Übermorgen könnte der Sturm Deutschland erreichen."

*

Freitag, 6. August: Nahe Aachen-Herzogenrath

In der Nähe der deutsch-holländischen Grenze wehrte Rabea sich gegen die tiefhängenden Zweige, die ihr immer wieder ins Gesicht schlugen. Schützend hielt sie ihre Hand vor das Gesicht und kämpfte sich weiter durch das Dickicht. Der Trampelpfad war kaum zu erkennen, nur die dunklere Färbung des nassen Laubes auf dem Waldboden deutete den Weg an.

Markus Manx ging dicht hinter ihr. Mit gesenktem Kopf versuchte der Frankfurter Journalist, den zurückschlagenden Zweigen auszuweichen.

„Bist du sicher, dass wir noch richtig sind?"

Wortlos bog Rabea vor ihm die nächsten Äste zur Seite.

Plötzlich ein Rascheln.

„Keine Bewegung!", raunte jemand aus nächster Nähe Markus ins Ohr.

Markus spürte den feuchten Atem an seiner Wange und einen unangenehmen Geruch in seiner Nase. Dann bohrte sich etwas Spitzes in seinen Hals und ließ ihn erstarren.

Erschrocken drehte sich Rabea um.

„NOAH! Spinnst du? Nimm das Messer weg!"

„Ohne Ankündigung hier einzudringen, ist gefährlich, das weißt du", zischte der Angesprochene.

Markus stand noch immer regungslos da. Endlich senkte sich die Hand mit dem Messer.

Rabea umarmte den Mann, der in seiner gefleckten Tarnjacke kaum von den Bäumen zu unterscheiden war.

„Das ist Noah. Er sieht zwar aus wie ein Prepper, der auf die Apokalypse wartet, ist aber ein Grüner, der seit über drei Jahren im Wald lebt."

Markus atmete erleichtert auf. Er schätzte den schlanken Mann mit der braun gegerbten Haut und den zum Pferdeschwanz zusammengebundenen schwarzen Haaren auf Mitte Dreißig. Markus' Blick blieb an dem blutigen Messer in dessen Hand hängen. Reflexartig fasste er sich an den Hals.

„Kaninchen!", erwiderte Noah auf Markus' weit aufgerissene Augen, „gibt's zum Mittag, wenn ihr mögt."

Noah gab ihnen ein Zeichen, und sie folgten ihm.

Nach vielleicht hundert Metern versperrte ein kleiner Bach den Weg. Noah schob ein paar Äste zur Seite, die einen umgestürzten Baumstamm verdeckten. Sie überquerten den Bach und folgten dem Mann in der Tarnjacke, bis er vor einer schmalen Felsspalte stehenblieb.

„Ich zeige euch, was hier gerade los ist", sagte er und verschwand in einem etwa fünfzig Zentimeter breiten Spalt. Rabea folgte, als Letzter zwängte sich Markus zwischen den bedrohlichen Felswänden durch. Obwohl mitten am Tag, wirkte es hier unten dämmerig. Nach wenigen Metern weitete sich der Weg, und spärliches Sonnenlicht drang bis zu ihnen am Boden durch.

Rabea hatte die Autofahrt von Frankfurt genutzt, um Markus Noahs Nachricht sowie die geologischen Hintergründe zu skizzieren. Hier in der Nähe von Herzogenrath, kurz vor der holländischen Grenze, begann die Niederrheinische Bucht. Das allmähliche Zerbrechen und Einsinken der Erdschollen hatte vor vielen Millionen Jahren begonnen und die Gegend geformt.

Noah blieb stehen und deutete auf eine Stelle im Gestein. „Hier geht die Bruchstörung seit Urzeiten fast senkrecht durch den Felsen."

Markus konnte deutlich erkennen, dass sich die bunt übereinander gestapelten Gesteinsschichten auf beiden Seiten des Risses um mindestens einen Meter verschoben hatten.

„Diese Senkung hat mehr als eine Million Jahre gedauert." Noah legte den Zeigefinger auf eine von ihm angebrachte Markierung. Ein feiner weißer Strich führte früher gerade über die Bruchstelle. Jetzt war der Strich rechts um vier Zentimeter abgesackt. „Der Feldbiss lebt", flüsterte er, „dieser Einbruch ist in den letzten zwei Wochen passiert!"

„Das ist unmöglich", Rabea starrte ungläubig auf die Stelle, „geologisch gesehen sind Wochen ein Wimpernschlag."

„Abwarten", warnte Noah, „es kommt noch viel schlimmer."

*

Freitag, 6. August: Dortmund, MaKaRe

Marius Kaczynski schaute ungeduldig auf sein Handy. Der Anruf war jetzt schon zehn Minuten überfällig. Wer in seinem Metier überleben wollte, musste absolut zuverlässig und pünktlich sein. Und hundert Prozent diskret. Drei Eigenschaften, die er selbst perfekt in sich vereinte. Seine Geschäftspartner schätzten ihn, weil sie wussten, nicht mal unter Folter würde er einen ihrer Namen preisgeben.

Er legt sein Handy zurück auf den Schreibtisch, trat ans Fenster und blickte aus dem vierten Stock Richtung Stadtgarten und Rathaus. Er taxierte das stählerne weiße Portal, das frei von jeder sichtbaren Funktion an der Westseite des mit rotem Granit verkleideten quadratischen Gebäudes stand, auf sechs bis acht Tonnen. Sortenreiner Stahl. Etwa siebentausend Euro würde er dafür erzielen. Ja, Marius Kaczynski war wieder im Geschäft, und momentan fühlte er sich hier sicher.

Vor knapp einem Jahr hatte er das moderne Bürogebäude in der Dortmunder Innenstadt bezogen, nachdem erst sein SUV direkt vor dem eigenen Haus in Hagen in Flammen aufgegangen war, und dann Umweltschützer tagelang die Zufahrt zu seiner Villa blockiert hatten. Zudem war seine Frau mehrfach bedroht worden. *Shit!* Er wischte die Gedanken daran wie lästige Spinnweben beiseite. Hier konnte er wenigstens ungestört seinen Geschäften nachgehen, ohne seine Frau zu gefährden. Und falls die grüne Guerilla ihn doch hier aufspüren sollte, würde er seine beiden Assistentinnen nehmen und in ein anderes Business Center im Revier umziehen.

Kaczynskis Büro war ein geräumiges, fast leeres Zimmer von etwa dreißig Quadratmetern. Nur ein Laptop, ein Handy und ein Notizbuch lagen auf seinem ansonsten leeren Schreibtisch, einer nackten Glasplatte auf Stahlbeinen. Die einzige hochwertige, technische Ausstattung war ein professioneller Großaktenvernichter, dessen gehärtete Schneidwellen bei Bedarf in Windeseile ganze Ordner am Stück fraßen. Marius musste sich auf seinen Schredder verlassen können.

An der fensterlosen Seite seines Zimmers prangte in großen grünen Buchstaben auf gelbem Hintergrund sein Firmenname: MaKaRe Kreislaufwirtschaft GmbH, farblich gestaltet wie ein Wahlplakat der Grünen. Doch das täuschte.

Kaczynski hasste Umweltschützer wie die Pest, er lastete ihnen seine Firmenpleite vor zwei Jahren an. Wochenlang hatten sie seine abfahrbereite Lastwagenkolonne blockiert. Er hatte das Amtsgericht und das Polizeipräsidium fast täglich angefleht. Hilfe hatte er nicht bekommen. Der Staat hatte ihn nicht geschützt, hatte ihn hängen gelassen. Irgendwann war es dann soweit. Seine Reserven waren aufgezehrt. Er war pleite.

Er ballte die Faust. Ja, er konnte warten, lange warten. Da war er wie ein Krokodil. Aber dann würde er zuschnappen, sich an den Verantwortlichen rächen.

Von der alten Firma waren nur Teile des Namens übriggeblieben, MaKaRe für Marius Kaczynski Recycling. Er hing nicht an dem alten Namen. Er fand die leicht geänderte Variante sogar irgendwie ehrlicher, denn strenggenommen hatte er in seinem ganzen Leben niemals etwas recycelt. Kreislaufwirtschaft, das beschrieb sein Geschäft besser: Der Kreislauf bestand darin, dass MaKaRe einen schwungvollen Handel mit den Hinterlassenschaften unserer modernen Konsumgesellschaft betrieb. Anders ausgedrückt: Er brachte stinkenden Müll in den „Kreislauf", und nach wenigen Arbeitsschritten kam sauberes Geld dabei heraus. Der Kreislauf schloss sich, wenn die Kohle auf seinem Konto angekommen war.

Der „Dortmunder Jung" Marius, aus einfachen Verhältnissen kommend, hatte es geschafft, sich langsam eine solide Existenz aufzubauen: Ein Haus, ein Mercedes und etwas Geld auf einem diskreten Konto in einer schönen Stadt am Vierwaldstättersee. Durch die Pleite wäre fast alles wieder den Bach runtergegangen. Er hatte sich geschworen, künftig besser aufzupassen, niemandem zu vertrauen und kein Mitleid mehr zu empfinden. Für seine fast sechzig Lebensjahre machte er, trotz seiner gedrungenen Gestalt, einen robusten Eindruck. Er hasste Ideologien, Politik interessierte ihn nicht, sein einziges Ziel war, Geld zu verdienen. Das war alles, worauf es für ihn noch ankam.

Im Nebenzimmer saßen seine beiden Assistentinnen an ihren Schreibtischen. Die ältere der beiden kümmerte sich gewissenhaft um Buchführung und anstehende

Termine. Für ihn wirkte sie selbst neben grauen Aktenordnern unscheinbar.

Marius hörte ein leises Schaben über den Teppichboden und drehte sich um. Jasmin, die jüngere der beiden Assistentinnen, eine frisch gebackene Juristin, die sich bei MaKaRe um alles Vertragliche kümmerte, öffnete gerade die Tür. In ihrem enganliegenden Business-Kostüm und auf smaragdgrünen hohen Schuhen zelebrierte sie den Gang zu seinem Schreibtisch und legte eine Mappe auf die Glasplatte: Erste Nachforschungen zu dem neuen Kunden.

Kaczynski genoss es, wenn Jasmin mit ihren langen Beinen den weiten Weg von der Tür bis zu seinem Schreibtisch zurücklegen musste. Ihren Rückweg genoss er noch mehr.

Als sie die Tür hinter sich geschlossen hatte, drückte er erneut auf sein Handy.

Verdammt, immer noch nichts! Pünktlichkeit sieht anders aus!

Gereizt griff er nach der Fernbedienung des TV-Gerätes und drückte ziellos eine Programmtaste. Auf dem großen Flachbildschirm, der unter dem Firmenlogo hing, erschien Sekunden später ein Mann im weißen Kittel, der erst über ein monströses Tiefdruckgebiet über der Biskaya und dann über irgendwelche Vitalfunktionen unseres Planeten dozierte. Mit einem halben Auge sah der MaKaRe-Boss die üblichen Schaubilder: Zunahme der globalen Temperaturen, Abschmelzen des Eises in der Arktis, Anstieg des Meeresspiegels ...

Nicht nur unser Ökosystem ist akut bedroht, sondern auch meine Laune.

Genervt drückte Marius die Aus-Taste. *Seit gefühlt fünfzig Jahren das gleiche Gelaber*, er konnte es nicht mehr ertragen. Unzufrieden trat er wieder ans Fenster.

Die vierspurige Hohe Straße lag wie leergefegt vor ihm, kein einziges Auto. *Ungewöhnlich!* Gerade bog ein Streifenwagen der Polizei im Schritttempo mit wirbelndem Blaulicht vom Südwall aus in die Hohe Straße ab. Dahinter eine Menschenmasse, wild mit ihren Transparenten wedelnd. Einige Parolen konnte Kaczynski von hier oben lesen. Er schniefte verächtlich. Zwei in Weiß gekleidete Jungen hielten ein Transparent *German Climate Doctors.* Mehrere Mädchen hatten eine Banderole über die ganze Straßenbreite ausgerollt: *Summ-Summ-Summ - Rettet die Biene.* Die plüschigen gelb-schwarz gestreiften Fühler der Mädchen wippten bei jedem Schritt, den sie näherkamen.

Heute ist schon wieder Freitag, fiel ihm ein, *Fridays for Future.* Es waren die ersten Bienchen, die er seit Jahren in der Dortmunder Innenstadt wahrnahm, wenn er mal von dem BVB-Maskottchen absah, das bei Heimspielen über den Rasen hüpfte.

Noch immer strömten Menschen in die Hohe Straße. Die Masse nahm überhaupt kein Ende. *Wahrscheinlich wegen dieses idiotischen Klimagipfels in den Westfalen-hallen.*

Aufmerksam suchte er die Plakate ab. Da, endlich entdeckte er eines, sonst wäre er auch enttäuscht gewesen: *Verpackungsplastik-Verbot SOFORT!*

„Und bitte noch zweihundertfünfzig Gramm von dem bunten Kunststoffgranulat. Ganz fein gemahlen bitte. Das wäre alles", äffte er einen virtuellen Kunden nach. Marius Kaczynski fühlte sich als der ungekrönte König des Plastikmülls im Revier, und deutsche Abfälle waren für ihn der Exportschlager Nummer eins.

Dann wedelte ein weiteres Plakat inmitten der Menschenmasse die Straße hinunter: *Volksbegehren für direktdemokratische Kunststoffverbote!*

Sein Handy vibrierte. Mit drei schnellen Schritten war er am Schreibtisch.

„MaKaRe Kreislaufwirtschaft", meldete er sich. Es waren fünfzehn Minuten nach der vereinbarten Zeit.

*

Freitag, 6. August: Nahe Aachen-Herzogenrath

Noah zündete eine Fackel an, hielt sie schräg nach unten und betrachtete die Flamme, die gierig an ihr züngelte. Als der Feuerschein ihm ausreichend zu sein schien, hob er die Fackel und gab ein Handzeichen. Rabea und Markus folgten ihm wortlos durch einen schmalen Felsspalt in eine Höhle.

Hier drin ist es bestimmt fünfzehn Grad kühler, stellte Markus bereits nach wenigen Metern fest und atmete die nasskalte, etwas modrig riechende Luft durch die Nase ein. Er hatte Mühe, Rabea auf dem schiefen und teilweise glitschigen Untergrund zu folgen. Der Pfad führte steil in die Tiefe. Felsvorsprünge ragten gefährlich weit aus der Wand, für Markus im spärlichen Schein der sich immer weiter entfernenden Fackel nur schwer zu erkennen.

Nach einer langen Geraden hielt Noah endlich an und wartete, bis Rabea und Markus zu ihm aufgeschlossen hatten.

„Holla, was ist denn das?" Markus zog sein Handy aus der Tasche und begann, wild zu fotografieren. „Das ist ja gigantisch!", staunte er.

„Der Dom", sagte Noah beinahe andächtig und drehte sich, seine Fackel in die Höhe streckend, langsam einmal um die Achse.

„Warum habe ich von dieser riesigen Höhle noch nie was gehört?" Markus, schwer beeindruckt, witterte schon den Aufmacher für seine nächste Story.

Die Grotte, in der sie standen, war riesig. Weder die Decke, noch das Ende der Höhle ließen sich im schwachen Lichtschein der Fackel erkennen. Noah zog eine zweite Fackel aus seinem Rucksack, zündete sie an und reichte sie Markus.

„Der Wasserspiegel betrug hier immer ungefähr zehn Meter. Ein unvorstellbar großer unterirdischer See, in Jahrmillionen entstanden." Noah deutete auf eine Stelle im Gestein über ihnen. „Bis dort oben. Seit zwei Wochen ist der See weg!"

Jetzt erkannte Markus auf dem Boden einen handbreiten Spalt, der sich durch die ganze Höhle zog.

„Ist der Riss neu?", fragte er.

„Offensichtlich. Irgendwohin muss das Wasser verschwunden sein. Ich habe sofort die Erdbebenwarte Bensberg angerufen. Es gab in den letzten Monaten keine Erdbeben, behaupten die steif!" Noah kniete sich nieder und strich mit der Hand über die scharfe Bruchkante des Spaltes.

„Hätte man so ein Beben denn nicht auch spüren müssen?", fragte Markus skeptisch.

Noah zuckte die Schultern. „Ich bin kein Fachmann, aber dafür ist mindestens ein Beben der Stärke fünf erforderlich … Die in Bensberg sagen uns nicht die Wahrheit."

Markus gefiel der Blick nicht, mit dem Noah seine Verschwörungstheorien kundtat. Katastrophenpropheten, die in allen Ereignissen die aufziehende Apokalypse sahen, zählten nicht zu seinen bevorzugten Recherchequellen.

„Oder es gab gar kein Erdbeben und die hydrologischen Verhältnisse hier in der Umgebung haben sich schlagartig geändert ", warf Rabea ein.

Markus gab ein undefiniertes Grunzen von sich. Er meinte sich zu erinnern, dass sein alter Freund Jonathan

Schreiber von der *Hessische Neueste Presse* ihm einmal erzählt hatte, dass seine Tochter Rabea irgendetwas mit Wassermanagement studierte.

„Wenn der Grundwasserspiegel an dieser Stelle absackt, müsste er auch in Aachen gesunken sein", fügte Rabea erklärend hinzu.

„Bingo", pflichtete Noah ihr bei. „Das stimmt. Ich habe herausgefunden, dass die ihr Trinkwasser schon heute aus einer viel größeren Tiefe fördern als sie offiziell angeben."

„Warum denn das?", fragte Markus.

„Vielleicht hat der Braunkohletagebau die Grundwasserdynamik verändert? Die pumpen bis in achtzig Meter Tiefe alles ab. Vielleicht hat sich die Fließrichtung des Grundwassers umgedreht? Oder die zapfen tiefere Schichten an, weil hier oben die landwirtschaftliche Tierhaltung alles mit Nitrat verseucht hat."

Noah wirkte im Licht der Fackel wie ein Neandertaler, der sich in eine Höhle verkrochen hatte und nach Erklärungen suchte, warum seine Gattung langsam ausstarb.

„Aber warum geben die nicht ehrlich zu, woher sie das Wasser nehmen?" Das Verhalten der offiziellen Stellen leuchtete Markus nicht ein. Beinahe solidarisch begann die Flamme seiner Fackel unruhig zu flackern.

„Höhlenwind", raunte Noah und hielt seine Fackel erst auf Kopfhöhe, dann auf Bauchhöhe und am Ende auf Höhe seiner Füße. Auf die Schnelle gelang es ihm nicht herauszubekommen, aus welcher Richtung genau der Wind wehte, zu unruhig war die Flamme. „Höhlenwind gab es bis vor zwei Wochen hier unten nicht. Dürfte es bei einer Sackhöhle mit nur einem Eingang auch nicht geben."

Rabea sah Noah an. „Ich habe Angst. Was passiert hier gerade?"

Noah antwortete nur mit einem Nicken und einer hochgezogenen Augenbraue. Dann winkte er Rabea und Markus näher zu sich ran. „Wollt ihr mal was sehen? Ist allerdings ein bisschen spooky."

Noah drückte Rabea seine Fackel in die Hand, ging in Hocke und steckte seinen Arm tief in die Felsspalte am Boden. Dann zog er den Arm langsam nach oben und hielt seine geöffnete Hand in den Lichtkegel.

„Igitt, ist das eklig!" Erschrocken wich Rabea einen Schritt zurück.

Auch Markus war nähergetreten und erkannte es jetzt:

Auf Noahs Hand krabbelten Hunderte, nur wenige Millimeter große, fast durchsichtige Wasserasseln.

„Greif auch mal in die Spalte." Noah streckte seine Hand Rabea entgegen. „Die beißen nicht."

„Nein!" Entrüstet wich Rabea einen weiteren Schritt zurück.

„Die Gewässerpolizei." Noah schienen diese unheimlichen Tiere in seiner Hand nichts auszumachen. „Ist das nicht unglaublich? Das sind Urzeittierchen. Die letzten Exemplare aus dem Bodensediment haben sich in diesen feuchten Spalt zurückgezogen. Ohne Wasser werden die nicht mehr lange durchhalten." Er schüttelte die Asseln zurück in den Spalt und strich seine Hand an der Kante ab.

„Kommt!", sagte Noah.

Nach wenigen Minuten erreichten sie wieder das Tageslicht. Rabea blinzelte der Sonne entgegen, anscheinend froh, einige Meter zwischen sich und die Asseln gebracht zu haben.

„Wow!", entfuhr es ihr, als sie bei Noahs Behausung ankamen. Ein alter Bauwagen, grün gestrichen und offensichtlich gut gepflegt, stand mit der hinteren Seite an einer Felswand und diente als Hütte. Davor eine mit Zweigen überdachte Terrasse.

„Du lebst ganz schön luxuriös hier", sagte Markus. „Überrascht?"

Markus war tatsächlich erstaunt. Regelrecht verblüfft war er jedoch, als er einen Blick in die Hütte warf: Noah besaß ein Handy, Computer, eigentlich die ganze moderne Kommunikationsausrüstung. „Wo kommt denn der Strom hier her?"

„Der Bach, den ihr überquert habt, plus Lichtmaschine und Batterie aus einem Schrottauto plus ein selbstgebautes Schaufelrad ergeben zwölf Volt ganzjährig, kostenlos und CO_2-neutral." Noah lachte gespielt abschätzig. „Ihr Stadtmenschen. Eure Überlebensfähigkeit ist so verkümmert. Die meisten von euch würden aus eigener Kraft hier draußen nicht mal ein paar Tage durchhalten."

Markus betrachtete die Hütte nun genauer. An einer Seite hingen vier durchsichtige Plastikflaschen mit einer klaren Flüssigkeit im Sonnenlicht. Um sich nicht erneut eine Belehrung anhören zu müssen, fragte er nicht nach deren Funktion.

Noah hatte Markus' Blick gesehen, drehte sich kopfschüttelnd um und ging zwei Schritte auf die Felswand zu: „Habt ihr Hunger? Wie wäre es mit einem gebratenen Kaninchen?" Er blieb stehen, bückte sich und hob das Kaninchen und einen Holzkeil mit Haken auf, die heruntergefallen waren.

„Drei Jahre steckte der verdammte Keil mit meinem Haken genau hier fest im Spalt." Er zeigte auf eine Stelle im Felsen. Jetzt war der Riss fast so breit wie zwei Finger. „In dem Gebiet hier haben sich riesige Spannungen aufgebaut, die jetzt anfangen, sich zu entladen. Selbst hier oben. Beängstigend!"

„Vielleicht ist der Holzkeil aufgrund der trockenen Luft geschrumpft", sagte Markus.

„Schön wär's." Noah löste den Haken von der Schnur und streckte ihm den Keil entgegen. „Uraltes Eichenholz. Da verändert sich nichts mehr."

Markus drehte das Objekt aufmerksam zwischen den Fingern. Steinhartes, schwarzes Eichenholz. Da bewegte sich wirklich nichts mehr.

„Gebratenes Kaninchen?", wiederholte Noah seine Frage.

„Ich glaube, ich werde vegan." Rabea schaute nur aus dem Augenwinkel auf das nackte rosarote Tier in Noahs Hand, so groß wie eine Katze. „Nein danke."

Noah schüttelte fassungslos den Kopf. „Rabea, selbst du! Hast du auch jeglichen Kontakt zum Leben in der Natur verloren?"

*

Das Kaninchen räucherte über einem offenen Buchen-holzfeuer. Es würde heute Noahs Abendessen sein und vermutlich morgen auch sein Frühstück. Rabea und Markus hatten sich für "Menü B" entschieden, einen Apfel aus Noahs biologischem Anbau. Jetzt saßen sie zu dritt nebeneinander auf einem Holzstamm vor Noahs Bauwagen und hingen ihren Gedanken nach.

Markus dachte über seine Kindheit und Jugend nach. *Wann habe ich eigentlich den Kontakt zur Natur verloren?*

Überraschend unterbrach Noah die Stille. „Wir müssen schnell handeln, Rabea, wenn wir noch was retten wollen. Nichtstun können wir uns nicht mehr leisten. Die Menschen verwandeln die Erde gerade in eine Vorhölle."

„Am Ende, wenn ihr jeden Fluss vergiftet habt, werdet ihr merken, dass man Geld nicht essen kann." Rabea biss geräuschvoll in ihren Apfel und ergänzte mit vollem Mund: „CREE. Die Weissagung der CREE-Indianer."

„Genau", Noah nickt zustimmend. „Die Welt, wie wir sie kennen, existiert bald nicht mehr. Die Erde hat bereits beschlossen, die Menschen abzustoßen!"

„Darüber mache ich mir auch Gedanken", bekannte Rabea, „aber kann die Erdspannung nicht auf dem zufälligen Zusammentreffen von irgendwelchen Faktoren beruhen?"

„Im Norden schmilzt das Eis. Landmassen heben sich. Im Süden drückt die Afrikanische Platte die Alpen in die Höhe. Dazwischen die zerbrechliche Niederrheinische Platte. Der Rest ist Zeit oder Zufall. Such es dir aus."

Markus hatte, ohne ein Wort zu sagen, zugehört. Für ihn klang das alles unheimlich. „Noah, wovor hast du ganz konkret Angst?"

Noah versuchte gerade, seinen Holzkeil wieder in den Felsspalt zu stecken. Aussichtslos, der Spalt war viel zu groß. „Völkerwanderungen", flüstert Noah. „Bisher dachte wir immer, dass wir bald die Menschen aus der überfluteten Südsee aufnehmen müssen. Aber wo gehen wir hin, wenn Europa ebenfalls zum Zentrum des Klimawandels wird?"

Die Frage war berechtigt, blieb aber unbeantwortet.

Stattdessen schaute Markus auf die Uhr. Er musste dringend zurück nach Frankfurt.

Wie passend, dass sich Rabea gerade von Noah verabschiedete und ihn zum Schluss umarmte. „Pass auf dich auf!"

*

Schweigend stiegen sie in ihr Auto, und bald fuhren sie auf der Autobahn an Köln vorbei.

Markus betrachtete Rabea von der Seite. Ihre schwarzen Haare waren zu Greta-Zöpfen geflochten, die ihr, durchsetzt von weißen Strähnchen, bis auf die

Schultern fielen. Das Nasenpiercing mit dem silbernen Ring hätte aus seiner Sicht nicht unbedingt sein müssen. Aber vielleicht war er zu alt für so etwas.

„Habe ich zu viel versprochen?" fragte Rabea, die anscheinend gemerkt hatte, wie Markus sie musterte.

„Der Name Noah passt auf jeden Fall gut zu ihm. Bei seinem pessimistischen Weltbild muss er jetzt aber auch eine Arche bauen und uns alle retten", versuchte Markus, der sich ertappt fühlte, etwas Lustiges zu sagen.

Rabea lachte.

„Was ich nicht verstehe", fuhr Markus fort. „Warum hat die Erdbebenwarte in Bensberg ihm keine richtige Auskunft gegeben. Ich werde gleich mal mit denen telefonieren."

„Denk daran, was Noah gesagt hat. In Bensberg geht wahrscheinlich nicht mal jemand ans Telefon. Ich würde es gleich über das Geologische Institut der Uni Köln probieren, auch wenn Noah behauptet, dass man auch dort keine brauchbaren Antworten erhält."

„Einen Versuch ist es wert."

„Rufst du dann auch meinen Vater an und fühlst mal vor, ob er einen Artikel von dir hierzu druckt? Wenn Noah mit seinen Annahmen richtigliegt, braut sich hier etwas echt Fieses zusammen! Wir müssen die Leute warnen!"

Rabea hat recht, überlegte Markus. *Warum gib es keine Warnung von den Behörden?*

„Wir können doch nicht nur zuschauen, wenn sich hier eine Katastrophe anbahnt, Markus."

Die hartnäckige Rabea Schreiber, dachte Markus, während er sie weiter von der Seite anstarrte, *keine Ähnlichkeit mit ihrem Vater.*

Für Jonathan, ihren Vater und Redakteur der *Hessische Neueste Presse*, arbeitete Markus schon seit vielen Jahren. Seine Tochter hatte er bis heute nur von Bildern gekannt.

Markus hatte Jonathan letztes Jahr bei der Suche nach Rabea unterstützt. Ihre vermeintliche Entführung entpuppte sich am Ende als fingiert. Sie hatte mit der Aktion Aufmerksamkeit und Spenden für die Ökoaktivisten von NOCO-Net sammeln wollen. Das Ziel war löblich, der Weg völlig daneben. *Vortäuschen einer Straftat*, erinnerte sich Markus. Rabea hatte drei Monate auf Bewährung vom Richter aufgebrummt bekommen. Damit verlängerten sich ihre bereits bestehenden Einträge, die mit Landfriedensbruch anfingen und mit der Störung des Bahnverkehrs noch längst kein Ende fanden, um eine weitere Position. Sie aber kämpfte unbeirrt weiter für die Rettung der Welt.

Markus bewunderte ihr ungebrochenes Engagement. Und ihre junge, glatte Haut. Er musste an seine Tochter Lisa denken, die nur ein paar Jahre jünger als Rabea war, und zu der er in den letzten Jahren keinen rechten Draht mehr hatte aufbauen können. Markus konnte seine Augen nicht von Rabea lösen. Sein Blick wanderte von ihrem Nasenpiercing zu ihren natürlichen roten Lippen. Dann folgte er der klassischen Linie ihres Wangenknochens und blieb an dem Tattoo an ihrem Hals hängen.

„Alles okay bei dir?" Rabea lächelte ihn fragend an.

Markus brauchte eine Sekunde, um sich von seinen Gedanken loszureißen. „Umweltschutz ist nicht mein Spezialgebiet. Warum hast du gerade mich zu Noah mitgenommen?"

„Welche Story kannst du aus Noahs Informationen machen?", konterte Rabea seine Frage. „Jonathan druckt alles, was du schreibst, ohne dass ich ihn darum bitten müsste."

Ach, so läuft der Hase. Einen kurzen Moment lang fühlte sich Markus instrumentalisiert.

„Wir brauchen jetzt die Aufmerksamkeit der Medien. Mit neuen Fakten und Stories können wir die Politik weiter vor uns hertreiben."

Rabea machte eine kurze Pause.

„Ist diese Lena eigentlich noch deine Freundin?"

*

Freitag, 6. August: Frankfurt a. M., Ulmenstraße

Tchakka! Markus riss zufrieden beide Fäuste hoch, als hätte er endlich mal wieder eine Seite-Eins-Story verkauft. Das Telefonat mit dem Geologischen Institut der Uni Köln war perfekt gelaufen. Sogar besser als das. Nach seinem Hinweis, er wäre selbst in der Höhle gewesen und hätte Bilder von dem ehemaligen unterirdischen See und dem Riss, durch den das Wasser verschwunden war, schien seine Ansprechpartnerin regelrecht darauf zu brennen, ihn zu treffen.

Markus schaute Richtung Regal. 16:55 Uhr meldeten die roten Leuchtziffern seines Achtzigerjahre-Weckers.

Schon?

Schnell sprang er auf und klappte seinen Laptop zu.

Gestern Abend am Telefon hatte er Lena zu einer Tasse ihres Lieblingskaffees in die Rösterei Wackers eingeladen. Nach zwei Tagen im fernen Berlin zeigte sie erste Entzugserscheinungen. Und wenn er sein Versprechen halten wollte, musste er sich gehörig sputen. Vom Büro in der Ulmenstraße bis zum Kornmarkt braucht er zu Fuß gut fünfzehn Minuten. Jetzt hatte er noch zwölf. Eilig zog er die Bürotür hinter sich zu. Er überquerte bei Rot, das Hupen der Autos ignorierend, die Taunusanlage und ging mit schnellen Schritten die Junghofstraße entlang. Geschafft! Gerade noch pünktlich betrat er das Traditions-Kaffee.

Markus ließ seinen Blick durch den Gastraum wandern. Lena war nicht da. Etwas enttäuscht und immer noch außer Atem, setzte er sich an einen freien Tisch und zog sein Handy aus der Hosentasche: LH193 war nicht wie geplant gelandet.

Neunzig Minuten Verspätung.

Mist!

Demonstranten hatten den Berliner Flughafen Tegel über Stunden lahmgelegt, hieß es in der Mitteilung der Lufthansa.

Ihr Frust richtete sich gegen die Falschen, denn gerade Tegel konnte doch nichts dafür, dass in Berlin einiges schieflief, dachte Markus.

Er rechnete. Bis Lena hier wäre, hätte Wackers längst geschlossen.

Dann vielleicht ein Wein im AMP?

*

Eineinhalb Stunden später lehnte Markus entspannt an der Bar. Er genoss die unaufgeregte Atmosphäre. Das gedimmte Licht und die Teppiche auf dem Boden gaben dem hohen Raum etwas Gemütliches. Später würde sich hier eine bunte Mischung von jungen Leuten, Kreativen und Bankern, die ihr Wochenende einläuteten, tummeln. Und die Musik würde so laut werden, dass man die Vibration in seinem Körper spüren könnte. Aber noch herrschte die Ruhe vor dem Sturm.

Das AMP war eine Mischung aus Café, Bar und Club. Es lag am Rande des Bahnhofsviertels und war berühmt für seine gute Musik und die selbst kreierten Drinks.

Vor ein paar Jahren hätte Markus einen Bogen um das damals noch von Junkies, Prostitution und zweifelhaften Bars geprägte Viertel gemacht. Aber jetzt war er gerne hier. Ausgesprochen gerne sogar. Verband er doch mit dieser Gegend sein erstes Date mit Lena. Er hatte sie damals zu Hamsilos mitgenommen, dem seiner Meinung nach immer noch besten Fischladen in ganz Frankfurt.

Von seinem Platz aus hatte er die Eingangstür gut im Blick. Wenn er nicht dorthin schaute, musterte er unauffällig die anderen Gäste. Den etwas arrogant wirkenden glatzköpfigen Anzugträger, der unablässig auf seine viel jüngere Begleiterin einredete und sich über seine eigenen Witze köstlich zu amüsieren schien. Die taffe Geschäftsfrau, die immer wieder interessiert zu dem gutaussehenden Mann mit den langen, schmalen Koteletten blickte, der an der Bar lehnte. Die beiden Flugbegleiterinnen, die sich wohl nach einer langen Reise noch auf einen Absacker verabredet hatten.

Wieder ging die Tür auf und Markus spürte, wie seine Brust vor Stolz anschwoll. Lena, seine Lena, kam von einem persönlichen Treffen mit dem Bundeskanzler zurück. Wirklich nicht schlecht. „Digitalrat der Bundesregierung", flüsterte Markus in sich hinein. Viele Zeitungen hatten die Meldung gebracht: Der neugewählte Bundeskanzler wünschte sich ein kleines, schlagkräftiges Gremium mit Frauen und Männern aus der Praxis, die die Regierung beraten und „digital" antreiben sollten. Und dann hatte Lena freudestrahlend mit einem Brief vor seiner Nase gewedelt: Sie war mit Mitte dreißig die Jüngste im Kreis des erlauchten Gremiums.

Jetzt erschien sie strahlend in der Tür und winkte ihm zu. Bevor er reagieren konnte, stand sie schon vor ihm und küsste ihn liebevoll.

„Es ist alles gut gelaufen!", empfing Markus sie. „Das kann ich dir auf den ersten Blick ansehen."

„Super", bestätigte Lena. „Die haben mir artig zugehört. Vielleicht haben sie die Brisanz, digital aufzurüsten, jetzt tatsächlich erkannt."

Lena ließ den Blick durch die Bar schweifen. „Coole Location", nickte sie anerkennend, als der Barkeeper die von Markus zuvor bestellten Getränke vor ihnen auf den Tresen stellte.

Sie schnappte sich ihren Gin Tonic.

„Willkommen zuhause." Markus prostete ihr mit einem Rheingau Riesling zu. Er konnte seine Augen nicht von ihr lassen.

Noch vor den Erdnüssen bekam Markus von Lena die aktuellen Probleme dieser Welt der Reihe nach serviert. Die Dominanz der USA und ihrer Mega-Konzerne im Internet, die flächendeckende Überwachung der Nutzer, die Versuche der Chinesen und Russen, abgeschirmte Netze aufzubauen. Richtig aufgekratzt sprudelten die Themen aus ihr heraus. Die Europäer waren wie immer die Dummen. Aber das sollte sich jetzt ändern, der Anfang war gemacht. Lena redete so schnell, dass Markus kaum zu Wort kam.

„Hörst du mir überhaupt zu?" Sie stupste Markus leicht in die Rippen und bestellte einen zweiten Gin Tonic. „Jetzt du. Erzähl, was hast du die letzten beiden Tage ohne mich gemacht?"

„Erinnerst du dich an Rabea?"

„Klar, die Entführung mit dem abgeschnittenen Finger. Wie lange ist das schon wieder her?"

Markus erzählte von Rabeas unerwartetem Anruf, ihrer spontanen Fahrt nach Aachen, wie sie sich durch das Dickicht schlagen mussten und von dem unheimlichen Eremiten Noah, der seit Jahren dort in der Wildnis hauste.

„Jetzt halt dich fest", Markus betonte die kommenden Worte. „Rabea und Noah glauben, dass sich gerade eine geologische Katastrophe anbahnt. Das Rheinland sackt ab!" Gespannt betrachtete er Lenas Reaktion.

„Die verschaukeln dich!" Lena biss in die Limetten-scheibe, die auf ihrem Getränk gethront hatte.

Und nach einer längeren Pause: „Ich frage mich gerade, ob wir noch zusammenpassen."

Markus setzte sein Weinglas so ruckartig ab, dass es fast umkippte. Fassungslos starrte er seine Freundin an.

Mit gespielt schmachtendem Blick schaute Lena zu dem gutaussehenden Mann mit den auffällig langen Koteletten, der inzwischen an dem Tisch der taffen Geschäftsfrau Platz genommen hatte. Dann ließ sie das Skelett der Limettenscheibe in ihr leeres Glas fallen und blickte Markus in die Augen.

„Wirklich. Ich meine, ich werde zukünftig vermutlich mehr Hosenanzüge tragen und im Kanzleramt ein- und ausgehen und du? Du rutschst auf den Knien durch irgendwelche feuchten Höhlen in Aachen. Ich habe nichts dagegen, wenn du uns nicht mit jeder neuen Recherche in Lebensgefahr bringst, aber wenn du dann künftig nur noch über Feldhamster schreibst … das kann ich doch beim Smalltalk dem Bundeskanzler nicht erzählen."

Markus verstand die Welt nicht. *Habe ich was Falsches gesagt?*

„Du solltest jetzt mal dein Gesicht sehen", Lena konnte sich vor Lachen kaum auf ihrem Barhocker halten und küsste ihn tröstend. Sie war völlig aufgekratzt.

Markus zog einen Schmollmund. Der zweite Cocktail war vermutlich zu viel.

Immer mehr Menschen strömten durch den Eingang. Das AMP war schon gut gefüllt. Der anfangs dezente Musikpegel ließ kaum noch eine Unterhaltung zu.

„Außer Feldhamstern habe ich aber noch was." Markus gab dem Barkeeper ein Zeichen, die Rechnung zu bringen. Jetzt genoss er ihre fragend hochgezogenen Augenbrauen, während sie ihn anlächelte. Er berichtete, dass er Kontakt mit der Uni Köln aufgenommen hatte. Die Leiterin der Erdbebenwarte sei sehr interessiert an einem Kontakt mit ihm und habe ihn in ihr Institut eingeladen.

„Sie ist in Geologie eine Koryphäe", legte Markus nach, der diese Information aus dem Internet geangelt hatte. Vielleicht hatte auch er inzwischen einen Grad der Bekanntheit erreicht, der das Interesse an einer Zusammenarbeit mit ihm steigerte.

„Sie ist eine Konifere?", kicherte Lena albern.

Jetzt musste auch Markus lachen. Ja, der zweite Drink war definitiv zu viel. Höchste Zeit zu gehen.

Vor der Tür schlug Markus den Kragen seiner Jacke hoch. Der frische Nachtwind auf der Taunusanlage wehte ihnen entgegen. Er musste unweigerlich an den Höhlenwind und Noah denken.

Ja, und wo flüchten wir hin, wenn Europa eines Tages selber zum Hotspot des Klimawandels wird?

*

Samstag, 7. August: München, German Re

Dr. Bahlo hatte sich eine Stunde lang ausgeruht und betrat das Großraumbüro. Sarah Helland lächelte ihn an. Sie war gerade dabei, eine Brotzeit mit warmen Weißwürsten und ofenfrischen Brez'n auf dem Tisch auszubreiten.

Doch Rainer Bahlo würde jetzt keinen Bissen runterkriegen. Dem führenden Klimaforscher der German Re war die sich abzeichnende Katastrophe auf den Magen geschlagen. „Was macht der Hurrikan?", fragte Bahlo schnell, um nicht länger ans Essen denken zu müssen.

Sarah blickte zu Peter hinüber. Bahlo folgte ihrem Blick. Dann schaute er auf die Uhr, kurz nach zehn.

„Ich habe vor wenigen Minuten nochmals mit Bordeaux telefoniert", berichtete Peter. „Der Sturm hat sich nicht so schnell bewegt, wie wir befürchtet hatten. Die ersten Ausläufer werden in einer Stunde auf die Küste bei Bordeaux treffen."

Sarah Helland stellte sich zwischen Peter und Bahlo und hielt ihm einen Teller mit einer Weißwurst und einer Brezel vor die Nase.

Bahlo unterdrückte einen Würgereiz und trat einen Schritt zur Seite. „Hat sich der Sturm abgeschwächt?"

„Ja, aber nur leicht. *Carmen* ist jetzt ein Hurrikan der Kategorie drei mit riesiger Zerstörungskraft und Windgeschwindigkeiten von einhundertneunzig Stundenkilometern." Peter warf einen Blick auf seinen Computer, bevor er die Zusammenfassung fortsetzte. „Die Bevölkerung wurde gewarnt, sich auf das Schlimmste vorzubereiten. Die Behörden haben gerade die Evakuierung eines Küstenstreifens von vierhundert Metern Breite abgeschlossen, dies schließt auch weite Teile der Gironde-Mündung mit ein. Vorsorglich ist vor wenigen Minuten der Notstand für die ganze Region ausgerufen worden. Die französische Luftwaffe verlegt ihre Flugzeuge ins Landesinnere."

„Was sagt unser Modell?" Dr. Bahlo wirkte unruhig, als er die Frage stellte.

„Die Ergebnisse machen keinen Sinn. Das Modell zeigt keine eindeutige Prognose. Es sieht so aus, als bleibe *Carmen* über Bordeaux stehen."

„Die Zerstörungskraft wäre fürchterlich."

Bahlo hoffte inständig, der Sturm würde auf dem offenen Meer weiter nach Norden ziehen.

„Und die Spannungen in der Erdkruste?" Die Frage ging an Sarah.

„Sind noch stärker geworden."

„Hat der Hurrikan was damit zu tun?"

Achselzucken. Im Moment sah keiner Hinweise auf einen Zusammenhang.

Angesichts des Hurrikans *Carmen* musste Dr. Bahlo unwillkürlich an den Zwischenfall im Kernkraftwerk

Blayais an der Gironde denken, nur knapp sechzig Kilometer von Bordeaux entfernt. Damals 1999, das war lange her.

EDF, der französische Betreiber, hatte die Versicherungsverträge neu ausgeschrieben, und er war für die German Re bei den Verhandlungen mit dabei.

Wie einzelne Fragmente tauchten jetzt die Bilder vor Bahlos geistigem Auge wieder auf. Die Autofahrt in einem schweren Citroën über eine sturmgepeitschte Landstraße raus zum Kraftwerk. Die französischen Ingenieure, die ihm voller Stolz erklärten, wie sich die Brennstäbe der vier Druckwasserreaktoren mit maximaler Bestrahlung bombardierten und dreitausendsechshundert Megawatt ins Netz feuerten. Sein Verhandlungspartner von der EDF, der ihm ausführlich das ausgeklügelte Sicherheitskonzept des Kraftwerks erklärte. *Zéro risque résiduel* – Restrisiko Null.

Dann die Beinahe-Katastrophe. Der Sturm, der damals langsam bis auf Orkanstärke anschwoll, hieß *Martin*. Die Schutzdeiche der Gironde brachen durch die Sturmflut, und das Wasser fand seinen Weg zum Kraftwerk, das nur noch durch die Stahltüren geschützt wurde.

Die *EDF* hatte in der anschließenden Pressekonferenz behauptet, die Kühlung der Reaktorblöcke sei zu jedem Zeitpunkt gewährleistet gewesen. Ganz so klar war es jedoch nicht gewesen. Der Schaden des Vorfalls lag am Ende bei einigen hundert Millionen Euro, aber die Region war noch einmal mit dem berühmten blauen Auge davongekommen.

Eine Frage drängte sich auf, die Dr. Bahlo ganz und gar nicht gefiel: Standen sie erneut vor einer ähnlichen Katastrophe? Dieses Mal könnte Bordeaux weniger Glück haben, heute war das AKW über vierzig Jahre alt. Man hätte das alte Ding besser schon vor Jahren abschalten sollen. Jetzt war es zu spät, um es schnell runterzufahren.

Die Erinnerung an die Beinahe-Katstrophe pumpte Dr. Bahlo reichlich Adrenalin in die Adern. Schlagartig war er wieder hellwach.

Der Hurrikan war schlimm, aber weiß Gott nicht seine einzige Sorge. Am meisten Gedanken machte er sich um die verdammten Spannungen in der Niederrheinischen Bucht. Irgendwie musste alles zusammenhängen. Aber wie? Die Teile wollten einfach nicht zusammenpassen. Sie mussten etwas übersehen haben.

Selbst wenn es die nächste Nacht lang dauern würde, selbst die ganze nächste Woche, sie mussten eine Antwort finden.

Dr. Bahlo sprang auf und schnappte sich seine Jacke. Sah er schon Gespenster?

„Ich brauche frische Luft! Kommt ihr mit?"

„Ich checke die Berechnungen nochmal", rief Peter.

„Na klar. Ich komme mit." Sarah lächelte und stand schnell auf.

*

Auf diese Gelegenheit hatte Sarah Helland lange gewartet. Manchmal brauchte es vielleicht eine Krisensituation, damit zwei Menschen zusammenfanden, die füreinander bestimmt waren.

Welch ein wunderbarer Sommertag, dachte sie. *Genau wie gestern!* Von den Alpen wehte eine morgendliche Brise herunter, der Himmel leuchtete klar und optimistisch blau.

Sarah schaute nach oben: Weit und breit kein Anzeichen von einem Sturm. Sie schlenderte an der Seite von Rainer Bahlo Richtung Englischer Garten.

„Schau mal dort, die Schwäne." Sie rückte nah an ihren Doktorvater heran. Sie zeigte auf den Schwabinger Bach, wo zwei weiße Singschwäne gemächlich an ihnen vorbeizogen. Der Englische Garten lag unmittelbar vor ihnen. Auf der kleinen Brücke zwischen Bach und Isar küsste sich ein Liebespaar.

Dr. Rainer Bahlo blinzelte gegen das Licht der Sonne und schaute den Schwänen hinterher. Dann drehte er ruckartig seinen Kopf zu Sarah und sah sie mit weit aufgerissenen Augen an.

Was ist mit ihm los? Erschrocken hätte Sarah jetzt am liebsten sofort ihre Hand zurückgezogen. Unauffällig ließ sich das aber nicht machen, also blieb ihre Hand dort, wo sie war, auf seiner Schulter.

„Ich hab's. Das ist die Lösung!", rief Rainer Bahlo und schaute ihr dabei lächelnd in die Augen. Dann streifte er geistesabwesend ihre Hand ab, drehte sich um und war schon wieder auf dem Weg zurück ins Büro. Sarah Helland hatte Mühe, ihm zu folgen.

„Black Swan! Der Schwarze Schwan! Peter muss alle Katastrophenszenarien noch einmal zusammen durch-rechnen, so dass sich die Ereignisse gegenseitig aufschaukeln. Das ist die Lösung. Der seltene Schwarze Schwan, das nicht vorhersagbare Resonanzszenario."

Mist!, dachte Sarah. Das hatte sie sich selbst vermasselt. Sie war so nah dran gewesen. Warum hatte sie ihm nur dieses blöde Federvieh gezeigt?

„Wir müssen die Verteilungsannahmen aufgeben. Mehr Chaos zulassen. Keinen Blick mehr in den Rück-spiegel." Dr. Bahlos Gedanken kreisten zu einhundert Prozent um sein Klimamodell.

Sarah Helland wusste genau, was Black-Swan-Ereignisse bedeuteten. Sie konnte den Namen im Schlaf tanzen, für Rainer Bahlo hätte sie ihn sogar rückwärts getanzt. Es waren die nicht vorhersehbaren Jahrhundertereignisse mit katastrophalen Schäden für ganze Volkswirtschaften, Kernschmelzen von Atomkraftwerken, Börsencrashs, Subprime-Krisen.

„Der berühmte Flügelschlag des Schmetterlings, der Auslöser des Hurrikans ..." Dr. Bahlo wartete nicht auf den Fahrstuhl, sondern stürzte gleich die Treppen zu seinem Büro hoch.

Das Krisenteam der German Re war den ganzen Freitag und bereits den halben Samstag im Einsatz, nur um schließlich festzustellen, dass die eigene Prognose nicht gut genug war. Sie hatten massiv in Data Analytics und künstliche Intelligenz investiert, mit dem Ziel einer exakten Risikobewertung und der Vermeidung von Schäden.

Sie waren auf dem richtigen Weg!

Wetter-, Klima- und Risikomodelle liefern nur dann gute Prognosen, wenn sie nicht auf veralteten Daten basierten, sondern aktuelle Modellannahmen und alle relevanten Einflussgrößen berücksichtigen. Ihr neues Berechnungsmodell war ein bisher nicht ausreichend verifizierter Prototyp, auch wenn die Vorhersagen schon heute präziser waren, als die aller anderen bekannten Modelle zusammen. Sie mussten aber noch einen Schritt weitergehen. Alles hing doch irgendwie mit allem zusammen.

Sarah Helland saß wieder hinter ihrem Rechner, in Gedanken spazierte sie aber, eingehakt bei Rainer Bahlo, durch den Englischen Garten. Er hatte sie verliebt angelächelt, zumindest in ihrer Wunschvorstellung. In Wirklichkeit stand Dr. Bahlo seit dreißig Minuten mit immer tiefer werdender Nasenfalte hinter Peter und starrte fassungslos auf dessen Bildschirm.

Der Download war abgeschlossen, Dr. Guggisberg von der ETH Zürich hatte seine neuesten Daten hochgeladen.

„Dann los", drängte Bahlo. „Lasst *Kassandra* den Schwarzen Schwan ausbrüten." Auf Knopfdruck starteten die vernetzten Supercomputer in München und Zürich ihren Job in den eisgekühlten Kellern beider Häuser. Die Arbeit wurde auf unzählige Prozessoren aufgeteilt, durchgerechnet, simuliert, neu berechnet.

Peter und Dr. Bahlo starrten auf den Monitor. Der zeigte jedoch nur den Fortschritt der Simulationen an. Abgeschlossen: vierundzwanzig Prozent, restliche Simulationsdauer: neunzehn Minuten.

In der Zwischenzeit war auch Sarah Helland aufgestanden und hatte sich zu den beiden gestellt. Sie wusste, dass sich ihr Chef blind auf die Arbeit von Urs Guggisberg verließ.

Die Bildschirme füllten sich schnell mit Berechnungen. *Kassandra* hatte mehrere Szenarien gefunden, die mit einer Wahrscheinlichkeit von nur Null Komma Eins Prozent eintreten sollten. Theoretisch nur einmal alle eintausend Jahre.

Was um alles in der Welt war in ihr Modell gefahren. Der Worst Case: Der Hurrikan würde nach den neuen Berechnungen nicht über Bordeaux stehenbleiben, sondern mit einer hohen Wahrscheinlichkeit wieder eine südlichere Laufbahn einschlagen und sich erneut über der Biskaya aufladen. Es schien als hätten sich die Naturgewalten gegen die Menschen verschworen. „Und dann kommt der Hurrikan, aufgetankt mit einer noch mörderischeren Kraft, zurück." Dr. Bahlo hatte seine letzten Gedanken, ohne es zu bemerken, laut ausgesprochen.

„Transkontinentale Oberflächenwellen", murmelte Sarah, die über dieses Thema ihre Doktorarbeit geschrieben hatte.

„Was?" Dr. Bahlo drehte sich zu ihr um.

„Das Thema meiner Dissertation. Stürme können Erbeben auslösen."

Was würde geschehen, wenn ein Monster-Hurrikan in der Höhe von Bordeaux oder den Pyrenäen auf das Festland traf? Waren die ausgelösten Erdstöße bis ins Rheinland zu spüren?

Das konnte der befürchtete Auslöser sein!

Der Flügelschlag des Schmetterlings.

„Wie stabil ist die Niederrheinische Platte überhaupt noch?"

Sarah Helland zuckte die Achseln. „Was tun wir jetzt?"

Auch Knut Marbeck, Head of Risk Solutions, hatte sich vor wenigen Minuten zu der Gruppe gestellt und angespannt auf das Ergebnis gewartet. Er musste nicht lange überlegen. Die Ergebnisse waren für ihn eindeutig. Ihre bisherige Kalkulation war falsch. Und damit meinte der Risikomanager der *German Re* nicht nur das Wetter- und Klimamodell, sondern vor allem ihre darauf aufbauenden Risikobewertungen und Schadens- prognosen. Die in den letzten Jahren berechneten Risiko- prämien reichten bei weitem nicht aus, um ein solches Horrorszenario abzudecken. Die versicherten Schäden wären gigantisch. Sie durften sich bei den Prognosen nicht verkalkulieren. Nicht derart grundlegend.

„Wir müssen Risiken ausplatzieren, sonst …" Er brauchte nicht weiterzusprechen. Alle hatten es begriffen.

„Knut, hol den Leiter Risk Trading aus seinem Wochenende. Wenn Montag die Märkte aufmachen, hauen wir die Risiken raus. Bis dahin müssen die Päckchen geschnürt sein. Ich informiere den Vorstand."

„Müssen wir nicht auch den Forschungsleiter benachrichtigen?" Sarah formulierte die Frage bewusst vorsichtig. Sie hasste Dr. Mohren, der vor einem Vierteljahr die Stelle des Forschungsleiters Klimarisiken und Naturgefahren bekommen hatte. Ein Mann, ohne jegliche Ahnung von mathematischen Zusammenhängen, der den ganzen Tag mit der Bild-Zeitung unter dem Arm herumrannte und Angst vor jeglichem Risiko hatte. Insgeheim nannte sie ihn *Dr. Zittrig*. Sarah war sowieso der Meinung, Rainer Bahlo habe den Job verdient und nicht Mohren.

Das Blödeste dabei: jetzt bekäme Dr. Mohren mit seiner Dauerangst ausnahmsweise Recht. Ausgerechnet der, dessen einzige Strategie darin bestand, Kosten zu minimieren. Kostenkillen war aber keine Strategie.

Dr. Bahlo dagegen hatte riesige Geldsummen in die Modelle, die Datenbank und die Grundlagenforschung investiert. Regional isolierte Modelle machten für ihn keinen Sinn, wenn der Drift der Afrikanischen Platte von der einen Seite die Grundspannung erhöhte und das Tauen des Eises den Boden in Sibirien oder Grönland steigen ließ. Druck von zwei Seiten hielt kein System lange aus. Oft reichte dann ein kleiner, externer Einflussfaktor wie ein Sturmbeben, ein Gasbeben oder etwas Ähnliches für den großen Knall aus. Wenn dieser Dr. Zittrig jetzt mit seiner Risikoscheu Recht bekäme, wäre ihr Projekt massiv gefährdet.

Was sollten sie tun?

*

Sonntag: Alle hatten wieder viel zu wenig geschlafen. Sarah Helland war als Erste aufgestanden, kochte Kaffee und rief die neusten Nachrichten im Netz auf. Mit ihrer

Tasse in der Hand blieb sie wie angewurzelt vor dem Monitor stehen.

Bordeaux: Die Sonne schien auf ein Bild des Schreckens. Mindestens vierzehn Tote, mehr als ein Dutzend Vermisste und unzählige Verletzte. Unterspülte Straßen, eine eingestürzte Brücke, zahlreiche Erdrutsche. Das war die erste Bilanz des Hurrikans *Carmen*, dessen Zentrum fast vierundzwanzig Stunden lang auf dem Atlantik vor dem Départements Gironde gelegen hatte und mit seinen Ausläufern große Teile der Region Nouvelle-Aquitaine bearbeitet hatte. Den größten Schaden richtete der Hurrikan nicht mit seinen Windböen an, sondern mit Rekordmengen an Regenfällen und einer gigantischen Springflut, die das Meerwasser bis weit hinauf in die Garonne und Dordogne gedrückt hatte. Die Flüsse und Bäche in der Region um Bordeaux hatten Städte und Dörfer überschwemmt. Die Fernsehbilder zeigten Häuser, von denen nur noch die Dächer zu sehen waren. Die französische Polizei, die Feuerwehr und der Heimatschutz bemühten sich, die in ihren Häusern Einge-schlossenen mit Schlauchbooten und Hubschraubern zu retten und zu versorgen. Und die Gefahr durch das Wasser war nicht vorbei.

Der Wirbelsturm hatte in den letzten Stunden seinen Kurs geändert und drehte langsam in südliche Richtung auf das offene Meer.

Richtung Biskaya.

Auch Dr. Bahlo und Knut traten mit ihrem Kaffee an den Monitor.

Die Bilder der Verwüstung waren schon seit Minuten verschwunden, doch alle starrten weiter auf den Monitor.

Dachten sie dasselbe?

Ihr Klimamodell war noch geheim und nicht aus-reichend geprüft. Sie konnten die Prognose unmöglich schon nach außen kommunizieren. Außerdem durften sie ihren Wettbewerbsvorsprung nicht aufgeben. Und sie mussten Montag bei Handelsbeginn ihre eigenen Risiken loswerden, um die German Re zu schützen.

„Wir validieren das Modell zuerst. Dann besprechen wir die Prognose unter uns. Danach entscheiden wir, wer die Ergebnisse zu sehen bekommt." Dr. Bahlo gab die Richtung vor.

Alle nickten synchron.

„Kann ich mich auf euch verlassen?" Er schaute Knut und Sarah Helland nacheinander an.

„Natürlich."

Vielleicht war es besser, wenn sie ihr Geheimnis für sich behielten. Vielleicht aber auch nicht.

*

Mittwoch, 11. August: Frankfurt a. M., Ulmenstraße

Markus brauchte drei Tage für seine Recherche, dann hatte er alles zusammen. Ganz so ungewöhnlich, wie Noah gesagt hatte, waren Beben im Rheinland dann doch nicht. Er hatte sogar einen Fachartikel über ein Starkbeben gefunden, das auf halber Strecke zwischen Aachen und Köln die Erde mit einer Amplitude von sieben auf der Richterskala regelrecht auseinandergerissen hatte. Zugegeben, das war mehr als zweitausendfünfhundert Jahre her. Aber auch 1992 hatte ein Erdbeben die Region mit einer Stärke von über fünf erschüttert. Im Grenzgebiet zu den Niederlanden hatte es dabei sogar einen Toten gegeben.

Entluden sich die aufgestauten Spannungen doch von Zeit zu Zeit in einem Erbeben? Dann war das plötzliche Absacken um vier Zentimeter unwahrscheinlich. Wollte Noah ihm mit der angebrachten Markierung einen Bären aufbinden? Um Aufmerksamkeit zu bekommen? Es war ein Leichtes, einen Strich auf beiden Seiten eines Risses in unterschiedlicher Höhe anzubringen!

Noah hatte auch prophezeit, dass er weder bei der Erdbebenwarte in Bensberg noch bei der Uni Köln einen Termin bekommen würde. Markus hatte den Termin bereits beim ersten Anruf festmachen können. Wollte Noah nicht, dass er nach Köln fuhr?

Rabea war von Noahs Warnung überzeugt. Sie glaubte fest an die aufziehende Gefahr. Markus beschloss, weitere Fakten zu sammeln. Auf der aktuellen Basis würde er keinen Artikel ins Blaue raushauen.

Gerade raffte er seine Unterlagen zusammen, als sein Telefon klingelte.

„Hi, Markus", sagte Lena. Sie hatte auf seine Bitte hin einen tiefen Blick in die Daten des geologischen Institutes in Köln geworfen. Anders als Markus kannte sich Lena hervorragend mit Computern aus. Schließlich hatte sie nach ihrer Sturm- und Drangzeit als Hackerin die Seite gewechselt und führte jetzt ein eigenes Unternehmen für IT-Sicherheit.

„Fakt ist", stieg sie sofort ins Thema ein, „die Uni hat über zehntausend Sensoren in der Eifel und der Rheinischen Tiefebene verteilt."

„Wofür brauchen die so viele Sensoren?"

„Als Messpunkte mit GPS-Sendern beziehungsweise Empfängern. Ich habe mal vorsichtig nachgesehen, Köln wertet die Signale permanent aus und schließt dabei auf die Entfernung zwischen den Punkten."

„Wow, dann kennen die jeden Stein zwischen dem Dom und Luxemburg."

„Millimetergenau! Das Projekt hat wahrscheinlich bereits Millionen verschlungen. Die müssen eine riesige Angst haben, dass sich etwas in der Erde tut. Die sehen jede kleinste Verschiebung oder Ausstülpung."

Lena zögerte einen Augenblick, bevor sie weitersprach: „Das Projekt ist übrigens als geheim klassifiziert und wird von der Bundesregierung bezahlt."

„Konntest du rausfinden, was Köln zu Noahs Felsspalten sagt?"

„Das ist ein Problem. Keine schriftlichen Auswertungen der Daten, keine einzige Zusammenfassung, keine Veröffentlichungen. Ich habe selbst die gelöschten Dateien mal nach möglichen Keywords durchsucht. Nichts!"

„Entweder es gibt keine vorzeigbaren Ergebnisse oder die werden geheimgehalten", folgerte Markus. „Oder sie wurden professionell gelöscht!"

„Und jetzt?", wollte Lena wissen.

„Ich statte der Uni mal einen Besuch ab. Mal sehen, was die einem ins Gesicht sagen. Ich fahre mit Rabea hin, sie hat mir den Kontakt nach Köln zu der Leiterin der Erdbebenwarte vermittelt."

*

Kurze Zeit später war der alte Renault Laguna von Rabea wieder auf der A3 nach Norden unterwegs. Markus rutschte auf der Suche nach einer bequemeren Sitzposition auf dem durchgesessenen Beifahrersitz hin und her. Rabea stellte das Radio aus. Während der holländische LKW vor ihnen bedrohlich größer wurde, suchte Rabea mit einer Hand hinter dem Fahrersitz ihr Handy in ihrem Rucksack und fischte es schließlich heraus. Sie ließ kurzzeitig das Lenkrad los, betätigte den Blinker und wechselte ohne in den Außenspiegel zu schauen die Fahrbahn.

Markus straffte reflexartig seinen Sicherheitsgurt.

Dann nahm die Kontaktliste ihres Handys die ganze Aufmerksamkeit der jungen Fahrerin in Anspruch.

Markus griff nach dem Handrad an der Seite und brachte seinen Sitz unauffällig in eine aufrechte Position. Er enthielt sich jeden Kommentars. Er wollte nicht noch den kleinen Rest ihrer Aufmerksamkeit ablenken, mit dem sie dem Verlauf der Autobahn folgte.

Rabea wählte einen Kontakt aus und hielt sich das Telefon ans Ohr.

„Noah, gibt's was Neues?"

Rabea schien sich kurz zu schütteln.

„Ja, wir sind auf dem Weg zur Uni Köln. Markus hat einen Termin mit der Dr. Peters gemacht."

Der Renault scherte vor einem Wohnwagengespann wieder in die rechte Fahrspur ein, während Rabea eine Schnute zog und aufmerksam zuhörte. Dann verabschiedete sie sich mit einem *bleib dran* und legte das Handy aus der Hand.

„In den letzten drei Tagen hat Noah keine weiteren Veränderungen in der Höhle festgestellt … Bis auf eine. Die Asseln sind seit heute Morgen verschwunden. Die Ratten verlassen das sinkende Schiff."

Rabeas Stimme klang nachdenklich.

„Markus, wir müssen verdammt wachsam sein. Noah hat Recht, irgendetwas stimmt da nicht."

Markus war immer noch skeptisch. Da Rabea sich zur Abwechslung auf den Verkehr konzentrierte, wagte er einen Blick aus dem Fenster. Sie überquerten gerade den Rhein. Draußen sah alles friedlich aus, keine Anzeichen für eine drohende Katastrophe. Bei dieser Faktenlage würde es keinen Artikel von ihm geben, aber der Tag war ja noch lang.

Rabea lachte plötzlich auf. „Noah hat noch prophezeit, dass die Peters uns freundlich und ausführlich die Aufgaben des Instituts erklären wird. Danach wird sie über die Entstehung der Rheinischen Tiefebene und der Eifel philosophieren, am Ende jeden einzelnen Messpunkt erklären und dann Entwarnung geben. Alles wäre ruhig in ihrer Überwachungsregion, wie seit Millionen Jahren. Das gelte auch für den Feldbiss."

*

Dr. Eva Peters, die unter anderem die Erdbebenstation in Bensberg leitete, war eine großgewachsene Frau, Mitte vierzig, mit einer auffallend geraden Körperhaltung. Ihren schönen Kopf auf ihrem schlanken Hals balancierend, sagte Sie genau das, was Noah angekündigt hatte und brauchte dabei fast die identischen Worte. Die Dame hatte ein profundes Wissen. Sinn für Humor hatte sie nicht.

Markus versuchte, sie durch interessierte Fragen zu bezirzen.

Absolut aussichtslos.

Auch Rabeas Einwürfe wurden von ihr kommentarlos übergangen.

Als Markus sein frisch erworbenes Halbwissen über die jüngere Erdbebengeschichte der Niederrheinischen Bucht ins Feld führte, wich sie keinen Millimeter von ihrem imaginären Manuskript ab.

„Wo keine Spannungen sind, gibt es auch keine Erdbeben. Hier ist auch die nächsten tausend Jahre alles ruhig. Restrisiko ausgeschlossen." Dr. Eva Peters behauptete, die Sensoren seien gerade hier platziert worden, weil es so ruhig ist. Wenn sie die minimalen Veränderungen erfassen können, die es immer gibt, dann funktioniert die Messtechnik auch in gefährlichen Gegenden.

*

„Alles gelogen! Charmant, aber gelogen," fasste Markus das Gespräch mit der Kölner Forscherin zusammen, als sie das Uni-Gebäude verließen.

„Hast Du den Bildschirmschoner von dieser Peters gesehen?"

Markus sah Rabea fragend an.

„Die Standing Stones of Callanish. Eine megalithische Kultstätte", erklärte sie.

„Wie Stonehenge?"

„Du sagst es. Liegt aber einsam an der nordwestlichen Spitze von Schottland, auf der Isle of Lewis. Ich war vor ein paar Jahren mal zum Wandern dort."

„Warum erzählst du mir das?"

„Rate doch mal, was man auf der Insel machen kann? Ich sag's dir: gar nichts!"

Markus nahm sein Handy und suchte Isle of Lewis im Web. „Insel der Äußeren Hebriden, Hauptort Stornoway, hügelige Gegend bis dreihundert Meter, Schafzucht, Fischerei, Landwirtschaft, tägliche Fährverbindung, kleiner Flughafen. Klingt nicht gerade nach einer Titelstory."

„Ich seh' schon", sagte Rabea, „es hat bei dir noch nicht geklingelt!"

„Du vermutest, es könnte der perfekte Fluchtort sein, stimmt's?"

„Hey, nicht schlecht für einen Star-Reporter." Rabea lächelte Markus keck an. „Ganz genau. Der perfekt abgeschottete Ort. Wenn Europa ins Chaos fällt, bist du da oben mit ein paar hundert Leuten als Selbstversorger auf der sicheren Seite."

Markus war alles andere als überzeugt. „Der Bild-schirmschoner kann Zufall sein."

„Ich wette, die Peters hat einen Plan B, ganz für sich privat. Schauen wir doch mal nach, ob die Gute dort oben eine Immobilie gekauft hat."

„Da kannst du auch gleich mal auf dem Mars nachfragen", witzelte Markus. „An einem NASA-Projekt über Beben auf dem Mars ist Frau Dr. Peters nämlich auch noch beteiligt."

Rabea ging nicht auf Markus Stichelei ein und fingerte ein zusammengefaltetes Stück Zeitung aus einer Seitentasche ihres Rucksacks.

„Ich kenne da auch noch einen Professor in Zürich", sagte sie und drückte Markus den Artikel in die Hand.

Markus blieb stehen und faltete die Seite auseinander. Ein Artikel über Klimaveränderungen. Oben am Rand, mit Kugelschreiber hingekritzelt, eine Telefonnummer und ein Name: Urs Guggisberg.

„Zürich", sagte Markus nachdenklich und steckte den Artikel ein. Dann hörte er Schritte, die sich eilig von hinten näherten.

Im nächsten Moment hakte sich eine junge Frau zwischen ihnen ein und zog sie mit sich.

„Geht unauffällig weiter", raunte die Frau halblaut ohne dabei die Lippen zu bewegen, „wir werden beobachtet."

„Astrid! Hallo. Schön dich zu sehen", sagte Rabea überrascht.

„Ich habe gesehen, wie ihr in das Büro meiner Chefin gegangen seid. Ich weiß nicht, was die Peters euch gesagt hat. Es ist aber wahrscheinlich nicht die Wahrheit."

„Wir wurden schon vor der Dame gewarnt", entgegnete Rabea.

„In unserem Institut laufen seit Anfang der Woche komische Typen rum. Keine Ahnung, welche Kompetenzen die haben", erklärte Astrid auf Rabeas fragenden Blick hin. „Unsere Messdaten wurden auf einen Server in Meckenheim übertragen. Damit haben wir jetzt keinen Zugriff mehr."

„Meckenheim? Wo liegt das denn?" Rabea zog die Stirn kraus.

„Bei Bonn. Soweit ich weiß, sitzt da das Bundeskriminalamt", fügte Markus hinzu.

Astrid vergewisserte sich, dass ihnen niemand folgte, und fasste ihre Kenntnisse im Telegrammstil zusammen. Sie sprach von geologischen Verwerfungen und verhakten Flanken, vom Aufbau tektonischer Spannungen in der Erdkruste und von einem fehlenden aseismischen Kriechen. Je länger nichts passiere, umso schlimmer werde es, sollten sich die bedrohlichen Spannungen mit einem Knall entladen.

Markus sah einen Mann mit schnellen Schritten quer über den Campus auf sie zukommen.

„Die Flanken der Rheinischen Tiefebene sind verhakt", fügte Astrid, die den Mann ebenfalls sah, rasch hinzu. „Die Gefahr unerwarteter Erdbeben ist viel größer, als alle zugeben wollen. Das verheerende Beben in Düren von 1756 war kein Zufall. Über sechs auf der Richterskala. So etwas kann jederzeit wieder passieren. Und ich glaube, es passiert bald. Ich muss weg. Passt auf euch auf!"

Astrid nutzte den Schutz eines dunklen Torbogens und wollte gerade in einer Gruppe von Studenten untertauchen, als ihr Rabea hinterherrief. „Noah meint, der Feldbiss lebt. Der Boden sackt weiter ab. Er hat uns einen neuen riesigen Spalt gezeigt."

„Leise, still! Bist du verrückt?" Mit ein paar schnellen Schritten war Astrid bei Rabea: „Du hast mit Noah gesprochen? Wenn einer die Geheimnisse des Bundeskriminalamts kennt, dann Noah! Schließlich war er mal einer von denen! Hat er dir das nicht erzählt?" Nach diesen hastig hervorgestoßenen Sätzen verschwand Astrid in der Menge.

Für Markus ging alles etwas zu schnell. Er sah Rabea an: „Wie bitte?"

Schockiert griff Rabea Markus' Arm und zog ihn schnell weiter zu ihrem Auto. „Noah ein BKA-Mann? Unglaublich!"

*

Auf der A3 kurz vor Siegburg drückte Rabea bereits zum dritten Mal die Wahlwiederholung, ohne Erfolg.

„GEH AN DEIN VERFLUCHTES HANDY!", schimpfte sie und klopfte ungeduldig auf das Lenkrad. „Ich kenne Noah jetzt schon seit Jahren und habe ihm immer vertraut. Warum hatte er mir kein einziges Wort von seiner Vergangenheit erzählt. Ich kann einfach nicht glauben, dass er ein Polizeispitzel ist."

Wütend schmiss Rabea ihr Handy auf die Rückbank. Dann trat sie ohne Vorwarnung auf die Bremse und brachte den alten Renault mit ratterndem ABS auf den Standstreifen zum Stehen.

„Irgendetwas stimmt hier nicht!" Rabea drehte sich zu Markus. „Noah ist immer sofort am Telefon, wenn ich anrufe." Sie starrte ihn noch einige Sekunden überlegend an, dann beschleunigte sie den Wagen und raste die letzten fünfhundert Meter auf dem Standstreifen bis zur Ausfahrt Siegburg. Zwei Minuten später war der Renault auf dem Weg nach Aachen-Herzogenrath.

Markus erkannte die Stelle im Wald sofort wieder, genau hier hatten sie letzte Woche geparkt. Rabea machte aber keine Anstalten zu bremsen und bretterte geradeaus, immer den Trampelpfad entlang. Zweige peitschten gegen die Windschutzscheibe und nahmen ihnen jegliche Sicht.

„Das muss die Kiste aushalten!", kommentierte Rabea cool. Für einen Sekundenbruchteil hatte sie zu Markus geblickt.

„VOLLIDIOT!" Reflexartig riss Rabea das Lenkrad herum. „WAS HAT DER HIER IM WALD ZU SUCHEN?"

Der Renault schrammte haarscharf an einem Jeep vorbei. Zentimeter vor einer dicken Buche kam er zum Stehen. Der Motor erstickte. Ruhe im Wald.

„Alles okay?"

Rabea atmete tief durch und nickte.

„Vielleicht sind die anderen verletzt?" Markus sprang hastig aus dem Wagen und eilte zu dem Jeep, der nur wenige Meter hinter ihnen frontal gegen einen Baum geprallt war. Nur noch zwei Schritte und er hatte die Beifahrertür erreicht. Plötzlich heulte der Motor des Geländewagens auf und das Fahrzeug setzte ruckartig zurück. Im letzten Moment sprang Markus zur Seite, verlor den Halt und stürzte. Als er wieder aufblickte schoss der Jeep davon.

„IDIOT!", schimpfte Markus und rappelte sich auf.

„Komm, wir müssen Noah finden", drängte Rabea und lief weiter den Trampelpfad entlang.

„NOAH!" Rabea erreichte als erste den grünen Bauwagen und hetzte auf die Eingangstür zu. „NOAH, BIST DU DA?"

Keine Antwort.

Markus blieb stehen. Er hörte nur seinen eigenen Atem. Alles sah genauso friedlich aus wie letzte Woche. Es gab auch keine Spuren der Stollenreifen, mit denen der Jeep den Trampelpfad umgepflügt hatte.

„Hier ist er nicht." Rabea erschien wieder in der Tür, drückte erneut die Wahlwiederholung ihres Handys und lauschte.

Kein Klingeln. Nichts.

„Schau du hier oben nach ihm. Ich gehe runter zum Bach." Markus kletterte eilig den Hang zum Wasserrad herunter.

Nichts zu sehen von Noah. Dafür fand er die Reifenspuren eines Geländewagens. Sie führten direkt zum Wasserrad.

Warum dreht sich das Wasserrad nicht?

Markus ging schnellen Schrittes den Bach entlang. Dann stoppte er abrupt. Aus den Augenwinkeln hatte er etwas Glänzendes gesehen. Genau an der Stelle, wo die Spuren des Geländewagens aufhörten.

Ein Messer.

Noahs Messer. An der Spitze haftete eindeutig Blut.

„RABEA! HIER UNTEN!" Markus hetzte durch die Brennnesseln zum Bachufer.

Nach wenigen Schritten erkannte er, was das Wasserrad blockierte.

In diesem Moment erschien Rabea hinter ihm.

„Warte Rabea, bleib stehen", warnte Markus, erreichte aber nur, dass sie sich an ihm vorbeidrückte.

Als Rabea die Leiche mit der Tarnjacke entdeckte, den Kopf unter einer Schaufel des Wasserrades eingeklemmt, fiel sie laut schluchzend auf die Knie.

*

Mittwoch, 11. August: Nahe Aachen-Herzogenrath

Alexej jagte seinen Jeep den schmalen Trampelpfad entlang.

Verdammt, das war knapp! Was wollen die hier?

Blitzschnell riss er das Steuer herum, als sein Wagen aus dem Dickicht des Waldes auf die Landstraße schoss. Dann, an der nächsten Auffahrt, sofort auf die Autobahn. Mit Vollgas raste der Jeep Richtung Köln.

Wie schnell finden die beiden die Leiche?

Das Fahrzeug, das ihm gerade im Wald begegnet war, hatte er eindeutig identifiziert. Ein alter Renault Laguna. Insassen: eine Frau und ein Mann. Das Frankfurter Kennzeichen hatte er in seinem Kopf abgespeichert.

Hatten die beiden auch sein Fahrzeug erkannt? Wie viele Minuten Vorsprung blieben ihm, bevor die Polizei ihm auf den Versen war?

Alexej bereute es in diesem Moment, sich nicht sofort um die beiden Insassen gekümmert zu haben. Aus Erfahrung wusste er, Tote machten deutlich weniger Ärger. Aber zu spät ist zu spät.

Jetzt machte auch noch sein Jeep Probleme. Aus der stark eingedrückten Kühlerhaube entwich weißer Dampf. Ein Grund mehr, die Karre schnell loszuwerden.

Wie immer, wenn sein Auftraggeber ihm die Zeit dafür gab, hatte Alexej seine Hausaufgaben gründlich gemacht. Er hatte in den letzten Tagen ausnahmslos alles, was über sein Opfer zu finden war, akribisch studiert. Und Noah war niemand, der keine Spuren hinterlassen hatte. Im Gegenteil. Er hatte ihm die Aufgabe denkbar leicht gemacht. Noah kämpfte für eine saubere Welt. Persönliche Beziehungen interessierten ihn anscheinend nicht. Die einzigen menschlichen Kontakte, die er bei Noah in den letzten Monaten fand, waren Strafanzeigen gegen zwei Müllhändler aus Aachen und Dortmund sowie Anfragen bei Klimainstituten, die sich in frustrierten Blog-Einträgen niederschlugen.

And this weird girl with pigtails, murmelte Alexej. Das komische Mädchen mit den Zöpfen, war der Einzige Kontakt zur realen Außenwelt, den er zu haben schien.

Warum dieser Eremit immer wieder in das Netz der NASA eingedrungen war, erschloss sich ihm nicht. Es interessierte ihn aber auch nicht. Dieser Noah war den Geheimnissen der Amerikaner nahegekommen. Zu nahe, das reichte. Ein Akt der nationalen Selbstverteidigung.

Jetzt musste sich dieser Vogel über die tödlichen Auswirkungen des Klimawandels keine Gedanken mehr machen.

Alexej bedauerte, dass er Noah vor dessen Tod nicht in Ruhe befragen konnte. Er überlegte, ob er irgendetwas Falsches gesagt hatte, dass das anfangs kooperativ verlaufende Gespräch ein so abruptes Ende gefunden hatte. Aber urplötzlich hatte dieser Einsiedler sein Kampfmesser gezogen. Anscheinend hatte er die Gefahr gerochen.

Vorsichtig betastete er seinen Wangenknochen. Der tiefe Schnitt brannte noch immer, aber die Blutung war vollends zum Stillstand gekommen.

Die eigene Verletzung ließ ihn an seine Zeit bei den Navy Seals zurückdenken: Geheimoperationen, Aufklärung hinter den feindlichen Linien, handstreichartige Überfallaktionen. Wahrscheinlich hatte dieser Waldmensch einst eine ähnliche militärische Ausbildung absolviert. Diese hatte ihm zwar nicht das Leben gerettet, aber immerhin hatte sie ihm eine schmerzhafte Befragung erspart.

„Direct action", zischte Alexej, zog den Wagen abrupt nach rechts und bretterte haarscharf an einem rot-weißen Absperrzaun vorbei, auf einen durch Bäume abgeschirmten Autobahnparkplatz: *Rastplatz Rur-Scholle Süd – außer Betrieb*, warnte ein Metallschild.

Damals bei den Seals waren sie wie eine Familie gewesen. Einer für alle, alle für einen. Sie servierten die Aufklärungsergebnisse, die hunderten Kameraden das Leben retteten. Gefangene durften sie nicht machen. Feinde intensiv zu befragen, gehörte dagegen zu ihrem Job.

Alle im Team konnten schweigen. Bis ein Maulwurf sie verriet. Ihr Vorgehen, ihre erfolgreichen aber unkonventionellen Verhörmethoden. Die Gruppe wurde über Nacht aufgelöst. Alle unehrenhaft entlassen. Der Kontakt zu den Kameraden brach schon kurz danach ab. Einen nach dem anderen suchte das Afghanistan-Syndrom heim, ergriff schleichend von ihnen Besitz. Der Krieg hatte sich in ihren Köpfen eingenistet und breitete sich wie ein Geschwür aus: Ohnmacht, Depression, Alkohol und Drogen.

Nur General Diggins hielt die ganze Zeit zu ihm.

Deshalb galt sein Eid jetzt nicht mehr Amerika, sein Eid galt alleine seinem General.

Ich habe getan, was ich tun musste, dachte Alexej, *ich schulde euch nichts mehr.* Dabei strich er sich mit zwei Fingern über die Wange. Von dem Vollbart, den er in Afghanistan zur Tarnung getragen hatte, waren nur die langen, schmalen Koteletten übriggeblieben.

Während der Wagen ausrollte, ließ er die Scheiben herunter. Dichter weißer Dampf quoll aus der Kühler-haube. Ein kurzer Blick nach links und rechts. Gut! Kein Mensch weit und breit, der Parkplatz war leer.

Er stieg aus und lehnte sich gegen den Jeep, die Einfahrt zum Parkplatz keine Sekunde aus den Augen lassend. Ungebetenen Besuch konnte er nicht gebrauchen. Sein Auftrag war ausgeführt. Es war vollbracht, die Zielperson hüllte sich in ewiges Schweigen. Er zündete sich eine American Spirit an und atmete den Rauch tief ein.

Alexej blickte in den Außenspiegel des Jeeps. Die neue Narbe würde ihn sein Leben lang begleiten. Er spuckte in sein Taschentuch und rieb vorsichtig das geronnene Blut ab. Dann ein letzter Blick auf das Handy. Ja, der Mann auf dem Foto würde jetzt keine Probleme mehr machen. Mit zwei Tasten war der Ordner mit allen Informationen unwiderruflich gelöscht und die ver-schlüsselte E-Mail an General Diggins, Verteidigungs-minister der Vereinigten Staaten, abgeschickt.

Germany Alpha: Mission accomplished!

Alexej zog den Reservekanister aus dem Kofferraum und verteilte den Kraftstoff großflächig im ganzen Fahrzeug.

Er wusste, nur wenige hundert Meter hinter dem Parkplatz lagen ein Badesee und der kleine Ort Echtz. Hier würde er ein neutrales Fahrzeug finden.

Als er den Schutz der Bäume verließ und den Fahrweg nach Echtz erreichte, explodierte hinter ihm sein Auto. Er drehte sich nicht um. Sein nächster Auftrag in der Antarktis wartete schon.

Das Zielfoto zeigte einen Mann Ende dreißig mit Vollbart: Geophysiker Dr. Urs Guggisberg, ETH Zürich.

*

Aachener Nachrichten

BRUTALER MORD: TRAUER UND ENTSETZEN
VIELE OFFENE FRAGEN

VON FINN CRAWLEY

Aachen, 12. August. Zwei Spaziergänger haben am späten Mittwochnachmittag eine männliche Leiche in einem Wald bei Aachen-Herzogenrath gefunden.

„Nach einer ersten rechtsmedizinischen Untersuchung geht die Kriminalpolizei von einem Tötungsdelikt aus", erklärte der Polizeisprecher. Nach Informationen unserer Zeitung, wurde das Opfer eingeklemmt, in einem selbst gebauten Wasserrad gefunden.

Die Ermittler geben als Todesursache die „Einwirkung mit halbscharfer Gewalt" an, was schlussfolgern lässt, dass dem Opfer die tödlichen Kopfverletzungen gezielt zugefügt wurden. Der Fundort wurde abgesperrt, Beamte der Spurensicherung untersuchen den Bereich.

Die Identität der Leiche wurde mit Noah H. angegeben. Aus seinem Umfeld ist unserer Zeitung bekannt, dass Noah H. ein 35 Jahre alter Umweltaktivist war und seit einigen Jahren dort im Wald lebte.

Ein Mitarbeiter der Polizei, der nicht genannt werden wollte, schilderte den rekonstruierten Ablauf der Tat folgendermaßen: Der Täter hatte Streit mit dem Opfer. Nach einem kurzen Kampf im Wald, worauf Blutspuren hindeuten, wurde dem Opfer mit einem axtähnlichen Gegenstand die Schädeldecke gespalten. Das Opfer war sofort tot. Der Täter ist flüchtig. Offiziell wollte sich aus ermittlungstaktischen Gründen niemand näher zum Tathergang äußern.

Die in ihrem Ablauf und Brutalität außergewöhnliche Bluttat versetzt die ganze Region unter Schock. Die Polizei bittet um sachdienliche Hinweise, die bei jeder Polizeidienststelle entgegengenommen werden.

Donnerstag, 12. August: Dortmund, MaKaRe

Marius Kaczynski vermied es, Zeitungen zu lesen. Die täglichen Bilder von verschmutzten Landschaften und mit Plastik verseuchten Meeren waren äußerst unschön und deprimierten ihn – manchmal. Erhielt er doch sein sauberes Geld für das Trennen und Aufbereiten von Problemmüll, den sonst keiner haben wollte.

Grundsätzlich war Müll-Export völlig legal, da Plastikabfälle von der EU als ungefährlicher Müll eingestuft wurden. Plastikabfälle durften nach internationalen Vorgaben frei gehandelt werden. Sortenreine Abfälle galten als Recyclat-Rohstoffe für die Plastikindustrie und sollten in der Wiederverwertung landen. Marius Kaczynskis Müll jedoch war nicht vorsortiert und landete normalerweise direkt im Meer. Das sparte den Umweg über die Slums und Flüsse in den Zielländern. Das war der einzige Unterschied.

Jeder Idiot in der Politik wusste, dass mit vertretbarem Aufwand Mischkunststoffe nicht wieder in die ursprüngliche Qualität zurückverwandelt werden konnten.

„Willst du einen Infusionsbeutel oder Beatmungsschlauch aus recycelten Käseverpackungen?", konterte er Fragen zu diesem Thema gewöhnlich. Ende der Debatte.

Kaczynskis Spezialität, wie er selbst sagte, war Up-Cycling: Müll in Geld umwandeln.

Er schlug sich mit beiden Handflächen leicht auf die Wangen, um sich aus seinen Tagträumen aufzuwecken. Fünf Tage waren seit dem Anruf schon vergangen. Fünf wertvolle Tage verstrichen.

Anfangs hatte er sich über den Anrufer nur gewundert. Der Mann wollte nicht wie all die anderen Müll loswerden. Im Gegenteil. Er wollte Müll von ihm kaufen. Eine ganze Schiffsladung.

Kaczynski hatte gelernt, nur Geschäfte abzuschließen, deren Sinn er verstand. In diesem Fall wollte eine Firma aus China für eine Lieferung von Müll zahlen. Wertloser Müll für echtes Geld? Diesmal wollte ihm der Sinn nicht recht einleuchten. Aber dann meldete sich sein Näschen für neue Geschäftsfelder. Daran ließ sich bestimmt zweimal verdienen! Und weshalb der Kunde für den Müll gutes Geld zahlte, würde er noch rauskriegen. Der Deal war heiß.

Er schnappte sich sein Notizbuch und klappte es mit einem Griff an der Stelle mit der umgeknickten Seite auf: seinem Zeitplan. Am neunzehnten Oktober musste die bestellte Ware an einer genau definierten Position im Südchinesischen Meer sein. Der Liefertag fiel exakt auf seinen Hochzeitstag, den er sonst gerne vergaß. Dieses Mal auf keinen Fall. Die Lieferung durfte keinen Tag später erfolgen. Das hatten die Chinesen unmissverständlich klargemacht.

Marius fand den Hinweis auf mögliche Konsequenzen absolut unpassend, auch wenn er sich im Telefonat nichts hatte anmerken lassen. Er war schließlich für seine Zuverlässigkeit bekannt, und der Preis für die Lieferung war großzügig bemessen.

Aber der Markt wurde rauher, die Sitten verrohten, das stand zweifelsfrei fest. Schon vor einem Jahr, beim Tod des größten Duisburger Altölhändlers, munkelte man, es sei kein Freitod gewesen. Denn wer schneidet sich vor einem Selbstmord beide Ohren ab? So etwas machen vielleicht Leute, die mit Öl malen. Aber jemand, der Altöl in Gold umwandelt?

MaKaRe hatte genau siebzig Tage bis zur finalen Lieferung an die Chinesen. Das musste reichen. Das Geschäft barg Risiken, aber ein Marius Kaczynski hatte bisher immer geliefert.

Soeben hatte er sein diskretes Konto online eingesehen. Ein ungewöhnlich großer Geldeingang heute Morgen zeigte, die Chinesen hielten sich an den vorgegebenen Plan. Die fünfzigprozentige Anzahlung war bereits verbucht. Es galt das gesprochene Wort. Einen schriftlichen Vertrag würde es nicht geben. Der restliche Betrag sollte nach der Lieferung beglichen werden.

Aber das Geschäft mit den Chinesen hatte einen ganz und gar besonderen Aspekt: Sie interessierten sich nicht für stinknormalen Plastikmüll. Geschredderte Rotorblätter ausgedienter Windräder, das wollten sie.

Kaczynski hielt etwas auf seine Spürnase, zudem quoll das Netz nur so über vor Hinweisen. Es dauerte nicht lange, bis er den Zusammenhang begriff: Bausand und Kies wurden in der Welt knapp. Ganze Strände waren schon abgebaggert, aber der Bauboom in Asien ließ sich nicht stoppen. Die Ressource Sand war begehrt wie Gold, fast zumindest. Geschredderte Rotorblätter dienten vermutlich als Sandersatz für die Betonherstellung.

Deshalb also der pralle Preis!

Kaczynski schaute in sein Notizbuch: Es blieben ihm ab heute noch zehn Wochen. Vier Wochen benötigte er für den Transport von Bremerhaven oder Hamburg bis nach China. Zwei Telefonate hatten gereicht: Hochseefähige Bulk Carrier in der gesuchten Größe gab es in Deutschland in ausreichender Zahl, sogar zu attraktiven Charter-Konditionen.

Blieben sechs Wochen, um sich die wertvolle Ware zu beschaffen. Nur wie? Er hatte weder Erfahrung im Recycling von Rotorblättern noch Zugriff auf genügend Material. Aber wenn einer in sechs Wochen zwanzigtausend Kubikmeter Rotorblätter auftreiben konnte, dann wer? Genau, Marius Kaczynski!

Für die richtige Antwort belohnte er sich mit einem Schulterklopfen. Er war sich sicher, hier rollte der nächste Megatrend an. In wenigen Jahren lief die Förderung für eine ganze Armee von Windrädern aus. Die schon heute ineffizienten, leistungsschwachen Gurken, die nur von großzügigen Fördermitteln mühsam am Drehen gehalten wurden, hatten definitiv ausgedient.

Die Energiewende frisst ihre Kinder!

Und jeder wusste, dass die Rotorblätter aus faserverstärkten Kunststoffen nicht wiederverwertbar waren. Seine Homepage behauptete seit letzter Woche jedoch genau das Gegenteil und pries die Leistung von MaKaRe Kreislaufwirtschaft schon jetzt als langjährigen Recycling-Spezialisten auf diesem Feld an.

Und sollten die satten Brüsseler Bürokraten ihre Hintern tatsächlich mal hochbekommen und den Export von Plastikabfällen verbieten, dann hatte sich MaKaRe bereits in dem neuen Markt etabliert. Und keine fünf Jahre später, frohlockte er innerlich, kämen die maroden Solarzellen dran.

Kein Zweifel, Marius Kaczynski würde ganz oben auf beiden Wellen mitschwimmen. Von jetzt an würde alles laufen. Als er darüber nachdachte, wie er dem Verlauf der Dinge noch einen zusätzlichen Kick verpassen konnte, tauchte plötzlich ein Firmenname vor seinem geistigen Auge auf: Friesenwind! Warum war er da bloß nicht früher darauf gekommen. Jetzt wusste er, wer ihm die Rotorblätter liefern würde.

*

Montag, 16. August: Frankfurt a. M., Ulmenstraße

Markus schnappte sich seinen Laptop, stopfte ihn im Gehen in seinen Rucksack und zog die Bürotür hinter sich zu. Der Fahrstuhl gab trotz dreimaligen energischen Drückens auf den weißen Knopf kein einziges Geräusch von sich. Na, dann eben die vier Etagen durch das Treppenhaus nach unten.

Er hatte gerade die ersten Stufen erreicht, als sein Handy klingelte.

„Ich bin's, Rabea."

Markus blieb kurz stehen und sah auf seine Uhr. „Rabea, lass uns später reden, mein Zug geht in zwanzig Minuten." Wenn er sich jetzt nicht sputete, käme er zu spät.

„Ich fahr dich zum Bahnhof."

„Brauchst du nicht. Das sind nur ein paar Minuten zu Fuß."

„Keine Diskussion. Ich steh schon unten direkt vor deinem Büro."

Keine Minute später sprang Markus in den alten Renault.

Rabea trat kräftig aufs Gas und ordnete sich Richtung Hauptbahnhof ein.

„Ziemlich viel Verkehr." Markus blickte skeptisch nach vorn. Fünfzig Meter weiter auf der Mainzer Landstraße stand der Verkehr bereits. „Warte, ich steig hier aus. Zu Fuß bin ich wirklich schneller."

„Jetzt mach dich mal locker, es geht schon weiter."

Nach einer Pause fragte Rabea: „Willst du nicht wissen, warum ich dich abgeholt habe?"

Markus lachte: „Lass mich raten. Du hattest Sehnsucht nach mir oder … sollte es am Ende mit der Story über den Feldbiss zusammenhängen?"

„Bringt Jonathan deinen Artikel? Hast du ihn gefragt?"

„Er ist interessiert, will aber keine Thesen, nur Fakten. Er hat Angst vor einem Fake. Ich soll ihm belastbare Beweise liefern, dann bringt er die Story."

Rabea nickte und verzog die Mundwinkel. „Dann war unser Termin in Köln bei dieser Peters für den Ar…"

Markus antwortete erst nach einer Pause. „Leider. Frau Dr. Peters hat Noahs These eine glatte Abfuhr erteilt, und Astrids Warnungen sind keine belastbaren Fakten." Vor dem Gespräch in Köln war Markus fast sicher gewesen, dass Noah ihn verladen wollte. Jetzt nicht mehr. *Noah hat das Verhalten der Peters richtig vorhergesagt und die verbirgt definitiv etwas.*

Und jetzt ist Noah tot.

„Warum ausgerechnet Noah?", fragte Rabea, als hätte sie seine Gedanken gelesen. „Was bringt einen Menschen dazu, jemanden wie ihn umzubringen?"

„Du kennst Noah viel besser als ich. Sag du es mir."

„Mit den blöden Asseln hat es bestimmt nichts zu tun."

„Weißt du woran Noah noch gearbeitet hat?"

„Du meinst, welchen Mist der Schwachkopf wieder gebaut hat", schimpfte Rabea.

„Hatte er noch weitere Geheimnisse außer seiner Polizei-Vergangenheit?"

„Bestimmt. Das Ganze gefällt mir nicht."

„Was meinst du genau?"

„Warum wurde Noah getötet, nachdem er sich mit uns getroffen hat?"

„Das ist bestimmt Zufall."

„Ach ja? Das war doch kein normaler Kampf. Das wirkte inszeniert! – *Umweltschützer von eigenem Wasserrad erschlagen*!", ereiferte sich Rabea.

Markus rief sich das Bild des Fundortes wieder vor Augen: „Du meinst, der Täter will uns etwas sagen?"

„Hängen wir irgendwie mit drin, ohne es zu wissen?"

„Vielleicht. Aber das würde bedeuten, dass an seiner Geschichte mit dem Feldbiss etwas dran ist und er der Wahrheit so nahegekommen ist, dass sich jemand dadurch bedroht fühlte."

„Aber wer sollte so etwas vertuschen wollen? Und warum? Bestimmt nicht diese Peters."

„Wir finden es raus", versprach Markus. „Normalerweise ist aber Rache die heißeste Spur. Hatte Noah Feinde?"

„Ich habe die ganzen letzten Jahre noch nie einen Menschen bei ihm gesehen."

„Wo fangen wir dann an?"

„Bei dem Jeep im Wald. Konntest du den Fahrer erkennen? Hast du dir das Kennzeichen gemerkt?

„Nein, Rabea. Lass uns später weiter darüber reden."

Sie hatte den Hauptbahnhof erreicht. Rabea, fuhr an den wartenden Taxen vorbei bis genau vor dem Haupteingang und stellte den Motor aus.

„Und übrigens, du schuldest mir noch eine Antwort."

Markus öffnete gerade die Beifahrertür, ließ sich dann überrascht zurück in den Sitz fallen: „Bitte?"

„Ist diese Lena jetzt noch deine Freundin? Ja oder Nein?"

*

Montag, 16. August:
Zürich, Eidgenössische Technische Hochschule

Mit deutscher Pünktlichkeit lief der ICE 1271 aus Frankfurt mit fünfunddreißigminütiger Verspätung in den Kopfbahnhof der Schweizer Metropole ein und kam mit quietschenden Bremsen zum Stehen.

Markus war froh, dass er keinen der Anschlusszüge erwischen musste, die auf die Minute genau Zürich verlassen hatten. Mit schnellen Schritten verließ er den Hauptbahnhof, überquerte die Brücke über die Limmat und stand fünfzehn Minuten später vor einem schmucklosen, etwa zehngeschossigem Gebäude. Er folgte der Ausschilderung Richtung C2SM, dem Center for Climate Systems Modeling. Hier würde er Dr. Guggisberg treffen. Dessen Sekretärin nahm ihn bereits am Aufzug in Empfang. „Wir haben schon auf Sie gewartet, Herr Manx." Sie begleitete ihn den Flur entlang und öffnete dann eine Tür.

„Bitte schön. Aber gleich nicht erschrecken", sagte sie mit einem zweideutigen Lächeln.

Markus verstand die Warnung, als er den Raum betrat. Zwei menschliche Körper pendelten, gehalten von langen Seilen, an der mindestens sechs Meter hohen Decke. Kurz darauf kamen sie neben ihm auf dem Boden zum Stehen. Die größere Person nahm ihren Helm ab, und ein Weltraumhandschuh streckte sich Markus entgegen.

„Grüezi und Willkommen in Zürich." Dr. Urs Guggisberg war trotz seiner erst neununddreißig Jahre bereits der unangefochtene Klimaexperte der ETH, Leiter des Forschungszentrums und Herrscher der größten Wetterdatenbank Europas. Er lachte dezent, als er Markus' verdutzten Blick auf ein zierliches Alien, das sich elegant aus ihrer gummiartigen Haut schälte, registrierte.

„Wir testen den neuen Ganzkörper-Marsanzug der ESA", erklärte Dr. Guggisberg. Das Alien hob den abgestreiften Raumanzug an den Schultern hoch und drehte sich vor Markus. „Ein willkommener finanzieller Ausgleich für die entfallenen EU-Forschungsgelder."

Markus bemerkte, dass Dr. Guggisberg seine Reaktion genau beobachtete.

„Aus unserem Forschungsfeld Geophysik kennen wir natürlich die Anforderungen, die bei Explorationen an die Ausrüstung gestellt werden, bis ins letzte Detail. Und ob wir nun bei Minus sechzig Grad Celsius in der Antarktis unterwegs sind oder auf dem Mars, allzu groß sind die Unterschiede nicht." Er wies auf den Ganzkörperanzug. „Das hier ist die zweite Generation der Bio-Suit-Klasse: waagerechte Sauerstoffflaschen, hunderte von Sensoren, voll flexibel, maximale Bewegungsfreiheit."

Beeindruckt schaute Markus an dem Marsanzug herunter und auf die enganliegenden Leggins. Das mit der Flexibilität leuchtete ihm absolut ein.

Mit den Worten „Wir sehen uns in zwei Minuten in meinem Büro nebenan", verließ Dr. Guggisberg den Raum. Kurz darauf erschien er in einem tadellos sitzenden Anzug.

Für den Uni-Betrieb leicht overdressed, dachte Markus.

„Schön, dass Sie da sind", erneuerte der Leiter des Forschungszentrums seine Begrüßung. Aus seinem kurzgeschnittenen Vollbart strahlte ein freundliches Lachen. „Kommen Sie, setzen wir uns, es gibt viel zu besprechen." In der Zwischenzeit hatte sich auch eine junge Dame mit stoppelkurzen blonden Haaren zu ihnen gesellt, die Guggisberg als *Steph* vorstellte.

Markus erkannte sie sofort wieder, auch wenn das Alien jetzt Jeans und elegante Pumps aus schwarzem Leder trug.

Sie nahmen an einem runden Tisch Platz, auf dem Mineralwasser und Kaffee auf sie warteten. Markus berichtete von seiner Fahrt nach Aachen-Herzogenrath, von der aktiven Bruchstörung, die Noah ihnen gezeigt hatte und von dem möglichen Einbrechen der Rheinischen Platte.

„Rabea meint, Sie seien der einzige Experte, der einem bei diesem Thema zuhört und ehrliche Antworten gibt", sagte Markus.

„Rabea Schreiber." Dr. Guggisberg nahm sein Wasserglas und trank einen kräftigen Schluck. „Wir haben schon seit mehreren Jahren Kontakt. Die junge Dame hat ein gutes Näschen für die Umwelt und ist immer dort, wo es brennt", sagte er anerkennend.

„Stimmt es, dass die Rheinische Platte abgesackt ist?", kam Markus direkt zum Punkt.

Dr. Guggisberg stand auf, ging zum Fenster und schaute auf den Universitätscampus hinunter.

„Natürlich stimmt es", sagte er leise. „Wir beobachten das mit großer Sorge. Wir, und da spreche ich nicht nur von der ETH, sondern auch von unseren Projektpartnern bei der *German Re*, halten es nicht für ausgeschlossen, dass es hier einen Zusammenhang mit extremen Wetterlagen und Klimaveränderungen gibt.

Dann deutete er auf seine Assistentin. „Steph ist Teil unserer Klima-Spezialeinheit. Sie beschäftigt sich mit diesen immer häufiger vorkommenden extremen Wetterlagen, insbesondere den Superzellen, das sind rotierende Gewitterwolken, die Verwüstungen aus Starkregen, Hagel und Sturm bringen." Dr. Guggisberg zeigte auf ein zwei Meter breites Foto an der Wand, auf dem eine riesige, schwarze Gewitterwolke zu sehen war. Aus dem rotierenden Monstrum schossen Blitze Richtung Erdboden.

„Kansas, USA, letztes Jahr", erklärte Steph knapp und breitete auf Markus' Nicken hin mehrere mit bunten Punkten übersäte Karten auf dem Tisch aus. Ohne große Einleitung sprach sie zuerst von Ozeanen und Kryosphäre, von Strömungen und Tiefseemessungen, erklärte detailliert die Messergebnisse und beschwor Hitzewellen in der Tiefsee und nahe der Arktis. Steph legte immer neue Karten dazu, die sich für Markus nur in der Farbe der vielen Punktwolken unterschieden: „Die Stratosphäre", erklärte sie. Zum Schluss folgten Daten zum Auftauen der weltweiten Permafrostböden.

Markus verstand, dass die Weltmeere und die Stratosphäre das Klima auf der Erde entscheidend beeinflussten, und die ETH tausende von Sonden verfolgte, die Daten aus bis zu sechstausend Meter unter und über dem Meeresspiegel sammelte.

„Die offiziellen Computermodelle vieler Länder haben Löcher größer als ein Emmentaler Käse", ergänzte Guggisberg. „Unzureichende Datenerhebungen führen zu falschen statistischen Schlüssen. Die Algorithmen orientieren sich unzulässig an Vergangenheitsmustern." Er nahm sein Glas, stellte es aber sofort wieder ab, um mit seinen Händen lebhaft zu gestikulieren. „Nur Dummköpfe können dabei noch gut schlafen!"

Er wies auf Steph: „Wir haben das mathematische Werkzeug, wir haben die Daten und ihre Attribution. Wir könnten in ein paar Jahren robuste Antworten finden. Wenn man uns denn lässt."

Markus leuchtete ein, dass das Verhältnis von Politik und Wissenschaft schwierig war. Wissenschaftliche Fakten wurden von allen in Zweifel gezogen, denen sie nicht passten.

„Die Debatte ist leider sehr schmutzig geworden", bedauerte der ETH-Forscher.

„Täglich erreichen uns Drohungen", ergänzte seine Assistentin. „Wir sollten noch vorsichtiger sein."

„Nein, wir lassen uns von niemandem einschüchtern", antwortete Dr. Guggisberg, schob seinen Unterkiefer entschlossen nach vorne und wandte sich an Markus. „Einzig die German Re in Deutschland, mit der wir unsere gesamten Rechnerkapazitäten vernetzt haben, ist ein zuverlässiger Partner. Nur gemeinsam haben wir überhaupt den Hauch einer Chance, die riesigen Datenberge richtig zu interpretieren."

Dr. Guggisberg stand auf und verschwand kommentarlos. Kurz darauf war ein klirrendes Geräusch zu hören und der ETH-Forscher erschien wieder mit einem Schälchen Eiswürfeln und einer Thermoskanne. Er öffnete die Kanne und ließ langsam ein Rinnsal heißen Wassers auf die Eiswürfel laufen. Mit einem lauten Knirschen bildeten sich unzählige Risse in den Eiswürfeln. Zufrieden stellte Dr. Guggisberg die Kanne ab und betrachtete eingehend das Ergebnis seines Show-Experiments.

„Man weiß nie, wo die Risse langgehen." Er drehte das Schälchen vor seinen Augen, als die Eiswürfel in viele kleine Stücke zersprangen. „Aber irgendwo muss sich die Spannung entladen."

„Das heißt?" Markus wollte es genau wissen.

„Wir können nicht exakt sagen wo genau es auf der Erde passiert. Aber der große Knall kommt ganz sicher ... Das Rheinland ist der geologische Schwachpunkt!"

Markus bemerkte, wie sich die Blicke von Steph und Dr. Guggisberg kurz trafen. „Wundern Sie sich nicht, dass Sie noch nie ein Worst-Case-Szenario gesehen haben?" Auffordernd schaute er Markus an. „Neben dem Forschungsverbund aus ETH und German Re haben nur die Amerikaner und die Chinesen ausreichende Rechnerkapazitäten, aber die werden von der Regierung kontrolliert. Die veröffentlichen kein Jota."

„Was bedeutet das Worst-Case-Szenario für uns?", fragte Markus. Dr. Guggisberg bestätigte Noahs Vermutungen Punkt für Punkt. Hatte der schräge Waldvogel am Ende doch Recht, dass sich riesige Spannungen aufgebaut hatten und sich zu entladen drohten?

„Auf die Antwort müssen Sie noch vier Wochen bis zur großen Klimakonferenz in Dortmund warten." Der ETH-Forscher zeigte mit dem Finger auf seinen Computer. „Auf der Konferenz stellen wir die verheerenden Auswirkungen auf unser Leben erstmals vor, unfrisiert und unzensiert."

„Kann denn der Mars die Menschheit retten?", fragte Markus schockiert von den rabenschwarzen Aussichten.

„Sie meinen, wegen der Raumanzüge eben?"

Markus nickte.

Die Blicke von Dr. Guggisberg und seiner Assistentin kreuzten sich ein weiteres Mal.

„Wir haben in den letzten Jahren umfangreiche Vorarbeiten geleistet", übernahm Steph die Antwort für ihn. „Aber sechshundert Millionen Kilometer Flug und eine Rückreise erst nach zwei Jahren erscheinen unrealistisch."

„Und den Treibstoff für die Rückreise müssten wir erst auf dem Mars produzieren", ergänzte Dr. Guggisberg. „Menschen auf den Roten Planeten zu schicken ist ein logistischer Albtraum. Der Mars ist ein Symbol der Hoffnung, aber für einen Menschen ein absolut lebensfeindlicher Ort ohne dichte Atmosphäre, mit Temperaturschwankungen von über einhundert Grad Celsius, und die Horror-Liste ist noch viel länger."

Markus ließ vor Schreck seinen Kugelschreiber fallen und bückte sich, um ihn aufzuheben. Ein kurzer Blick unter dem Besprechungstisch: Das Alien hatte ihre Pumps abgestreift. Ihre Zehenspitzen schlängelten sich bereits in das Hosenbein von Dr. Guggisberg. Während über dem Tisch Endzeitstimmung herrschte, sah die Welt darunter eher nach Zukunftsplanung aus.

Dr. Guggisberg richtete seinen Blick auf Markus: „Auf dieser Erde gibt es nur eine einzige Macht, die den Klimawandel stoppen kann."

„Und welche Macht wäre das?"

„Das ist die Menschheit selbst! Entweder alle Menschen stoppen die Klimaänderung gemeinsam, dann überleben wir zusammen", er holte tief Luft, „oder alle arbeiten weiter gegeneinander, dann sterben wir zusammen. Die Erde überlebt auch ohne uns."

Steph rollte ihre Karten sorgfältig zusammen.

„Wir brauchen mehr Publicity, Herr Manx", sagte der Klimaforscher, „Sie können uns dabei helfen."

Markus schaute ihn fragend an.

„Wollen Sie sich mal ein eigenes Bild direkt vor Ort machen? Klimaforschung at work? Nächste Woche in der Antarktis? Ich lade Sie herzlich ein."

Dr. Guggisberg verabschiedete Markus: „Und denken Sie bei Ihrer Entscheidung daran, fünfzehntausend Kilometer in die Antarktis sind ein Katzensprung im Vergleich zu sechshundert Millionen Kilometern zum Mars. Würde mich freuen, wenn Sie uns begleiten!"

Markus überlegte. Dr. Guggisberg meinte es offenbar ernst. Um die Welt zu retten, brauchten sie scheinbar dringend die Öffentlichkeit, der einzige Weg, um schnell ausreichende Forschungsgelder zu akquirieren. Also könnte auch er mit seinen Artikeln einen bescheidenen Beitrag leisten, die Zukunft der Menschheit zu sichern.

*

Markus notierte schon die ersten Ideen für seinen Artikel, als sich der ICE in den letzten Strahlen der Nachmittagssonne durch die Schweizer Jura Richtung Basel schlängelte.

Dr. Guggisberg hatte Noahs Vermutung bestätigt. Eine Katastrophe rollte auf sie zu, im Rheinland zeigten sich schon die ersten Auswirkungen. Und die Regierungen warnten die Bevölkerung nicht, sondern verheimlichten alle Daten. In vier Wochen würde Dr. Guggisberg seine verheerende Klimaprognose vorstellen. Markus spürte langsam, dass er an einem ganz großen Thema dran war. Jetzt brauchte er Fakten.

Er konnte noch nicht wissen, dass die Drohungen an Dr. Guggisberg nicht so abperlten, wie dieser es vorgab. Vielmehr saß der Schweizer Forscher zeitgleich grübelnd an seinem Schreibtisch: Würde die Gefahr nachlassen, wenn die fürchterliche Klimaprognose erst veröffentlicht war? Bis zur Präsentation auf der Klimakonferenz in Dortmund waren es noch vier lange Wochen, in denen noch viel passieren konnte.

Hessische Neueste Presse

MARS - DIE LÄNGSTE REISE DER MENSCHHEIT

VON MARKUS MANX

Frankfurt/Zürich. Was können wir tun, wenn unser eigener Planet in Flammen steht? Stephen Hawking plädierte dafür, so schnell wie möglich den Mars zu kolonisieren, denn in wenigen Jahren würde es für Menschen kaum noch möglich sein, auf der Erde zu überleben.

Jetzt ist es soweit! Die Reise zum Roten Planeten rückt in den Bereich des Möglichen. Wie schön wäre es, von diesem mittlerweile ächzenden Planeten einfach abzuhauen, die Türe des Raumschiffs hinter sich zu verriegeln und ab. Das Problem dabei, es sind nicht nur sechs Stunden Bahnfahrt nach Zürich, sondern neun Monate Flug. Und die Rückreise wäre erst in zwei Jahren möglich.

Dr. Guggisberg von der ETH Zürich: „Bei genauem Hinsehen ist es ein Albtraum, Menschen auf den Roten Planeten zu schicken. Der Mars stellt für uns Menschen einen absolut feindlichen Lebensraum dar: keine dichte Atmosphäre, Temperaturschwankungen von über einhundert Grad Celsius, kein Magnetfeld. Schwangere, Babys und Kinder können wir dort oben unmöglich vor der gefährlichen Strahlung schützen, noch nicht mal durch Siedlungen unter dem Marsboden."

Der Klimaexperte bestätigte uns erneut, dass die Erde all die Abgase in der Luft und den Plastikmüll im Ozean schon irgendwie überleben werde, sie müsse von niemandem gerettet werden. Die eigentliche Frage ist: Werden auch wir Menschen diesen Wandel überleben?

Montag, 23. August: Aachen, Polizeipräsidium

„Wo wohnen Sie, Herr Manx?"

„In Frankfurt. Das haben Sie bereits zu Protokoll genommen." Markus wurde allmählich sauer. Die letzten Tage und Nächte hatte ihn viele Fragen verfolgt: Wer hatte Noah ermordet? Gab es einen Zusammenhang mit dem Feldbiss? Fühlte sich Noah bedroht? Hatte er sie deswegen in sein Geheimnis eingeweiht?

Nach einer Stunde im Polizeipräsidium Aachen trieb ihn nur noch ein einziger Gedanke um: Wie komme ich hier schnellstens raus?

„Und, was haben Sie dann hier im Wald gesucht?", stellte der Aachener Polizist bereits zum dritten Mal eine ähnliche Frage.

„Wir wollten nochmal mit Noah sprechen."

„Sie kennen also das Opfer persönlich", begann der Polizist von neuem, „wohnen in Frankfurt und fahren einfach mal so dreihundert Kilometer, um mit dem Opfer zu sprechen?"

Markus verlor langsam die Geduld, wiederholte aber äußerlich ruhig, dass Rabea und er einen Termin am geologischen Institut in Köln hatten und schon in der Nähe waren. Ja, er wollte mithelfen, den Mörder von Noah zu finden, aber polizeiliche Befragungen fühlten sich immer falsch an.

Der Beamte nickte nachdenklich. „Wie ist der volle Name Ihrer Begleitung oder Partnerin?"

„Rabea Schreiber! Ich bin aber nicht sicher, ob Sie die Art unserer persönlichen Beziehung etwas angeht!" Markus war kurz vorm Platzen.

„Sie haben den Toten also gefunden, eingeklemmt unter der Schaufel eines Wasserrades?", kam der Polizist wieder auf das Thema zurück.

„Genau. Das habe ich so zu Protokoll gegeben."

„Sie sind sicher, dass sie nichts angefasst haben?"

„Absolut sicher."

„Sie sind Journalist. Da sind Sie doch neugierig. Da nutzen Sie doch die Gelegenheit, wenn Sie mal vor der Polizei und der Konkurrenz am Tatort sind, machen Bilder, suchen nach Spuren …"

„Nein! Nichts von alledem. Es ist alles genau so, wie ich es gesagt habe."

„Das Opfer lag regungslos in dem Bach, als Sie es fanden, richtig? Woher wussten Sie dann, dass die Person tot war, ohne sie angefasst zu haben?"

Markus schilderte erneut den Anblick, der sich ihm geboten hatte: Die Spuren, das Messer, das viele Blut, eben die sichtbare schwere Verletzung des Opfers. Für ihn war es eindeutig.

„Haben Sie vorher schon mal einen Toten gesehen?"

„Ja."

„Und sie bleiben dabei, dass Sie nichts angefasst haben?", wiederholte der Polizist seine Frage.

Markus nickte.

„Für wie blöd halten Sie uns eigentlich?" Der Polizist verschränkte seine Arme und schaute Markus sekundenlang aus zusammengekniffenen Augen abschätzend an, bevor er weitersprach: „Wir haben Ihre Fingerabdrücke überall gefunden. Sie waren in der Hütte des Opfers, Herr Manx!"

Markus erkannte, dass er einen Fehler gemacht hatte. Den Besuch bei Noah vor drei Tagen hätte er erwähnen müssen.

„Und wir kennen auch das verdammt lange Vorstrafenregister Ihrer jungen Freundin!"

„Sie ist nicht meine … ähm, ich meine, wir kennen uns kaum."

„Fangen wir also noch einmal ganz vorn an, wir haben Zeit", sagte der Polizist jetzt wieder ganz ruhig. „Also, wann haben Sie das Opfer das letzte Mal lebend gesehen?"

„Da draußen läuft ein brutaler Mörder frei herum und Sie …"

Markus begann sich in Rage zu reden, doch der eiskalte Blick des Polizisten brachte ihn zum Schweigen.

„Da bin ich mir gar nicht mehr so sicher, Herr Manx!"

Diesmal verfehlten die messerscharf akzentuierten Worte des Beamten ihre Wirkung nicht und rissen Markus fast von den Beinen.

Markus berichtete. Dieses Mal ausführlich, beginnend mit Rabeas Anruf, dem ersten Treffen mit Noah, der Höhle, alles.

Der Beamte schien mit der neuen Version von Markus' Schilderung zufrieden zu sein und fuhr fort.

„Wo standen Sie, als Sie die Leiche zuerst gesehen haben?" Er schob Markus einen Lageplan hin und legte seinen Kugelschreiber darauf. „Wo genau?"

Markus kreuzte eine Stelle an, war sich aber nicht mehr ganz sicher. Die Umgebung hatte er ganz anders vor Augen.

„Sind Sie sicher?"

Markus blieb dabei. Er hatte keine Lust auf weitere Diskussionen und vor allem nicht darauf hier noch länger sitzen zu müssen. „Haben Sie Zweifel, dass es Mord war?", versuchte er einen Rollenwechsel.

„Nicht den geringsten", antwortete der Polizist knapp.

„Wer hat es getan?"

„Sagen Sie es mir. Hatte das Opfer Feinde?"

„Keine Ahnung."

Der Polizist kritzelte eine Notiz auf seinen Block.

„Hat das Opfer Sie oder Ihre Begleitung bedroht?"

Markus verneinte empört und verschwieg Noahs erste Begrüßung mit dem gezückten Messer.

„Hier steht, sie haben versucht, am Tattag das Opfer mehrmals anzurufen." Der Beamte sah ihn provozierend an. „Warum?"

„Hab ich nicht. Frau Schreiber hat versucht, Noah zu erreichen." Markus verheimlichte, dass Rabea sauer auf Noah wegen seiner BKA-Vergangenheit war und ihn zur Rede stellen wollte. Das würde nur weitere unlösbare Fragen aufwerfen.

„Sie haben meine Frage nicht beantwortet."

„Welche Frage?"

„Warum wollten sie Noah sprechen?"

„Fragen Sie Rabea Schreiber!"

„Hier steht, Sie haben einen Wagen sich vom Tatort entfernen sehen. Konnten Sie den Fahrzeugertyp erkennen?"

„Dunkelgrüner Jeep", antwortete Markus knapp.

„Haben Sie den Fahrer erkannt?"

„Nein", Markus rieb sich über die juckenden Augen. Unglaublich, dass Menschen es bei dieser stickigen Luft hier drinnen länger aushalten.

„Denken Sie nach. Sie sind doch Reporter."

Irgendwie klang es abschätzig, so wie er es sagte, fand Markus.

„Letzte Frage …"

Endlich geschafft.

Markus verließ angefressen das Büro. Im selben Moment öffnete sich die Tür gegenüber, auch Rabea war fertig. Wortlos ging sie neben ihm her. *Warum haben Polizeipräsidien immer diese monotonen Flure mit kalten Linoleumböden, wie in schlechten Filmen*, fragte sich Markus auf dem Weg nach draußen.

Plötzlich erhob sich direkt vor ihnen ein älterer Mann, der auf einer der Wartebänke gesessen hatte und stellte sich Rabea breitbeinig in den Weg. Mit seinem bunten Hawaiihemd und den schmissig nach hinten gekämmten

Haaren wirkte der Mann, der Rabea jetzt mit unverhohlenem Interesse von oben bis unten musterte, wie ein gealterter Schauspieler aus einem Low-Budget-Streifen.

Rabea zwängte sich an dem Mann vorbei, was dieser sichtlich zu genießen schien. Dann knurrte er den Polizisten an, der Markus aus dem Verhörzimmer gefolgt war.

„In meiner Vorladung steht elf Uhr. Jetzt haben wir Viertel nach elf. Pünktlichkeit sieht aber anders aus!"

„Dann sind Sie wohl Herr Kaczynski."

„Marius Kaczynski. Eigentümer und Geschäftsführer von MaKaRe Kreislaufwirtschaft, immer zu Ihren Diensten."

*

Dienstag, 24. August: Washington, D.C., NASA

„The Beast", rief der Junge entzückt und zeigte mit ausgestrecktem Arm auf einen schwarzen Cadillac, der in der Abenddämmerung von mehreren Polizeiwagen eskortiert mit hoher Geschwindigkeit über die Charles R. Fenwick Bridge Richtung Stadtzentrum rauschte. Die Fahrzeugkolonne überquerte den Potomac River, bog von der Eisenhower Fwy ab und hatte ihr Ziel bereits nach zehn Minuten Fahrzeit erreicht.

Die Bodyguards sprangen aus dem Font und öffneten den hinten sitzenden Passagieren die Tür. Ein Mann und eine Frau verließen das gepanzerte Fahrzeug und gingen zügig auf den Eingang zu. Keiner der beiden verabschiedete sich oder drehte sich zur Eskorte um. National Aeronautics and Space Administration, kurz NASA, prangte auf einer Stahlplatte am Eingang des schmucklosen, dreizehnstöckigen Gebäudes, das von außen und innen wie eine uneinnehmbare Festung wirkte.

Was der Junge auf der Brücke nicht wissen konnte, heute saß nicht der Präsident der Vereinigten Staaten in *The Beast*, sondern zwei hochrangige Staatsgäste. Die vier Turbinen ihrer Iljuschin Il-96-300PU waren auf dem Ronald Reagan Washington National Airport noch nicht abgekühlt, als sie den Sitzungsraum in Begleitung des amerikanischen Verteidigungsministers betraten. Wenige Minuten später fuhr auch der zweite Cadillac mit zwei chinesischen Ministern vor.

Joe Diggins, der amerikanische Verteidigungsminister, begrüßte die Ankommenden mit Handschlag, bevor sich alle an den runden Konferenztisch setzten. Diggins gab ein Zeichen. Die Ordonanzen verließen gleichzeitig den Raum und schlossen die schallisolierten Türen.

Es war nicht das erste Treffen in dieser Besetzung, aber mit großer Wahrscheinlichkeit würde es das letzte sein. Joe Diggins blickte in die Runde. Die drei wichtigsten Militärmächte des Planeten waren mit ihren Verteidigungs- und Heimatschutzministern persönlich vertreten.

Ihm gegenüber saß Julia Scharapowa, die russische Verteidigungsministerin. Sie hatte eine militärische Spezialausbildung absolviert und wirkte mit ihren achtundvierzig Jahren absolut durchtrainiert. Gerüchten zufolge schlief sie immer mit einem Finger auf dem russischen Atomknopf.

Sein Blick glitt weiter zum chinesischen Verteidigungsminister Wang Lei. Der schmächtige und selbst für einen Chinesen klein geratene Wang hörte oft nur zu, machte sich viele Notizen und griff nur selten mit eigenen Vorschlägen in die Diskussion ein. Als Vertreter von 1,3 Milliarden Menschen war er aber eine nicht zu unterschätzende Macht.

Die drei Heimatschutzminister interessierten Diggins nicht. Für ihn waren sie Minister zweiter Klasse und kamen nur zu Wort, wenn es um detaillierte Klimafragen ging.

Er schaute auf seine Armbanduhr, dann auf den immer noch freien Platz ihres Gastgebers im NASA-Headquarter.

Mit einem entschuldigenden aber nicht unzufriedenen Lächeln eröffnete Diggins das Meeting. „Liebe Julia, meine Herren. Wir haben lange gehofft, dass dieses Szenario nie eintreten würde. Leider hat der GAU sich jetzt doch ereignet." Langsam und jedes Wort abwägend, berichtete er, was gestern zur Einberufung des Krisenmeetings geführt hatte. Er versuchte, sich auf die reinen Fakten zu konzentrieren und seine Schlüsse wegzulassen.

Fakt war: Deutschland und die Schweiz wurden von der CIA seit vielen Jahren engmaschig überwacht, was ihre Klimaforschung anging. Die beiden europäischen Länder waren geradezu vernarrt in die Idee, den Planeten fast im Alleingang zu retten. Sie investierten immer mehr Mittel in Klimaforschung und Klimaschutz. Zweistellige Milliardenbeträge jährlich.

Diggins stand auf, nahm einen Stapel zusammengehefteter Unterlagen und ließ vor jedem Teilnehmer ein Exemplar auf den Tisch fallen.

„Zusammenfassung …"

Das Aufschwingen der einzigen Tür des Sitzungsraums unterbrach den US-Verteidigungsminister. Als er sah, wem die Tür geöffnet worden war, nahm er Haltung an.

„Hervorragende Arbeit Collins, gefällt mir ausgezeichnet die Sea Force One", komplementierte der Präsident den offiziellen Gastgeber des heutigen Meetings in den Sitzungsraum. Dann verneigte er sich in der Tür stehend zum chinesischen Verteidigungsminister, salutierte mit zwei Fingern an der Schläfe, begleitet von einem Hundertachtzig-Grad-Grinsen, in Richtung Julia Scharapowa und schloss die Tür von außen.

Die russische Verteidigungsministerin hatte den Gruß des US-Präsidenten mit einem Nicken und leicht nach oben gezogen Mundwinkeln erwidert. Jetzt lag auf ihren Lippen ein entspanntes und natürliches Lächeln. Ihr Blick hatte sich mit dem von Jasper Collins gekreuzt.

„Zusammenfassung!", fuhr Diggins nach der Unterbrechung etwas lauter als beabsichtigt fort. „Steht zum Nachlesen auch alles noch einmal auf der letzten Seite, was die deutschen und die Schweizer Forscher herausgefunden haben: Fünf Grad Erderwärmung bis zur Jahrhundertwende! Die Erde ist mit herkömmlichen Mitteln nicht mehr zu retten!"

Diggins hatte, während er die Sätze verkündete, seinen Platz wieder erreicht und ließ sich auf den Stuhl fallen.

„Exakt die gleichen Ergebnisse, die wir vor Jahren berechnet haben", bestätigte die russische Verteidigungsministerin.

Jetzt wusste Diggins, was ihn manchmal an Julia störte. Nicht nur, dass sie eine junge Frau in dieser Funktion war, sie bekam auch immer eine etwas piepsige Stimme, wenn sie sich emotional berührt zu Wort meldete.

Unerwartet mischte sich auch der schmächtige Wang ein: „Wir sind mit unseren Vorbereitungen noch nicht soweit! Die Informationen dürfen auf keinen Fall an die Öffentlichkeit gelangen!" Wangs Tonfall war eindeutig: Es war kein Vorschlag, sondern eine Forderung.

Diggins wusste genau, wofür der chinesische Verteidigungsminister Zeit brauchte. Die gestochen scharfen Satellitenfotos in seiner Aktentasche bewiesen, dass die Chinesen im tiefblauen Wasser der Spratly-Inseln sieben Riffe aufschütteten und befestigten. Sieben gigantische Ringe, zehn Kilometer im Durchmesser, der Bau der geheimen Stadt.

„Ich möchte nur daran erinnern, dass wir in China die meisten Erfahrungen mit der Beeinflussung der öffentlichen Meinung haben. Ich kann Ihnen nur beipflichten. Die Öffentlichkeit wird sich nicht mehr beruhigen lassen, wenn diese Informationen durchsickern."

Julia Scharapowa schüttelte langsam den Kopf.

„Eine Strategie der kleinen Schritte wirkt schon lange nicht mehr! Wir müssen zu deutlich härteren Mitteln greifen", ereiferte sich Joe Diggins gegenüber der Russin. „Wir kommen nicht umhin, einige Key Player aus dem Spiel zu nehmen!" Der amerikanische Verteidigungsminister sprach die Worte aus, als handele es sich um Schachfiguren.

„Wir brauchen eine Liste. Wer sind unsere größten Gegner? Wo sitzen sie? Wie kommen wir an sie ran?"

Die Fragen des Chinesen zielten in die gleiche Richtung.

Julia Scharapowa spielte die verschiedenen Optionen im Kopf durch. Aber letztendlich sah auch sie keine bessere Möglichkeit, die Katastrophe in den Griff zu bekommen. Auch die Russen waren mit ihren Vorbereitungen nicht weit genug, das wusste sie genau. „Haben wir eine Alternative?"

Ihre Frage ging an Jasper Collins, der, seit er den Raum betreten hatte, mit verschränkten Armen und ernstem Blick neben der Tür stand.

„Sollen wir unsere Präsidenten informieren? Weil wir ...", Diggins zeigte mit dem Finger in die Runde, „nicht in der Lage sind, das Problem zu lösen?"

Alle verneinten.

„Nun gut, ganz oben auf unserer Liste steht die German Re, mit einem gewissen Rainer Bahlo und die

Universität Zürich mit einem Urs Guggisberg. Die beiden haben zusammen ein neues Klimamodell kalibriert. Weitere Kandidaten haben wir im Visier. Die Kollegen stellen gerade eine Long List mit allen potentiell Beteiligten zusammen."

Joe Diggins rieb sich die Schläfen und dachte an die goldenen Zeiten zurück: *Amerika First*. Jetzt ging es nicht mehr darum, der Erste zu sein, jetzt wollte jeder nur noch seinen eigenen Arsch retten. Er schaute auf sein Handy und dachte an seinen PIN 010206, der 1. Februar 2006 war der Tag gewesen, an dem die NASA den Schutz der Erde aus ihrem *Mission Statement* gestrichen hatte. Sie hatten die Erde aufgegeben, als die Menschheit noch vom Garten Eden träumte. Seitdem floss das gesamte Geld der Supermacht nur noch in die Marsmission.

Julias Widerstand bröckelte zunehmend: „Gut, lasst uns nachdenken. Wie wollt ihr in den nächsten Tagen die Maßnahmen umsetzen? Und wie soll verhindert werden, dass etwas an die Öffentlichkeit durchsickert?"

Joe Diggins ergriff das Wort: „Wir müssen die Menschen zwingen." Der mit seinen 1,91 Metern dominant wirkende Amerikaner sah zunehmende Chancen, seine Meinung durchzusetzen. Für ihn wäre es wie ein gewonnenes Superbowl-Finale, wenn er endlich zeigen könnte, dass ihre Politik sie bisher in die Irre geführt hatte. Seit Jahren meldeten sich kleingeistige Moralisten und kritisierten ihn für seine Meinung, die weltweite Klimaforschung allein dem Militär zu unterstellen und nur abgestimmte Ergebnisse an die Öffentlichkeit zu geben.

„Unsere Kollegen haben sich schon seit längerem darüber Gedanken gemacht. Wenn alle mitziehen, dann können wir das sehr schnell umsetzen. Außerdem sind bei Einbeziehung aller keine Turbulenzen zu erwarten", erklärte er mit einem selbstzufriedenen Schmunzeln auf den Lippen.

Diggins machte an dieser Stelle eine kurze Pause, gleich hatte er sein Ziel erreicht. „Wir brauchen jetzt einen massiven Präventivschlag!"

„Nein", kam es leise aus der Ecke.

Diggins glaubte, sich verhört zu haben. Er hatte die Anwesenheit von Jasper Collins vollständig verdrängt. Collins war der offizielle Leiter ihres kleinen und streng geheimen multilateralen Teams. Nicht wegen seiner Fähigkeiten, sondern alleine deshalb, weil sich die Präsidenten von China, Russland und den USA nicht auf einen Militär als Teamleiter verständigen konnten. Soweit gingen die gemeinsamen Interessen dann doch nicht. Diggins hielt Collins für einen flügellahmen Rocketman, aber ohne ihn ging hier nichts.

„Was schlägst du vor, Jasper?", fragte Julia Scharapowa und ermunterte den zurückhaltenden NASA-Mann mit einem Lächeln.

„Wir machen es so, wie ihr es bei euch und die Chinesen bei sich zu Hause machen."

Na prima, wir kappen das Internet und stecken Rainer Bahlo und Urs Guggisberg in einen Gulag, dachte Diggins und biss sich auf die Zunge, damit er seinen Gedanken nicht laut aussprach.

„Wir von der NASA haben in der westlichen Welt die absolute Deutungshoheit in den technischen Naturwissenschaften. Wir können die Meinung der Öffentlichkeit in diesem Bereich maßgeblich beeinflussen und Kritiker mundtot machen."

„Und wie soll das gehen?", fragte Diggins, der sich nur vorstellen konnte, wie man Wissenschaftler mit einem vorne abgeflachten 5,56 Millimeter dicken Metallprojektil zum Schweigen brachte.

„Wie ich bereits gesagt habe: Wir von der NASA sind in der Wissenschaft die Autorität. Und wenn wir gezielt einzelnen Aussagen von diesem Schweden …"

„Schweizer", korrigierte Diggins.

„… und dem Deutschen widersprechen, dann springen andere ebenfalls auf den Zug auf. Sich der Meinung der NASA in der Wissenschaft anzuschließen ist nie verkehrt."

Wang Lei begann wieder, sich Notizen zu machen.

„Nehmen wir die Mondlandung oder besser die Außerirdischen …"

„Es gibt keine Außerirdischen", unterbrach Diggins den NASA-Mann, der unter den zustimmenden Blicken von Julia Scharapowa langsam aufzutauen schien.

„Sagt wer?", fragte Collins herausfordernd zurück.

„Die Air Force", erwiderte der Verteidigungsminister etwas überrumpelt.

„Ah, die Air Force." Collins nickte gekünstelt anerkennend. „Ihre Meinung, okay. Aber wir wollten es genauer wissen. Also haben wir eine Umfrage gemacht, haben zwei repräsentative Gruppen von Amerikanern befragt, ob sie der Aussage zustimmen: *Unsere Regierung hat keinen Kontakt mit Außerirdischen.* Was glauben Sie, wie viel Prozent der Befragten angegeben haben, dass sie dieser Aussage glauben, wenn wir als Quelle das US-Militär nannten?"

Diggins machte eine abwinkende Handbewegung.

„Achtundvierzig Prozent", klärte ihn Collins auf.

Gar nicht schlecht, fand Diggins und wunderte sich insgeheim über die Leichtgläubigkeit seiner Landsleute.

„Und bei der NASA waren es dreiundneunzig Prozent", schob Collins triumphierend hinterher.

Diese Runde ging an die NASA, musste Diggins zugeben und gab mit einer Geste zu verstehen, dass er sich in dieser Schlacht geschlagen gab. Sollten doch die Russen und die Chinesen glauben, die kommenden Ereignisse seien alle der Ideenschmiede der NASA entsprungen.

Die Staatsgäste hatten sich schon verabschiedet und den Raum verlassen. Nur Joe Diggins saß noch sinnierend hinter seinen transportfähig gestapelten Unterlagen: Seinetwegen konnte Jasper Collins die öffentliche Meinung so viel beeinflussen wie er wollte. Vielleicht würde er die Deutungshoheit zurückgewinnen. Möglicherweise auch nicht.

Zumindest seine persönliche Geduld mit diesem Guggisberg war restlos erschöpft. Immer wieder Beiträge in diesen Umweltforen, und jetzt die Ankündigung, den Pandora-Report in Dortmund zu veröffentlichen.

Diggins reichte es.

Er wusste längst, was er tun musste. Guggisberg stand schon deutlich zu lange auf seiner persönlichen Warnliste. Er nahm ein Pre-Paid-Handy aus seiner Aktentasche und wählte die einzige Nummer, die dort gespeichert war.

„Alexej, dein neues Ziel, der Schweizer. Lass es wie einen Unfall aussehen."

*

Mittwoch 25. August: Frankfurt a. M., Ulmenstraße

„Sie haben Noahs Mörder verhaftet."

„Was?" Markus erkannte Rabea Stimme am Telefon sofort.

„Ich les es dir vor: *Pressemitteilung der Staatsanwaltschaft Aachen*", Rabea klang ganz aufgeregt. „*Gestern Abend haben Beamte der Beweissicherungs- und Festnahmeeinheit in Dortmund den achtundfünfzig Jahre alten Deutschen Marius K. vorläufig festgenommen. Nach dem bisherigen Stand der Ermittlungen hatte der Tatverdächtige in einem Wald bei Aachen-Herzogenrath Streit mit einem fünfunddreißigjährigen Opfer.*"

„Das ging aber ungewöhnlich schnell." Markus konnte es nicht glauben, dass die Polizei den Mord schon aufgeklärt hatte und suchte sofort im Netz nach der Pressemeldung der Staatsanwaltschaft.

„Klingelts bei dem Namen nicht bei dir?", fragte Rabea. „*Marius K.* – das ist der schmierige Typ, der sich mir im Polizeipräsidium in Aachen breitbeinig in den Weg gestellt und mich mit seinen Blicken am liebsten ausgezogen hätte. Der hat sich doch dem Bullen als Müllkönig Marius Irgendwas vorgestellt."

„Dem Polizisten", verbesserte sie Markus, der die Meldung jetzt gefunden hatte. „*Die Ermittler schließen einen Zusammenhang mit einer Anzeige des Opfers Noah H. gegen den Müllhändler Marius K. wegen unerlaubten Verklappens von Sondermüll nicht aus.*"

„Das passt doch genau. Der ist eine Öko-Sau und Noah hat ihn angezeigt."

„Das erscheint mir zu einfach." Aus Erfahrung wusste Markus, dass es lediglich bei Beziehungstaten derart offensichtliche Zusammenhänge gab.

„Lebenslang sollen sie den einsperren und nie wieder rauslassen", forderte Rabea vehement. „Rache ist ein starkes Motiv."

„Dann sind vermutlich alle Müllhändler potentielle Mörder."

„Vielleicht war er wegen Noah pleite? Er hat alles verloren und ist deshalb ausgerastet."

„Soll ich einen Tipp abgeben?"

„Spar dir deine rhetorischen Fragen. Also sag schon."

„Der ist nicht der Typ für einen Mörder."

„Ich kenne genug Verrückte, denen man das nicht auf den ersten Blick ansieht. Außerdem kennen wir ihn doch gar nicht richtig."

„Wir sollten weitersuchen, Rabea. Wem ist Noah zu gefährlich geworden? Irgendetwas in der Richtung."

„Noah konnte keiner Fliege etwas zuleide tun", antwortete Rabea trotzig. „Hast du dir eigentlich mal die Frage gestellt, wie es mir nach dem Mord an Noah geht? Ich will endlich einmal wieder durchschlafen ohne hochzuschrecken. Ohne nachts mit dem Bild von Noah eingeklemmt unter dem Wasserrad schweißgebadet aufzuwachen. Ich habe den Blick von diesem Marius im Polizeirevier gesehen. Er ist Noahs Mörder – basta!"

Rabea hatte das Telefonat beendet.

Markus hoffte inständig, Rabea hätte Recht, und er würde sich täuschen. Hoffentlich lief Noahs Mörder nicht mehr frei herum.

*

Donnerstag, 2. September: Antarktis

Der Hubschrauber überflog in geringer Höhe und mit verminderter Geschwindigkeit das Zielgebiet in der Antarktis, drehte nach wenigen hundert Metern und setzte zur Landung an. „Meine Herren, wir sind am Ziel", erklang die Stimme des Piloten aus dem Kopfhörer. Mit einem Ruck setzte die Maschine auf und wirbelte eine Wolke aus Pulverschnee durch die klare Luft.

Gespannt hatte Markus die letzte Stunde aus dem Fenster geschaut. Eine Einladung in die Antarktis bekam man nicht jeden Tag. Aber außer der endlosen Weite des Südpols hatte er nicht viel zu sehen bekommen. Nur weiß, soweit das Auge reichte.

Dr. Urs Guggisberg sprang aus dem Hubschrauber. Jeden Fuß mühsam vor den anderen setzend, stapfte der Schweizer langsam durch den tiefen Schnee auf den einsamen Container zu, offensichtlich das Ziel ihrer langen Reise.

Markus löste seinen Sicherheitsgurt und folgte ihm.

Guggisberg hatte den Container bereits erreicht und streckte seine Hand aus, um den Schnee von der Plastikhaube zu wischen, die das Display zur Eingabe des Öffnungscodes schützte. Sein dicker Handschuh schwebte unentschlossen über der Abdeckung.

Markus trat zu ihm. Guggisberg schien zu zögern und schaute sich irritiert zu ihm um. Der eiskalte Wind fegte ihnen eine Schneewolke vom Dach des Containers ins Gesicht.

„Stimmt was nicht?" Markus registrierte Guggisbergs zusammengezogene Augenbrauen.

„Normalerweise türmen sich zwanzig Zentimeter Schnee auf der Abdeckung."

Jetzt erkannte es auch Markus. Nur ein Hauch von Pulverschnee lag auf der Plastikhaube. „Ist jemand kurz vor uns hier gewesen?"

Dr. Guggisberg drehte sich um und schaute zurück zum Hubschrauber. „Ungewöhnlich."

Markus folgte seinem Blick. Nichts zu sehen außer ihren eigenen frischen Spuren. Keine Fußabdrücke, auch keine Kettenspuren.

Dr. Guggisberg zuckte die Schultern und erklärte, dass eigentlich auch niemand in den letzten Monaten hier gewesen sein konnte, denn den Öffnungscode kannten neben seinem Team nur die deutschen Kollegen in der Mission Control im sechzehntausend Kilometer entfernten Bremen, die die Kameras überwachten und die Computer fernsteuerten.

Dr. Urs Guggisberg wischte wortlos den Schneestaub von der Plastikabdeckung, hob sie an, tippte ein paar Zahlen in das Display und drückte dann den Verriegelungshebel an der Tür nach unten. Die schwere Stahltür öffnete sich mit einem frostigen Knirschen. Dann schlug ihnen ein Schwall schwülwarmer Luft entgegen.

Sie waren im Container.

In der Eingangsschleuse unterzogen sie sich einer Ganzkörper-Desinfektion, dann folgte Markus dem ETH-Forscher die Treppenstufen nach unten. Aus dem Hubschrauber war von der Station außer einem einzelnen weißen Container nichts zu sehen gewesen. Hier unten zeigte sich die wirkliche Größe der Anlage. Mehrere Flure zweigten von der Haupttreppe in alle Himmelsrichtungen ab.

Dr. Guggisberg blickte sich zu Markus um und lächelte, als er dessen überraschtes Gesicht sah.

„Willkommen in EDEN III. Das ist unsere Kombüse! Mit großzügiger Unterstützung der NASA Marsforschung." Er war einige Meter in den ersten Flur abgebogen und hatte eine Seitentür geöffnet. Sie betraten einem schmalen Raum, an beiden Seiten deckenhohe Aluminiumregale. Dr. Guggisberg zeigte, während er langsam weiterging, auf ein Regal, in dem sich sechs Lagen Pflanzen platzsparend übereinander stapelten. „Vertical Farming! Paprika, Radieschen, Tomaten, Gewürze. Alles beste Qualität, drei Ernten pro Jahr, keine mikrobiologischen Verschmutzungen."

Er zog einen Salat aus einer der Pflanzschalen. Markus staunte. Vor ihm baumelte ein Salat mit nackten Wurzeln, ohne auch nur einen einzigen Krümel von Erde. „Wir haben alle natürlichen Wachstumsfaktoren durch künstliche ersetzt", beantwortete Dr. Guggisberg die unausgesprochene Frage seines Begleiters. „Die Wurzeln hängen in der Luft. Wir besprühen sie mit einem Nährstoffcocktail, computergesteuert versteht sich. Wir kontrollieren alle Wachstumsfaktoren."

Das künstliche LED-Licht verlieh dem Raum den kühlen Charme eines Labors.

„Übrigens alles bio", fuhr er fort. „Ein geschlossenes, steriles System: Keine Erreger, keine Pestizide, keine

Insekten, kaum Wasserverbrauch. Das Wasser gewinnen wir zu fast hundert Prozent zurück!"

„Dann stimmen die Gerüchte also doch."

Dr. Guggisberg ließ sich nicht locken. „Welche Gerüchte?"

„Dass wir uns auf die Apokalypse vorbereiten."

„Nicht wirklich. EDEN I bis III war unser Testlauf für einen mehrjährigen Flug zum Mars. Keine Vorbereitung auf den Weltuntergang."

Sie zwängten sich durch den engen Flur zwischen den Regalen, als Markus fragte: „Warum gibt es über EDEN keine Forschungsberichte im Web?"

„Die gab es mal. Vor mehreren Jahren haben wir mit EDEN I Schlagzeilen gemacht, wir waren in jeder Zeitung. Dann wurden alle Informationen aus dem Netz genommen und als geheim eingestuft. Das Wettrennen der Amerikaner, Russen und Chinesen zum Mars hatte begonnen. Angeblich." Dr. Guggisberg schüttelte den Kopf. „Auf der internationalen Raumstation arbeiten die Länder bis heute im Spitzentechnologiebereich zusammen. Und Gemüseanbau soll ein Geheimnis sein? Lächerlich. Da steckt etwas anderes dahinter."

Auf Augenhöhe surrte gerade ein Roboterarm an der Außenwand entlang und begann die reifen Radieschen einzeln herauszuziehen und in einer Plastikschale abzulegen.

Dr. Guggisberg griff hinein und reichte Markus ein Radieschen. „Unser Abendessen."

„Ist es egal, wo sich die Container befinden? In der Antarktis, in der Wüste, unter dem Meer oder im Weltall?"

„Völlig egal. Wir haben die Anlage als geschlossenes System gebaut. Alles wird wiederverwertet." Guggisberg schaute Markus in die Augen, und genoss es, seinen kommenden Worten noch mehr Gewicht zu geben: „Der

Kaffee von heute ist der Kaffee von morgen, sagen die Kollegen."

Markus musste sich bei dem Gedanken kurz schütteln. Vielleicht sollte er hier in der Antarktis auf jeden angeboten Kaffee verzichten.

„Haben Sie ein Fenster gesehen?" Dr. Guggisberg riss ihn aus seinen Gedanken zurück.

Markus verneinte.

„Gibt es auch nicht, deshalb haben wir auch kaum Energieverlust. Das bisschen Strom für Wärme und Licht, das wir brauchen, gewinnen wir in den Sommermonaten aus Solarenergie."

Es war mucksmäuschenstill hier unten, zehn Meter unter der Erdoberfläche. Markus lauschte, die Ruhe im ewigen Eis wurde nicht einmal durch das Summen einer Klimaanlage gestört, nur der Roboterarm fuhr leise surrend in seine Ausgangsposition zurück.

Plötzlich hörten sie das Geräusch einer zufallenden Containertür.

„Hallo, ist da jemand?", rief Dr. Guggisberg in den Flur. Er drehte sich zu Markus um: „Bleiben Sie hier!" Dann stürzte er den Flur entlang Richtung Treppe.

Zwei Minuten später war er zurück.

„Nichts!"

Markus hatte den Eindruck, dass Urs Guggisberg seit seiner Rückkehr unruhig war. „Glauben Sie, hier ist jemand eingedrungen?"

„Wer sollte hier schon eindringen?", sagte der ETH-Forscher mehr zu sich selbst. „Kommen Sie, ich zeige Ihnen unsere Schatzkammer!" Bei jedem Schritt scannten seine Augen die Containerwände ab, den Boden, selbst die Decke.

Vor einer schlichten Stahltür blieb er stehen. „Minus zehn Grad Celsius, unser Eiskeller mit den Bohrkernen." Guggisberg reichte ihm einen Schutzanzug der griffbereit neben der Tür hing, sowie Handschuhe und eine Maske. „Nur zu unserer Sicherheit. Aber bitte drinnen nichts anfassen. Wenn Ihnen schwindelig wird, geben Sie mir ein Zeichen. Luftdruck und Sauerstoffsättigung haben wir in der Schatzkammer zum Schutz der Bohrkerne sehr tief eingestellt. Länger als zehn Minuten sollten wir uns darin nicht aufhalten."

Markus streifte sich die Atemmaske über, und sie betraten das Innere der Kühlkammer. Automatisch sprang ein gedämpftes Licht an. Jegliches romantische Bild, das Markus von einer Schatzkammer in seiner Fantasie gespeichert hatte, zerplatzte im Nu, als er in den Raum trat. Außer Schwerlastregalen auf beiden Seiten gab es hier nichts zu sehen.

Dr. Guggisberg zog einen Einschub auf. In offenen Holzkisten steckten zylindrische Bohrkerne. Die vielleicht einen Meter langen Steinsäulen waren alle sorgfältig mit Fundort, Jahr und Nummer beschriftet.

Markus war überrascht von der Schönheit der in unterschiedlichen Farben bunt marmorierten Steine, die dort sorgfältig aufgereiht lagen.

„Die Sedimente verraten uns viel über das Klima vor Jahrmillionen. Alle paar Jahre, wenn sich unsere Methoden technisch weiterentwickelt haben, werden die alten Proben erneut untersucht. Sozusagen unsere geheime Klimabibliothek der Erdgeschichte."

Dr. Guggisberg ging weiter und zog eine andere Schublade vorsichtig heraus. „Einzigartige Eisbohrkerne!"

Markus warf einen Blick auf die in durchsichtiger Folie eingeschweißten Eiszylinder, die hier wie wertvolle Schätze gehütet wurden. Farblich waren auch die Eisbohrkerne mit sich abwechselnden rötlich-beigen und grünlich-grauen Schichten eindrucksvoll.

„Jetzt unsere Raritäten!" Der Schweizer Forscher zog

einen Einschub auf Brusthöhe aus dem Regal. „Eisbohrkerne aus dem Pilozän mit Spuren von Pollen und anderem organischen Material. Vier Millionen Jahre alt", kommentierte er. „Mit verbesserten Untersuchungsmethoden geben uns die Bohrkerne vielleicht in ein paar Jahren die exakte Antwort auf den Einfluss von Kohlendioxid auf den heutigen Klimawandel."

Fast andächtig schlug Guggisberg eine weiße Schutzfolie zurück.

„Was?"

Sichtbar entsetzt zuckte Dr. Guggisberg zurück.

Überrascht von seinem Schrei fuhr Markus herum und starrte in die Holzkisten. Alle leer!

Fünf Holzkisten, in denen die Eisbohrkerne fehlten!

Nur anhand der Beschriftung ließ sich erkennen, dass hier bis vor Kurzem etwas archiviert worden war.

„Irgendetwas stimmt hier nicht, schnell raus hier!"

Markus verließ hinter Guggisberg den Raum. Gekonnt streifte Guggisberg seinen Schutzanzug ab. Markus hingegen versuchte hektisch, sich aus dem Anzug zu lösen, der wie eine zweite Haut an ihm klebte. Nach mehreren immer unbeholfeneren Versuchen schaffte er es endlich. Von oben war jetzt das leise Tuckern von Motoren zu hören.

„Verdammt! Irgendjemand lauert da oben mit seinen Motorschlitten." Guggisberg stürzte die Treppe hoch und riss die Tür nach draußen auf. Eiskalte Luft schlug ihnen entgegen.

Zwei Snowmobile versperrten ihnen jeden weiteren Schritt. Der Hubschrauber war verschwunden.

Markus durchzuckte Panik. Er musste an die Warnungen und Drohungen denken, die das ETH-Klimalabor nach Aussagen von Guggisbergs Assistentin, Steph, fast täglich erhielt. War jemand bereit, die Veröffentlichung des Klimareportes auch mit Gewalt zu verhindern?

Langsam schob der Fahrer des ersten Schlittens seine dunkle Schneebrille nach oben.

„Adrian", entfuhr es Guggisberg erleichtert. Dann erkannte er auch den Fahrer des anderen Schlittens: „Reto. Ihr glaubt gar nicht, wie ich mich freue, euch zu sehen. Darf ich euch Markus Manx vorstellen."

Die Dämmerung hatte bereits eingesetzt, als sie das Schweizer Basislager erreichten. Nach einem spartanischen Abendessen winkte Dr. Guggisberg Markus nochmal zu sich. „Das war Klimaforschung at work! Ich hoffe, ich habe Ihnen nicht zu viel versprochen."

„Spannend genug war es allemal", antwortete Markus ehrlich.

„Dann schreiben Sie einen Artikel, wie wichtig und spannend Klimaforschung zur Rettung der Menschheit ist", bat Dr. Guggisberg. „Vielleicht bekommen wir in Zukunft dann nicht nur NASA-Radieschen gefördert. Mehr Geld für Umweltprojekte ohne Marsbezug wäre auch nicht schlecht." Er versprach, noch Fotos und Material zu schicken.

„Ruhen Sie sich aus, Herr Manx, und machen Sie's gut", verabschiedete sich Guggisberg. „Morgen früh ist Ihr Rückflug."

„Vielen Dank, ich werde auf jeden Fall schlafen, wie ein Eisbär", entgegnete Markus. Sofort realisierte er, dass er sich auf der eisbärfreien Seite der Erde befand und errötete leicht.

Dr. Guggisberg schien es für einen Scherz zu halten und lachte herzhaft. Dann wurde er ernst. „Die Eisbären haben die Bohrkerne bestimmt nicht gestohlen", murmelte er.

Aber wer? überlegte Dr. Guggisberg. *Wer weiß überhaupt von den Geheimnissen, die diese Eiskerne in sich tragen?* Keiner konnte vorhersagen, welche Gefahren das ewige Eis für Jahrmillionen sicher in diesen Proben eingeschlossen hatte. Würden die Eisbohrkerne auftauen, könnten deren organische Substanzen ihr Geheimnis lüften, vielleicht sogar ein tödliches.

„Sie fliegen morgen nicht mit zurück?", riss Markus Guggisberg aus seinen Gedanken.

„Nein, ich werde noch ein paar Tage hier in der Station bleiben." Dr. Guggisberg klappte sein Notizbuch auf, um die Vorkommnisse des Tages zu notieren, als ein kleiner Zettel herausfiel:

Sei vorsichtig Urs! – Steph

*

Warum haben die Bullen mir mein Alibi nicht gleich geglaubt? Friesenwind!

Natürlich würde sich der Geschäftsführer an ihn erinnern. Trotzdem hatte er vierundzwanzig Stunden in dieser vermaledeiten Zelle sinnlos vergeudet. Er hatte keine Zeit für so einen Scheiß, er musste dringend seine Rotorblätter besorgen. Sein Termin wartete. Er musste nach Wittmund.

Beim Rausgehen gab Marius Kaczynski seinem Aktenschredder einen freundschaftlichen Klapps und ließ die Pressemitteilung in den Einwurfschacht fallen. Das Schneidwerk erledigte mit einem leisen Summen die aufgetragene Arbeit. Die Investition hatte sich wirklich gelohnt.

Gerichtsfeste Beweise gab es bei Kaczynski nur in Konfettigröße.

*

Dienstag, 7. September:
Wittmund, Windpark Friesenwind

„Wenn ich einen wirklich dicken Fisch gesichtet habe, dann mache ich erst mal gar nichts", hatte der Hagener Schrotthändler Paul Kaczynski seinem Sohn Marius immer wieder erzählt. „Dann setze ich mich still in eine Ecke und trinke eine Tasse Tee. Und wenn alle anderen losgelaufen sind und mit ihren fetten Ködern schon nach dem Fisch angeln, dann sitze ich immer noch da und rühre entspannt in meinem Tee. Aber wenn ich dann aufstehe, meine Angel hole und runter zur Ruhr marschiere, dann weiß ich schon ganz genau, dass ich es sein werde, der den größten Fisch aus dem Wasser holt. Ich, Paul Kaczynski, und kein anderer!"

Marius Kaczynski musste an seinen Vater denken, während er Stufe für Stufe auf der sechzig Meter langen Leiter in der WKA23 im Windpark Friesenwind hochkletterte. Er hatte Jahre gebraucht, um zu verstehen, was sein Vater ihm damals so häufig gepredigt hatte. Heute war die Strategie des alten Kaczynski eisern mit dem Unternehmenserfolg der MaKaRe Kreislaufwirtschaft GmbH verbunden.

Marius Kaczynski brauchte eine kurze Verschnaufpause. Die Oberschenkel brannten von der ungewohnten Belastung, der Klettergurt scheuerte an seinem besten Stück, und der Kinnriemen seines Helms hatte sich offenbar vorgenommen, ihn zu erwürgen.

„Lassen Sie sich ruhig Zeit", rief der Fisch von unten, der mit Abstand kapitalste Brocken, nach dem Kaczynski junior bislang die Angel ausgeworfen hatte. „Wir haben fast schon ein Drittel geschafft."

Sehr witzig, dachte Kaczynski und schickte ein Haifischlächeln die steile Leiter hinunter. Nick Grünebast folgte ihm in einem Abstand von zwei Metern. Der Mann war ein Hüne. Zwanzig Jahre jünger und mindestens einhunderttausend Leiterstufen trainierter als der Müllhändler über ihm, der sich keuchend weiter nach oben quälte.

Etwas langsamer als vorher kletterte Kaczynski weiter hoch. Vermutlich war er nur etwas zu schnell gestartet, hatte seinen künftigen Geschäftspartner beeindrucken wollen. *Ja, in dem Tempo geht es besser ...*

Noch hatte Grünebast den Vertrag, den der selbsternannte Müllentsorgungsexperte ihm unterschriftsreif und mit geöffnetem Füllfederhalter vorgelegt hatte, nicht unterzeichnet. Reine Formsache, hatte der Herrscher über den Entsorgungsfond des größten und ältesten Windkraftanlagenbetreibers Deutschlands ihm mit einem friesisch kühlen Lächeln versichert.

Wollte ihm der fette Fisch etwa noch vom Haken gehen? Sofort erwachte das Schlitzohr in Kaczynski. Und es servierte auch gleich einen Plan. Kaczynskis Köder, dargereicht in schwindelnder Höhe, das hatte was. Grünewald konnte die Bitte nach einem „kleinen Ausflug" nicht abschlagen, wollte er auch gar nicht, wer zeigt nicht gerne, was er zu bieten hat.

Auf Grünebasts Werkhof stapelten sich, soweit das Auge reichte, ausgediente Rotorblätter und warteten nur auf einen Entsorgungsfachmann mit entsprechendem Know-how und ausreichenden Kapazitäten.

Alles kein Problem. Wäre da nicht der enorme Zeitdruck. Die peinlichen Ermittlungen der Aachener Staatsanwaltschaft hatten da nicht zur Entspannung der Situation beigetragen und ihn zwei ganze Tage gekostet. Natürlich waren bei ihm nicht mehr als ein Paar Konfettireste in seinem Aktenschredder zu finden gewesen, und das Verfahren war nach einer überaus rufschädigenden Hausdurchsuchung kleinlaut eingestellt worden. Aber am Schlimmsten war der chinesische Kunde, der alle sieben Tage über den Projektfortschritt informiert werden wollte. Aus lauter Zeitnot hatte Kaczynski ihm heute schon mal ein paar schicke Fotos seines Wertstoffgebirges gesendet. Den Chinesen solle das Wasser im Munde zusammenlaufen!

Nur noch hundert, hatte irgendein Scherzkeks mit schwarzem Edding auf die Leiterstufe geschrieben, die Kaczynski gerade passierte. Inzwischen fiel ihm auch das Atmen schwer. Er hatte sich im Vorfeld seines Besuchs bei der Friesenwind AG gründlich vorbereitet. Hierauf allerdings nicht.

„Wenn Sie nochmal eine Pause brauchen…?", rief Grünebast nach oben.

Ja, eine Pause. Dringend, lechzte Kaczynskis innerer Schweinehund.

„Ach quatsch, ich bin im Augenblick fast wöchentlich auf irgendwelchen Windkraftanlagen", log er keuchend.

Gleich würde er zur Abwechslung mal in windiger Höhe ganz routiniert die Dinge ausspielen, die sein Vater ihm beigebracht hatte. Er hatte seine Hausaufgaben gemacht. Nicht nur den Teil, den alle machten, sondern auch den Part, der am Ende aus einer guten Idee ein glänzendes Geschäft machte.

Als Kaczynski schweißgebadet, mit zitternden Gliedmaßen und rasendem Herzschlag die Stahltür zur Gondel der Windkraftanlage erreichte, war er sich sicher. Er, Marius Kaczynski, würde es sein, der heute den größten Fisch aus dem Wasser holte. Garantiert hätte Nick Grünebast, verheiratet, Vater dreier Töchter und privater Bauherr eines völlig aus dem Kostenrahmen gelaufenen Hausbauprojektes, gegen eine fette Vermittlungsprovision nichts einzuwenden. Diesen Vorschlag in windiger Höhe zu präsentieren, mit Blick auf die Unzahl ausgedienter Flügel ringsum – *irgendwie passt das zu Kerlen wie mir,* fand Marius Kaczynski.

*

Mittwoch, 8. September: Antarktis

Auf der anderen Seite der Welt, zwischen dem siebzigsten und dem achtzigsten Grad südlicher Breite, wurde es nur mühsam hell.

Dem Zwielicht trotzend, jagte Adrian seinen Motorschlitten wenige Meter hinter dem Führungsfahrzeug die Steigung hoch. Er vertraute blind darauf, dass Reto, sein Vordermann, im Halbdunkel jede Gletscherspalte rechtzeitig erkennen und ausweichen würde.

Aber verdammt, er musste etwas mehr Abstand halten, die Ketten von Retos Schlitten feuerten den trocknen Schnee meterhoch in die Luft und nahmen ihm die Sicht.

Adrian musste kurz an die E-Mail denken, die ein paar Minuten nach Mitternacht im Schweizer Basislager eingetroffen war. Anonym, aber das war ihnen egal gewesen. So eine Chance bekam ein Wissenschaftler nur einmal im Leben.

In aller Eile hatten sie zusammengesucht, was für vier Tage in der menschenfeindlichen Eiswüste nötig war. Keine zehn Minuten später saßen sie auf ihren Motorschlitten. Dann die Ernüchterung, als sich die Motoren nicht starten ließen. Die Ursachensuche hatte wertvolle Zeit gekostet.

Adrian atmete tief ein. Sofort hatte er den beißenden Gestank von verbranntem Öl in der Nase. Nach sechs Stunden atemberaubender Hast über endlose Schneefelder und gefährliche Gletscher glühten die Motoren.

Der erste Motorschlitten hatte jetzt die Anhöhe erreicht. Reto riss sein Snowmobil herum und stellte den Motor ab. Mit einem Sprung stand er auf dem Sitzpolster, schob die Schneebrille auf seine schwarze Fleecemütze hoch und ließ die Augen über die Ebene zu ihren Füßen gleiten.

Adrian hatte ebenfalls die Kuppe erreicht und brachte sein Fahrzeug wenige Handbreit neben seinem Landsmann zum Stehen. „Und?"

„Unglaublich!" Reto deutete mit dem Arm in Richtung Gebirgszug, der wenige Kilometer entfernt von ihnen respekteinflößend in die Höhe wuchs. „Du muesch genau häreluege, de gsesch es!

Vor dem dunkeln Hintergrund der Gebirgskette ließ sich das helle Licht von eng zusammenliegenden Doppelscheinwerfern gut erkennen. Drei Schneemobile, ordentlich hintereinander aufgereiht, kamen aus der Richtung, in der die chinesische Forschungsstation lag. Im nächsten Moment stürmten die drei Fahrzeuge in einer Wolke von aufgewirbeltem Schnee über die im tiefstehenden Sonnenlicht glänzende Ebene.

„Unser Vorsprung beträgt nur dreißig Minuten!"

„Wie haben die Chinesen so schnell Wind von der Sache bekommen?"

Für eine Antwort blieb keine Zeit. Adrian klopfte vorsichtig mit dem Handschuh gegen die Ohrmuschel seines Kopfhörers.

„Dr. Guggisberg, sind Sie noch da?" Während der Fahrt war jede Kommunikation absolut unmöglich. Die dröhnenden Motoren und das Rauschen des Fahrtwindes übertönten alles.

In der internationalen Antarktisstation saß der Schweizer ETH-Forscher seit Stunden vor seinem Computer und wartete auf ein neues Lebenszeichen seiner Kollegen. Guggisberg machte sich Sorgen. Erst das Verschwinden der Eisbohrkerne, dann heute Nacht der Vorfall mit den Schneemobilen. Der Benzinschlauch hatte sich gelöst. Das konnte passieren, aber doch nicht bei zwei Schlitten gleichzeitig. *Wer hatte die Fahrzeuge manipuliert, und warum? Und gab es einen Zusammenhang mit den verschwundenen Bohrkernen?*

Der Kollege aus der Paläontologie betrat das Modul und stellte zwei Tassen mit dampfendem Kaffee auf den Tisch. Guggisberg nickte dankbar. Für Erdgeschichtler war in der Antarktis bisher nichts zu holen, aber die E-Mail von der Entdeckung las sich vielversprechend.

„Jetzt kann ich Sie hören", sagte Guggisberg laut und deutlich in das Mikrofon seines Headsets, „aber nicht sehen!"

Achtzig Kilometer entfernt wischte Adrian mit dem Handschuh den Schnee von der Kameralinse, die dicht über seinem Ohr platziert war.

„Jetzt kann ich Euch auch sehen", kam sofort Guggisbergs Bestätigung.

Ohne seine dicken Handschuhe auszuziehen, rieb Adrian sich die tauben Handgelenke. Die stundenlange Vibration und das Schlagen des Lenkers plädierten vehement für eine Pause. Trotzdem gab er das Zeichen zum sofortigen Aufbruch. Sie durften den knappen Vorsprung auf keinen Fall aufgeben.

An der nächsten Gletscherzunge drosselten sie ihre Geschwindigkeit. Im Schritttempo quälten sich die Ketten die glatte Eisfläche hoch. Adrian steuerte inzwischen im Stehen, um besser sehen zu können. Geschickt balancierte er seinen Schlitten auf einem schmalen Eisplateau, zu beiden Seiten tiefe Spalten.

Kurz bevor der Gletscher sich durch die riesige Lücke im Gebirge zwängte gab Reto das Zeichen, rechts abzubiegen.

Sie verließen die Eiszunge, die sich wie ein Fluss weiter Richtung Tal zu bewegen schien, über einen Grat aus massivem Eis und folgten dann einer breiten Schneepiste. Hundert Meter, bevor der antarktische

Gebirgszug senkrecht vor ihnen in die Höhe wuchs, hob Reto die Hand und hielt an.

Adrian stoppte direkt neben seinem Kollegen und stellte den Motor ab. Kahle Felsen ragten wie riesige Pyramiden vor ihnen steil aus dem Eis. Er schwang sich aus dem Sattel, wischte erneut Schnee von der Kameralinse und betrachtete den verfallenen Stahlcontainer vor ihnen, fast bis zum Dach zugedeckt von einer Schneewehe. An der eingedrückten Tür waren noch einige Buchstaben in kyrillischer Schrift lesbar. Daneben ragte der abgeknickte Arm eines Baggers heraus. Einige Raubmöwen, die dem Schlitten gefolgt waren, kreisten neugierig über ihnen.

„Okay, wir können euch jetzt deutlich sehen", tönte der Dank der Antarktisstation aus dem Headset.

Adrian betrachtete die Umgebung. In der Antarktis gab es nur zwei Arten von Ansiedlungen: Forschungslager und ehemalige Walfangstationen. Aber diese war offensichtlich keine von beiden.

Wenige Meter neben dem Container befand sich gut erkennbar der Eingang zu einem künstlichen Eisstollen. Adrian ging auf den Stollen zu und schlug seinen Pickel kraftvoll in das Eis.

„Das ist Millionen Jahre alt!"

Zeitgleich jagte eine Vermutung als elektrischer Impuls durch seine Synapsen: Hier waren Goldsucher bei ihrem illegalen Tagewerk gestört worden. Die Gerüchte, in der Antarktis seien unvorstellbare Vorkommen an Gold zu finden, tauchten zuverlässig immer wieder auf. Angeblich hatte man hier schon Gold-Nuggets in der Größe von Straußeneiern gefunden.

Adrian erinnerte sich gut an die Geschichte. Vor über zehn Jahren waren russische Goldsucher unerlaubt in die geschützte Antarktis eingedrungen, wurden dann aber von eigenen Soldaten vertrieben, bevor sie ihr Lager ausbauen konnten. Die Antarktis sollte kein neues Klondike werden, hier wollte man keinen Goldrausch. Befanden sie sich jetzt gerade an dieser problematischen Stelle?

Die Spuren, die vom Container in den Stollen führten, hatte Adrian sofort gesehen, auch wenn der Wind bereits Schnee darüber geweht hatte. Sie konnten nur wenige Stunden alt sein.

Es war jemand vor ihnen hier gewesen.

Dr. Guggisberg konnte die ganze Szenerie auf dem Bildschirm gut erkennen. Der Monitor zeigte, dass sich Reto nochmals zu allen Seiten umdrehte und kritisch jeden Gegenstand betrachtete. Dann setzte er seine Stirnlampe auf und zwängte sich durch den verschneiten Eingang in den Eisstollen hinein.

Guggisberg spürte sofort, wie sein Kollege von der Paläontologie neben ihm schlagartig nervös wurde. Und er wusste auch warum.

„SEUCHENANZÜGE!", brüllte er ins Mikrofon, „Ihr müsst eure Seuchenanzüge anziehen! Hört ihr uns?"

Keine Reaktion.

Dann zeigte der Monitor das wackelige Bild eines nur schwach ausgeleuchteten Stollens. Demnach war auch Adrian im Dunkel des Eingangs verschwunden.

„Sie können uns nicht hören!", folgerte Guggisberg entsetzt. Schnell machte er ein Selfie, auf dem er sich eine Hand wie einen Filter vor den Mund hielt. Die Kollegen dort draußen kannten das internationale Zeichen für Gasmaske. Er schickte ihnen das Foto. *Hoffentlich sehen sie das Bild noch rechtzeitig,* arbeitete es in ihm.

Im Eisstollen spürten die beiden jungen Schweizer nichts von der Aufregung. Schon nach wenigen Metern kamen sie leichter voran, der Schnee war nur in den vorderen Teil

108

des Stollens eingedrungen. Hier drinnen war es absolut still. Kein Heulen des Windes, kein Kreischen der Raubmöwen, nur das knirschende Eis unter ihren Stiefeln.

Staunend hielten sie inne. Hier hatte jemand mit schwerem Gerät ganze Arbeit geleistet. Über einhundert Meter hatte er sich in das ewige Eis gefräst, vermutlich auf der Suche nach einer Goldader, die er im dahinterliegenden Fels vermutete.

An der Felswand weitete sich der Stollen zu einer grottenartigen Höhle. Adrian blieb im Durchgang stehen und ließ das Licht seiner Stirnlampe über die eisigen Wände gleiten.

Hier musste es sein.

Sie waren einer wissenschaftlichen Sensation eng auf den Fersen.

Beide wussten, in der Antarktis gab es in der heutigen Zeit kaum Lebewesen, weil es auf dem vollständig von Eis und Schnee bedeckten Kontinent keine Pflanzen als Nahrung gab. Vor zweihundertfünfzig Millionen Jahren herrschte hier eine ganz andere Welt: blühendes Leben, Wärme, Wälder und eine einzigartige Tierwelt. Gegen Ende der Kreidezeit lebten vermutlich sogar Dinosaurier auf diesem Kontinent. Dann kam die Kälte und fortan bedeckten Gletscher den Südpol mit Eis.

Vielleicht konnten sie es heute beweisen.

Plötzlich erblickte er den Tierkadaver in der Eiswand.

Auf Augenhöhe schimmerte er grünlich durch das Eis hindurch. Adrian schätzte das Reptil auf über vier Meter Länge, eine fünfzehige Pfote ragte etwas aus dem Eis heraus.

Adrian streckte den Daumen in die Höhe. Dann zog er seine Kamera aus der Schutzhülle und machte eifrig Fotos aus verschiedensten Perspektiven. Das war seine Chance. „Ein ganzes Jahr bin ich schon im ewigen Eis. Fossilien und Spuren von Schädelknochen hatten wir bereits. Aber noch nie ein ganzes Tier. Mit Fleisch! Der erste Tier-kadaver. So etwas haben wir nie zuvor unter dem Eis gefunden", hauchte er in das Mikrofon. „Seht ihr das auch?"

Die Antwort blieb aus.

In der Station standen alle fassungslos vor dem Monitor. Trotz des pixeligen Bildes konnten sie das Reptil deutlich erkennen.

„SEUCHENANZÜGE", brüllte Guggisberg jetzt schon zum dritten Mal ins Mikrofon, „ATEMMASKEN AUFSETZEN!"

Keine Reaktion.

Zumindest hier im Raum war allen eines klar: Am Ende des Perm-Zeitalters geriet das Leben am Südpol unter Druck. Innerhalb von wenigen Jahren waren über neunzig Prozent der Arten ausgestorben. Das wussten sie sicher.

Aber wie genau war es dazu gekommen? Darüber rätselten die Wissenschaftler vergeblich. Ein kilometer-dicker Eispanzer versperrte seit Millionen Jahren den Zugang zu der antarktischen Landmasse und verschloss das Geheimnis hermetisch, hundertprozentig.

„Isolierter als die Tiefseegräben", murmelte Guggisberg, ohne den Monitor aus den Augen zu lassen. „Das Reptil darf nur unter Vollisolation untersucht werden. Gegen Millionen Jahre alte Viren oder sonstige Krankheitserreger hat die heutige Menschheit keine Abwehrkräfte."

„SEID IHR VERRÜCKT?" Voller Entsetzen sprang Guggisberg jetzt auf. Er schlug die Hände vors Gesicht, als er sah, wie Adrian seinen Rucksack absetzte und mit einem hauchdünnen Skalpell eine Gewebeprobe aus der Pfote des Reptils entnahm.

Nach dieser Szene brach die Übertragung zusammen.

Katastrophal das Ganze! Aber Guggisberg und seinen Kollegen trieb noch etwas anderes um.

„Die Motorschlitten der Chinesen haben wir gesehen. Dann haben die Amis und die Russen mit Sicherheit auch Wind von der Sache bekommen."

Eine weitere Frage schwirrte ihm im Kopf herum: *Kann es sein, dass Wissenschaftler aus Forschungsteams anderer Nationen die Bohrkerne entwendet und die Schneemobile sabotiert haben?* Er behielt die Frage für sich.

„Wir müssen unsere Station umgehend vor der Gefahr warnen. Die beiden müssen sofort isoliert werden", sagte Guggisberg mit einem entschlossenen Blick auf den Paläontologen und verschwand.

Aus einem ähnlichen Fall, damals waren zwei Studienkollegen ums Leben gekommen, wusste er um die Fortsetzung des Dramas: Ein paar Tage nach ihrer Rückkehr aus dem Eisstollen würden Reto und Adrian zunächst grippeähnliche Symptome bekommen, dann starke Einblutungen. Man würde sie unter Quarantäne stellen. Der Lagerarzt würde Probleme an den inneren Organen diagnostizieren. Zwei Tage später würden sie vermutlich an einer schweren Blutvergiftung sterben.

Aber das alles ahnten die beiden noch nicht, als sie, voller Euphorie über ihre epochale Entdeckung, die Handschuhe auszogen und sich freudestrahlend abklatschten.

Die Schweizer Antarktisstation meldete einen aufziehenden Schneesturm.

*

Mittwoch, 15. September: Dortmund, Westfalenhalle, Climate Action Conference

„Haben Sie so was schon mal gesehen?" Der Taxifahrer wandte sich zu Markus. „Wahnsinn! Oder?" Am Himmel schoben sich pechschwarze Wolken zusammen und ließen kaum noch Tageslicht durch. Aus den Wolken hingen, von einer unsichtbaren Kraft nach unten gedrückt, graue Ausstülpungen, die den Hausdächern bedrohlich nahekamen. Das Abblendlicht des Mercedes war angesprungen. Es wurde immer dunkler.

„Vorboten des Klimawandels", kommentierte Markus.

„Das sieht echt bedrohlich aus!"

Für ein paar Sekunden drückte der Taxifahrer sein Gesicht näher an die Frontscheibe, um die unheimlichen Wolken besser sehen zu können. Dann drehte er sich wieder zu Markus um. Seinem gegerbten Gesicht nach musste er fast siebzig Jahre alt sein. „Früher war es nur Untertage gefährlich: Sauerstoffmangel, Einstürze, Schlagwetter. In den Kohlegruben war alles tödlich. Wir hatten immer einen Käfig mit Kanarienvögeln dabei. Wenn die unruhig wurden oder tot von der Stange fielen, war es auch für uns höchste Zeit. – Aber jetzt, jetzt wird's auch hier oben gefährlich."

Markus nickte. *Kanarienvögel für den Klimawandel, die könnten wir jetzt auch gebrauchen.* Er schaute unruhig auf seine Uhr. „Die Konferenz fängt in zehn Minuten an."

Der Taxifahrer zuckte mit den Achseln und zeigte auf die Karawane roter Rücklichter vor ihnen. Der Dortmunder Verkehr stand. „Zu Fuß sind Sie wahrscheinlich schneller. Wenn Sie da vorne den Tunnel unter der B1 nehmen, sind es nur noch ein paar hundert Meter."

Markus zahlte und stieg aus. *Hoffentlich hält das Wetter noch fünf Minuten.* Schon zuckte der erste Blitz aus den schwarzen Wolken, verästelte sich in mehrere glühende Adern und schlug krachend irgendwo hinter der Westfalenhalle ein.

„Machen Sie sich keine Sorgen! Ich habe zwanzig Jahre in Florida gelebt und so manchen Sturm erlebt. Dagegen ist das hier gar nichts", rief der Taxifahrer ihm beim Aussteigen hinterher.

Markus beschleunigte seinen Schritt. Von der Klimakonferenz hier in Dortmund versprach er sich, gleich zwei Fliegen mit einer Klappe zu schlagen. Erstens würde Urs Guggisberg einen spannenden Leitvortrag halten. *Pandora-Report: Ist der Klimawandel überhaupt noch zu stoppen?*

Anschließend, so hatte er Markus versprochen, würde er ihn mit Dr. Bahlo, dem Klimaexperten von der German Re, bekanntmachen.

Markus hatte die Westfalenhalle betreten, reichte dem jungen Mann hinter dem Tresen seinen Mantel und steckte die erhaltene Garderobenmarke in die Hosentasche.

Als Markus auf dem Schilderbaum den *Goldsaal* suchte, stieß er im Foyer fast mit einem Mann zusammen, der laut und aufgeregt telefonierte.

„Das haben Sie richtig verstanden. Genau, er müsste längst hier sein. Ja. Der Vortrag von Dr. Guggisberg fängt erst in einer Stunde an, aber wir beide hatten uns hier vorher verabredet."

Beim Namen *Guggisberg* spitzte Markus die Ohren. Bewusst umständlich nahm er sich einen Programmflyer von einem Stapel und tat, als würde er darin lesen, während er dem Gespräch lauschte.

„… Nein, das hilft mir nicht weiter. Könnten Sie bitteschön in seinem Kalender nachschauen!"

„…"

„Würde ich dann anrufen?"

„…"

„Aber es muss doch jemanden an der ETH geben, der mir sagen kann, wie Dr. Guggisberg anreist oder besser, wie ich ihn erreichen kann."

„ …"

„Ja bitte, tun Sie das. Senden Sie mir eine Nachricht auf diese Nummer, sobald Sie etwas in Erfahrung gebracht haben."

Markus rollte den Flyer zusammen und betrat den *Goldsaal* der Westfalenhallen. Der Raum verströmte mit seinem dunklen Parkettboden und seinen ringförmigen Leuchtstoffröhren kühlen 60er-Jahre-Charme. Ohne die in Reihen aufgestellten Seminarstühle hätte man den Saal auch als Turnhalle nutzen können. Woher sich der prätentiöse Name des Saals ableitete, wollte Markus nicht recht einleuchten.

Etwa dreiviertel der Sitzplätze waren bereits belegt. Markus entdeckte einen freien Platz am Rand der fünften Reihe.

Während die letzten Teilnehmer zu ihren Plätzen durchrückten, eilten fünf junge Frauen auf die Bühne und formierten sich vor den leeren Rednerpulten.

Überrascht und gleichermaßen spontan begann der Saal zu klatschen und zu johlen, denn die Frauen hatten gleichzeitig ihre Pullover ausgezogen. Auf ihren nackten Brüsten las Markus: *One point five to stay alive*.

Die ersten Fotografen stürmten nach vorn, um den unerwarteten Augenblick einzufangen.

„So schön kann Klimawandel sein", frotzelte ein älterer Mann neben Markus lautstark und schlug sich dabei vor Vergnügen auf die Schenkel. „Marius Kaczynski", stellte sich sein Platznachbar vor, als er Markus' Blick bemerkte. Mit einem Lächeln, das Markus unwillkürlich an einen Gebrauchtwagenhändler erinnerte, zückte er seine Visitenkarte und streckte sie ihm entgegen. *MaKaRe Kreislaufwirtschaft – Energiewende zu Ende gedacht*, entzifferte Markus den Firmenslogan in Schnörkelschrift, der, neben dem Bild einer Windkraftanlage, die Karte zierte.

„Wir kennen uns, oder?", sagte Markus, dem der Mann irgendwie bekannt vorkam.

Marius Kaczynski musterte Markus so skeptisch, als wäre er sich nicht sicher, ober er ihm nicht wirklich einen Gebrauchtwagen angedreht hatte.

„Ja, genau, jetzt erinnere ich mich, Aachen …"

„Das ist nicht mein Revier", unterbrach ihn Kaczynski sofort.

„Sie waren mit uns auf dem Polizeirevier und haben sich darüber aufgeregt, dass Sie warten mussten", blieb Markus hartnäckig.

„Psst!" Kaczynski blickte sich unsicher um. „Dann waren Sie der Begleiter von dieser kleinen Ökotussi?", fragte er. „Die Anklage gegen mich wurde fallengelassen. Jemand anders hat den Waldvogel gerupft." Kaczynski wandte seinen Blick wieder den Protestierenden zu.

Als kurz darauf Ordnungskräfte durch die Seitentür zum Podium hasteten, zogen die jungen Damen bereits in lockerer Formation Richtung Foyer ab.

Einige Teilnehmer klatschten rhythmisch mit.

Der Mann aus dem Foyer hatte in der Zwischenzeit auf dem Podium zusammen mit drei weiteren Rednern Platz genommen. Nur der Stuhl hinter dem Namensschild *Dr. Guggisberg* blieb leer.

Das also ist der berühmte Dr. Bahlo von der German Re, den Dr. Guggisberg mir vorstellen will, dachte Markus.

Der Münchener Klimaforscher tippte intensiv auf seinem Handy herum. Als das Klatschen im Saal verebbt war, schüttelte er den Kopf stand auf und trat ans Mikrofon.

„Heute ist der Wurm drin", entschuldigte er sich. „Nicht nur, dass wir vergessen haben, den Auftritt der jungen Damen in Ihrem Programmheft anzukündigen …"

Einige Lacher unterbrachen Dr. Bahlo, der keine Miene verzog.

„… ich sehe auch, dass es einigen von Ihnen leider nicht mehr gelungen ist, trockenen Fußes zur Climate Action Conference zu kommen."

Dr. Bahlo hatte sich in Richtung der immer noch offenen Eingangstür gedreht, wo sich gerade zwei sichtlich durchnässte Spätankömmlinge mühten, unauffällig zu ihren Sitzplätzen zu gelangen.

„Jetzt wäre die aufziehende Götterdämmerung über Dortmund natürlich die perfekte Untermalung für meinen heutigen Vortrag", fuhr Dr. Bahlo fort. „Wäre da nicht Wurm Nummer Zwei …"

Der Klimaforscher der German Re machte eine Pause, räusperte sich und rückte seine Krawatte zurecht. Ihm schien die Situation peinlich zu sein.

„Leider ist meine Präsentationsdatei, mit der ich heute meinen Vortrag untermauern wollte, nicht mehr abspielbar. Ganz offensichtlich wurde sie, nachdem wir gestern vorsorglich einmal alles hier getestet haben, heute Nacht von einem Virus unwiderruflich zerstört."

Die Überraschung, die Enttäuschung, und vielleicht bei dem einen oder anderen auch etwas Schadenfreude, äußerte sich im ansteigenden Lärmpegel rundum.

„Auch die Kopie, die wir vorher dem Veranstalter geschickt haben, ist defekt. Aber zum Schluss eine Nachricht ganz ohne Wurm: Selbstverständlich werden wir Ihnen die kompletten Unterlagen meines nun folgenden Vortrags in den nächsten Tagen zum Download bereitstellen."

Einer der anderen Herren auf dem Podium sprang ihm zur Seite. „Ich bin mir sicher, dein Vortrag, lieber Rainer,

116

wird auch ohne die Präsentationsdatei, ganz hervorragend sein".

Markus verfolgte aufmerksam, was Dr. Bahlo sagte. *Aber wo bleibt Dr. Guggisberg? Sein Vortrag beginnt in einer halben Stunde.*

Auch ohne PowerPoint-Slides hielt Dr. Bahlo einen mitreißenden Vortrag. „Frühere Prognosen sind inzwischen von unseren Messdaten und mathematischen Modellen überholt. Unzureichende Daten führen heute zu falschen Schlüssen", kam er auf den kritischen Punkt. Übersetzt hieß das: Noch schnelleres Abtauen der gigantischen Eisschilde in Grönland und der Antarktis, schnelleres Schmelzen des weltweiten Permafrostbodens. Die Horrorliste war lang.

„Die Erde hat uns Jahrhunderte lang nicht nur billig Rohstoffe geliefert, sie hat auch die Abfälle unserer industriellen Produktion absorbiert. Wir dachten kostenlos. Falsch! Jetzt bekommen wir die Rechnung präsentiert. Und die fällt happig aus!"

Dr. Bahlo machte eine Pause. Mucksmäuschenstille im Saal. „Wir sind unwiderruflich dabei, künftigen Generationen einen immer wärmer werdenden Planeten und steigende Ozeane zu hinterlassen. Die steigenden globalen Mitteltemperaturen bringen keinen Menschen um, die verheerenden Extremwetter dagegen schon."

Markus hatte den Eindruck, dass Dr. Bahlo zunehmend unruhiger wurde. Insbesondere nachdem ein Saaldiener ihm einen Zettel zugesteckt hatte.

„Wir müssen jetzt Impulsgeber werden. Aber wir haben es alle offenbar noch nicht begriffen, was um uns herum passiert, weltweit!"

Der Stuhl hinter dem Namensschild *Dr. Guggisberg* war noch immer leer.

„Mein geschätzter Kollege, Herr Dr. Guggisberg, Klimaexperte der anerkannten Eidgenössischen

Technischen Hochschule in Zürich, hatte für Sie einen Vortrag mit dem Thema *Pandora-Report* vorbereitet. In diesem Report wollte er eine Reihe von zukunftsträchtigen Fragen beantworten: Was ist, wenn wir uns irren und den Klimawandel schon jetzt nicht mehr beherrschen? Gibt es einen Plan B? Haben wir ernsthaft die Möglichkeit eines Scheiterns ins Auge gefasst?"

Dr. Bahlo stand jetzt direkt hinter dem leeren Stuhl, auf dem Dr. Guggisberg sitzen sollte. Mit angespannter Geste schloss er beide Hände um die Lehne.

„Meine Damen und Herren, die Ergebnisse des von der Klimadatenbank in Zürich und der *German Re* gemeinsam aufgestellten neuen Klimamodells sollten heute erstmalig veröffentlicht werden. Herr Dr. Guggisberg wollte keine Angstkarte ausspielen, aber die Vorhersage für den Worst-Case, er spricht lieber von Real-Case, ist dramatisch. Extreme Wetterlagen, unkontrollierte Ausbreitung von Epidemien und Zusammenbrüche von Gesellschaftssystemen sind nur Teile des Pandora-Reports."

Bahlos Hände umklammerten die Stuhllehne noch fester.

„Wie ich soeben erfahre, ist in unserer Konferenz leider ein dritter Wurm drin. Herr Dr. Guggisberg musste seinen Vortrag kurzfristig krankheitsbedingt absagen."

Ein Murmeln lief durch den Saal. Die Begründung klang plausibel. Der Wahrheit entsprach sie aber nicht.

Dr. Guggisberg war tot!

Dr. Bahlo war der einzige im Raum, der das wusste. Doch als er mit bleichem Gesicht und gefrorener Miene seine handschriftlichen Notizen zusammenschob, spürte Markus, dass etwas passiert sein musste.

„Eine Frage, Herr Dr. Bahlo", rief ein Zuhörer der aufgestanden war. „Ist der Sturm draußen bereits der

Vorbote des Weltuntergangs? Wie kommen wir heute hier überhaupt weg?"

Wie geistesabwesend stieg Dr. Bahlo die drei Stufen von der Rednertribüne hinunter und ging ohne sich umzudrehen Richtung Seitenausgang. In der Tür blieb er stehen und wandte sich dem Vertreter eines bekannten Boulevard-Blattes zu, der die Frage gestellt hatte. „Die Wolkenfront sah ganz schön bedrohlich aus, oder?"

Im Saal erhob sich ein zustimmendes Murmeln.

Statt zu antworten zielte der Reporter jetzt mit der Kamera seines Smartphones auf den Münchener-Klimaexperten und ging dabei langsam auf ihn zu.

„Hat mir irgendjemand in diesem Saal überhaupt zugehört?", fragte Dr. Bahlo jetzt sichtbar gereizt. „Das da draußen ist ein ganz normales Sommergewitter, das genauso schnell verschwindet, wie es gekommen ist. Das ist nicht mal eine Superzelle. Das ist ein einzelner Regentropfen, verglichen mit dem Tsunami, der uns bald überrollt."

Markus blickte Dr. Bahlo nach, der wütend den Goldsaal verließ. Langsam reifte bei ihm die Erkenntnis, welche Dimensionen die Klimaveränderungen annehmen würden, vor denen der Pandora-Report offenbar warnte.

Was kommt da auf uns zu?

„Der griechische Gott Zeus hat die verführerische Pandora, die schönste Frau der Welt, als Strafe für die Menschheit erschaffen", soufflierte in diesem Augenblick sein Platznachbar, der sich als Marius Kaczynski vorgestellt hatte. „Der listige Zeus drückte Pandora eine geheimnisvolle goldene Büchse in die Hand, diese sollte sie an die Menschen weitergeben, aber ihnen verbieten, sie zu öffnen. Doch schon nach kurzer Zeit öffnete Pandora selbst die Büchse, zu groß war ihre Neugier! Blitzartig entflogen dem Gefäß sämtliche Übel der Welt und verbreiteten sich über die gesamte Erde." Markus'

Platznachbar rieb sich gedankenverloren das linke Ohrläppchen. Dann fügte er orakelnd hinzu: „Dr. Guggisberg ist womöglich etwas zugestoßen."

Markus sprang auf. Eilig folgte er Dr. Bahlo. „Sie haben etwas vergessen! Die Hoffnung", rief er Kaczynski im Gehen zu.

„Stimmt", hörte Markus hinter sich. „Nur die Hoffnung blieb in der Büchse der Pandora zurück."

An der Garderobe holte er den Klimaforscher ein.

„Entschuldigung, Herr Dr. Bahlo. Mein Name ist Markus Manx. Ich bin freier Reporter. Herr Dr. Guggisberg wollte uns nach seinem Vortrag vorstellen."

„Was wollen Sie?", fragte Dr. Bahlo ruppig und drehte sich zum Gehen um.

„Letzte Woche war ich zusammen mit Dr. Guggisberg in der Antarktis."

Dr. Bahlo blieb erneut stehen und musterte Markus von Kopf bis Fuß.

„Stimmt es, dass Dr. Guggisberg etwas zugestoßen ist?" Markus spürte, dass ihm nur ein bis zwei Fragen blieben. „Hat es etwas mit dem Pandora-Report zu tun?"

„Das wüsste ich auch gern." Dr. Bahlo streckte seine Hand aus. „Geben Sie mir Ihre Visitenkarte, ich rufe Sie an." Er drehte sich um und verschwand. „Die Büchse der Pandora ist prall gefüllt", hörte Markus ihn beim Weggehen fluchen.

„Ihre Garderobenmarke, bitte."

Markus schreckte aus seinen Gedanken hoch. Er fingerte die Marke aus der Hosentasche und legte sie vor der Garderobenfrau auf den Tisch. Sekunden später erhielt er seinen Mantel und einen Briefumschlag. Gerade wollte er auf die Verwechslung hinweisen, als er den Adressaten auf dem Umschlag las: Markus Manx. Der Brief war eindeutig für ihn.

„Wissen Sie, wer den Brief für mich abgegeben hat?"

„Tut mir leid", sagte die Frau knapp und verschwand mit der nächsten Garderobenmarke.

Markus platzte fast vor Neugier. Er setzte sich wenige Schritte weiter auf das Ende einer Treppenstufe, legte sich seinen Mantel über die Knie und riss den Umschlag mit dem Kugelschreiber auf: Kein Schreiben, nur ein USB-Stick. *Wer außer Dr. Guggisberg weiß, dass ich hier in Dortmund bin?* In der Zwischenzeit hatte er seinen Laptop aufgeklappt und den USB-Stick geladen. Ruckartig klappte er den Rechner wieder zu, als hätte er gerade den Leibhaftigen gesehen: Pandora-Report hieß die Datei.

Irgendjemand hier in der Westfalenhalle wollte, dass er den Pandora-Report in den Händen hielt. Und Markus war sich ganz sicher, dass dieser Jemand wollte, dass die Story auf der Titelseite der HNP erschien.

Markus ging mit schnellen Schritten, den Pfeilen Richtung EXIT folgend. Aufregung löste jetzt die erste Überraschung ab. Warum hatte ihm jemand den Pandora-Report zugesteckt? Und vor allem, wo war Urs Guggisberg? War der Report eine so beängstigende Story, wie Dr. Guggisberg in Zürich und jetzt Dr. Bahlo angedeutet hatten, dann gehörte das auf die Titelseite ausnahmslos aller Zeitungen.

Markus drückte gedankenverloren die Eingangstür auf und stand im Freien draußen vor der Westfalenhalle.

Unbewusst war er davon ausgegangen, jetzt durch den strömenden Regen zum Taxistand laufen zu müssen.

Das Gegenteil war der Fall.

Es war windstill und trocken. Der Himmel war unerwartet aufgeklart und schickte die letzten spätsommerlichen Sonnenstrahlen ins Revier hinunter. Doch Markus hatte jetzt keine Augen für das Wetter. Er winkte ein Taxi zu sich, das ihn zu seinem Hotel bringen sollte.

Der Taxifahrer mit dem gegerbten Gesicht erkannte ihn sofort wieder. „Mann, das ging aber flott", sagte er. „Dann war die Konferenz wohl nicht der Renner!"

Markus schaute ihn überrascht an. „Ach, der Mann mit den Kanarienvögeln, die tot von der Stange fallen." Mit einer Hand hielt er weiter seinen Laptop fest, die andere Hand in der Tasche umklammerte den USB-Stick. Er konnte nur an den Pandora-Report denken, zu Smalltalk war er nicht aufgelegt. Der Taxifahrer zum Glück auch nicht.

Das Radio meldete, dass die Feuerwehr im Dortmunder Westen dabei war, umgestürzte Bäume zu beseitigen und vollgelaufene Keller leerzupumpen. Ein normales Sommergewitter. Überall Entwarnung. Nur nicht bei Markus. Er machte sich Sorgen wegen des Pandora-Reports.

Welche brisanten Informationen enthält der Report?
Wer will die Veröffentlichung verhindern?
Wer will sie erzwingen?
Und wo ist Dr. Guggisberg?

Er konnte das Fragenkarussell drehen, wie er wollte, das entscheidende Puzzleteil fehlte.

Dann entdeckte er ein gelbes Post-it im Fußraum des Taxis, offenbar aus dem Umschlag gefallen, den er gerade in seine Laptop-Tasche gestopft hatte.

Lebensgefahr! Vertrauen Sie niemanden, las er.

*

Hessische Neueste Presse

PANDORA-REPORT:
KLIMAWANDEL NICHT MEHR BEHERRSCHBAR?

VON MARKUS MANX

Frankfurt/Main. *Was ist, wenn wir uns irren und den Klimawandel schon jetzt nicht mehr beherrschen?* Mit dieser Frage sollte der Vortrag des Klimaexperten Dr. Urs Guggisberg gestern beginnen. Aber der Redner erschien nicht auf der Climate Action Conference in Dortmund. Wie heute von der Universität Zürich mitgeteilt wurde, gilt Dr. Urs Guggisberg seit gestern als vermisst.

Neue Klimamodelle bewerten die vorliegenden Fakten sehr kritisch: Noch schnelleres Abschmelzen der Eisschilde und rasantes Auftauen der weltweiten Permafrostböden. *Der Klimawandel ist nicht mehr zu stoppen!* lautet das Fazit des *Pandora-Reports, der der HNP zugespielt wurde.*

Die Büchse der Pandora wurde von uns Menschen geöffnet. Jetzt sind wir verantwortlich, das Übel, das sich über die Welt verbreitet hat, wieder einzufangen.

Der *Pandora-Report* sollte auf der Dortmunder Klimakonferenz erstmalig veröffentlicht werden. Dazu kam Dr. Urs Guggisberg nicht mehr. Kollegen befürchten Schlimmes.

CYBER-ANGRIFF!

Die elektronische Kopie des Reports, die der HNP vorliegt, wurde heute Nacht durch einen Computervirus unwiederbringlich zerstört. Gleiches berichten die Universität Zürich und die Versicherung *German Re*, denen ebenfalls Kopien des Berichts vorlagen.

Experten des Bundeskriminalamtes haben sich in die Ermittlungen eingeschaltet, wollten aber auf Anfrage nicht bestätigen, dass ein Anfangsverdacht auf Sabotage durch einen ausländischen Staat besteht.

Wer versucht, die Veröffentlichung mit allen Mitteln zu verhindern?

Montag, 20. September: Frankfurt, Büro der HNP

„Setz dich", forderte Jonathan Schreiber, ohne die übliche Begrüßung, verschränkte die Arme vor der Brust und lehnte sich in seinem Chefsessel zurück.

Markus war nur wenige Minuten nach Jonathans Anruf von der Ulmenstraße ins Büro der *HNP* herübergekommen, denn Jonathan hatte aufgewühlt geklungen. Einen Grund für seinen Anruf hatte er nicht nennen wollen. Markus kannte Jonathan lange genug, um zu wissen, dass etwas nicht stimmte!

Markus ließ sich auf einen Stuhl sinken und beobachtete Jonathan, der schweigend hinter seinem Schreibtisch saß. Vor ihm ein Stapel von etwa einem Dutzend Zeitungen.

„Weißt du, was das hier ist?" Jonathan hatte die Sprache wiedergefunden. Sein Zeigefinger stach in Richtung des Zeitungsstapels „Soll ich mal zitieren?" Ohne auf die Antwort zu warten, begann Jonathan. „Frankfurter Allgemeine: Klimawandel nicht mehr zu stoppen? HNP hat unglaubwürdige Beweise vernichtet! Freie Presse: Die HNP - ein im Todeskampf wild um sich schlagendes Traditionshaus. BILD: Dreht das Klima durch oder nur die HNP?" Wütend pfefferte Jonathan eine Zeitung nach der anderen vor Markus auf den Tisch.

„Ich wusste nicht, dass du BILD liest."

„Du musst auch nicht alles wissen", giftete der HNP-Chefredakteur. „Du bist nur ein freier Journalist!" Jonathan machte eine Pause, um seinen Ärger unter Kontrolle zu bringen. „Willst du wissen, wo ich die Zeitungen herhabe?"

Markus zuckte die Achseln. „Du wirst es mir vermutlich gleich sagen."

„Und ob ich das mache! Um Punkt neun Uhr, als ich in mein Büro kam, saß unser neuer Investor genau dort, auf deinem Platz, und knalle mir vor Wut schäumend eine

Zeitung nach der anderen auf den Schreibtisch. Zwölf Stück."

Markus wusste, wie wichtig der Investor für die HNP war. Immerhin hatte er die Zeitung vor einem Jahr knapp vor der Pleite gerettet.

„Bis Ende der Woche sollen wir Beweise für die Existenz des Pandora-Reports veröffentlichen. Er hat gedroht, sein Geld sonst abzuziehen."

„Unsere Datei des Pandora-Reports wurde durch einen Computervirus zerstört. Und ..."

„Markus", tobte Jonathan, „mit Verlaub, aber blöder geht es kaum! Das kauft uns doch niemand ab!" Er schraubte seinen Tonfall etwas herunter. „Ich habe mich immer für deine Stories stark gemacht und dich unterstützt, wo ich konnte."

„Dafür bin ich dir auch dankbar, Jonathan, das weißt du."

„Selbst diese Mars-Artikel über die längste Reise der Menschheit, habe ich für dich in unser buntes Wochenend-Magazin gedrückt. Aber jetzt brauche ich handfeste Beweise, verstehst du! Wir können nicht die Menschheit scheumachen, ohne Beweise zu liefern." Nach einer kurzen Pause, in der er Markus aus müden Augen nachdenklich angesehen hatte, fragte er: „Gibt es eine zweite unabhängige Quelle?"

„Ja, gibt es. Die German Re. Aber deren Kopie des Pandora-Reports ist auch zerstört."

„Markus, ich möchte dich mal etwas Persönliches fragen."

„Bitte."

„Markus, hast du irgendwelche persönlichen Probleme? Brauchst du dringend Geld oder ..."

„Was?"

„Ich meine dieser Pandora-Report", fuhr Jonathan jetzt in einem fast väterlichen Ton fort, „gibt es den überhaupt? Für mich klingt selbst der Name schwer nach einem Fake."

„Natürlich gibt es den Report." Markus wusste, dass Jonathan in ihm normalerweise das Idealbild eines unabhängigen und unbestechlichen Journalisten sah. Von Jonathan bekam er regelmäßig Aufträge zu Boulevardthemen. Spannende Storys wie beispielsweise über den Überfall auf den Goldtransport, das passte genau ins Themenumfeld der HNP. Was nicht zur HNP passte, waren offenbar Enthüllungsreporter. Oder die Drohung des Investors war einfach zu brutal gewesen.

Jonathan betrachtete nachdenklich den Zeitungsstapel, der vor ihm lag. „Markus, das Thema ist ein Minenfeld. Aber ich habe einen einfachen Plan wie wir beide da wieder rauskommen. Also: Als erstes lieferst du die Beweise nach und rettest unseren Arsch. Und dann lassen wir künftig die Finger ganz von dem Thema. Haben wir uns verstanden?"

Markus hatte in der Zwischenzeit einen schnellen Blick auf die Artikel geworfen.

„Jonathan, die Artikel sind fast alle von den Chefredakteuren geschrieben und an prominentesten Stellen gedruckt …"

„Das ist doch die verdammte Scheiße!", ereiferte sich Jonathan erneut. „Die zerfetzen uns gerade in der Luft. Wir stehen da wie Volltrottel."

„Das ist kein Zufall. Da steckt etwas dahinter."

„Warum bist du so scharf darauf, dass wir uns mit allen Zeitungen gleichzeitig anlegen, ohne einen einzigen Beweis für den Weltuntergang vorlegen zu können? Unsere Headline für morgen: *Alle Tageszeitungen außer HNP käuflich!* Nein Markus, die Leute wollen einfach kein Armageddon. Der Weltuntergang wird nochmal verschoben."

Markus fühlte sich unwohl. Jonathan war ihm noch nie mit so viel Feindseligkeit begegnet. Aber die Vorstellung, dass irgendwer hinter der scharfen Pressereaktion auf seinen Artikel stand, schien gar nicht so abwegig.

„Was würdest du an meiner Stelle tun, Markus?"

Jonathan hatte Recht. Aber wo sollte er jetzt neue Beweise hernehmen, vor allem schnell? Klar, er musste unbedingt die Quelle finden, die ihm die Information in Dortmund durchgesteckt hatte. Aber wie?

Oder hatte ihm jemand tatsächlich Fake-News untergejubelt.

*

Montag, 20. September: München, German Re

Dr. Rainer Bahlo schmiss seine dünne Aktentasche, die ihn seit zwanzig Jahren zu jedem wichtigen Treffen begleitet hatte, achtlos in den Garderobenschrank. So bedient wie heute, war er lange nicht mehr gewesen. Seriöse wissenschaftliche Arbeit? Nicht mehr daran zu denken jetzt. Und alles andere interessierte ihn nicht. Das Verhör im Münchener Polizeipräsidium war der absolute Tiefpunkt seiner bisherigen Karriere, etwas, das er kein zweites Mal erleben wollte.

Bahlo war immer noch so erregt, dass er nicht einmal die Jacke auszog, bevor er sich in seinen Bürostuhl fallen ließ. Er stützte die Ellenbogen auf den Schreibtisch und vergrub sein Gesicht in den Händen. Er fühlte sich, als hätte ihm Hauptkommissar Jostock, der die Vernehmung geleitet hatte, nach seinem freundlichen 'Grüß Gott' unvermittelt einen Baseballschläger in die Eingeweide geknüppelt. Wie einen Tatverdächtigen hatte Jostock ihn behandelt, wie einen Mörder, den es zu überführen galt. Natürlich hatte er sich vor seinem Züricher Kollegen in Szene setzen wollen, zu hanebüchen kamen seine

Unterstellungen und Andeutungen daher. Er und Urs Guggisberg sollten sich darüber gestritten haben, wem die 'Entdecker-Ehre' für das Klimamodell zustand, das die German Re zusammen mit der ETH Zürich entwickelt hatte. Und natürlich hasste Jostock Akademiker. Das war Dr. Bahlo mit jedem Satz klarer geworden, der unter dem Schnauzbart des ruppigen Hauptkommissars hervorquoll.

Diese Unterstellungen sind doch nur lächerlich, versuchte sich Bahlo selbst zu beruhigen. *Und woher weiß dieser Prol..., dieser Polizist überhaupt woran wir arbeiten?*

Rainer Bahlo stand auf, ging zum Fenster und blickte auf das begrünte Dach des Innenhofes. *Was für eine Katastrophe. Welch ein Albtraum.* Erst die Sabotage des Pandora-Reports, und – noch viel schlimmer – der plötzliche Tod von Dr. Guggisberg. Und jetzt wurde er auch noch verdächtigt, am Tod von Dr. Guggisberg beteiligt gewesen zu sein.

Urs war mein Freund, rief sich Bahlo fast trotzig in Erinnerung. Dann erwischte er sich bei der Frage, was er Vorgestern zum Zeitpunkt des Unfalltodes von Sarah Helland gemacht hatte. Ein tödlicher Verkehrsunfall mit Fahrerflucht. Die Polizei hatte noch immer keine heiße Spur.

Jetzt reiß dich zusammen. Das Virus, das den Pandora-Report beschädigt hat, hat nichts, aber auch gar nichts mit den beiden Todesfällen zu tun.

Und wenn doch?

Einer inneren Eingebung folgend griff Dr. Bahlo nach seinem Telefon und wählte die Handynummer von Guggisbergs Assistentin Steph Brunings, landete aber nur auf ihrer Voicebox. Dann probierte er es über ihre Durchwahlnummer bei der ETH. Es meldete sich die Zentrale.

„Ich muss dringend Frau Dr. Brunings, die Assistentin von Dr. Guggisberg, sprechen", kam er gleich zur Sache.

„Einen guten Tag, erst mal", antwortete die weiblich Stimme am anderen Ende der Leitung etwas pikiert.

„Bitte schnell." Dr. Bahlo war sich nicht sicher, ob er ein leichtes Japsen durch den Hörer vernommen hatte. Dann hörte er Musik.

Nach einer knappen Minute in der Warteschleife verstummte das Klavier. „Frau Dr. Brunings ist heute Morgen nicht zur Arbeit erschienen. Möchten Sie eine Nachricht für sie hinterlassen?"

Rainer Bahlo schüttelte wortlos den Kopf und legte gedankenverloren auf.

Seine düstere Vorahnung verdichtete sich zu aufsteigender Angst. Er zwang sich, die Augen zu schließen, atmete dreimal tief durch und versuchte, sich zu konzentrieren. *Was würde ich jetzt machen, wenn dieses ein wissenschaftliches Problem wäre?* Er zog seine Jacke aus, ging zu dem Whiteboard, das eine komplette Wand in seinem Büro bedeckte, und wischte eine Skizze weg, die den Zusammenhang von schmelzenden Eisschilden und sich hebenden Landmassen verdeutlichte. Dann schrieb er 'Dr. G.' und 'Dr. H.' auf die Tafel, nur um es nach einem kurzen Blick wegzuwischen.

Weniger Sekunden später bildeten 'Urs', 'Sarah' und 'Ich', die Mittelpunkte von drei sich überschneidenden Kreisen. Das waren die drei Köpfe des Klimamodells und des Pandora-Reports: Der Generalist Guggisberg, dem es gelungen war, die verschiedenen Fachgebiete der Geo-, Umwelt- und Klimawissenschaft zusammenzubringen. Sarah Helland, eine ehemalige Studentin von Guggisberg an der ETH, die in ihrer Doktorarbeit bei der German Re den Einfluss großer Sturmtiefs auf seismische Beben bewiesen hatte. Und als letzter Überlebender dieses Teams, er selbst.

Die Schnittmengen der Kreise, umrahmte Bahlo mit einer dicken roten Linie und beschriftete diese mit 'Klimamodell'. Das Klimamodell verband sie alle drei.

Natürlich waren weitere Personen an dem Projekt beteiligt, aber diese hatten nur Teilbereiche bearbeitet und keinen Einblick auf das große Ganze.

Kann es sein, dass es Menschen gibt, die sich durch unsere Vorhersagen bedroht fühlen?, überlegte Bahlo. *Wer kann etwas dagegen haben, wenn wir Millionen von Menschen rechtzeitig warnen, damit sie sich vor der aufziehenden Katastrophe in Sicherheit bringen können?*

Er malte ein großes X und ein Fragezeichen neben die Zeichnung. Die Skizze wirkte bedrohlich. Die schraffierten Kreise starrten wie die leeren Höhlen von Augen und Nase eines Totenkopfes in den Raum. Eine Mischung aus einem Totenschädel und einem umgedrehten Biohazard-Zeichen, das vor biologischen Gefahren warnte.

Haben Urs und Sarah Helland etwas von einer Bedrohung geahnt? Und warum wollte Urs mich unbedingt diesem Journalisten in Dortmund vorstellen?

Bahlo ging zu seinem Schreibtisch und öffnete die oberste Schublade, in der er die Visitenkarten aufbewahrte, die er noch nicht in seinem elektronischen Adressbuch erfasst hatte. Gleich unter den ersten fand er die gesuchte:

MARKUS MANX
Freier Journalist
Frankfurt a. M.

Dr. Bahlo setzte sich, weckte seinen PC aus dem Stand-by-Modus und tippte den Namen des Journalisten ins Textfeld seiner Suchmaschine.

Der freie Journalist Markus Manx scheint aber nicht so frei zu sein, wie er glaubt, lautete die erste Analyse. Wenigstens stammten die meisten Treffer, die er zu Gesicht, bekam, von der gleichen Zeitung. *Hessische Neueste Presse? – nie gehört. Ein Lokal-Reporter, auch das noch.*

Dann schmunzelte er zum ersten Mal an diesem Tag. Mit einem Klick öffnete er die Meldung mit der Überschrift MARS – DIE LÄNGSTE REISE DER MENSCHHEIT und sah seine Vorahnung bestätigt. Urs Guggisberg hatte diesem Manx seine Alien-Nummer vorgeführt, und der unbedarfte Lokaljournalist war darauf angesprungen und hatte in einem Artikel der Samstagsausgabe die Kernaussagen des ETH-Forschers fast fehlerfrei wiedergeben.

Immerhin, fand Dr. Bahlo. Das hatte er bei der komplexen Materie, mit der er sich umgab, häufig anders erlebt, wenn sich Wortakrobaten ohne wissenschaftlichen Hintergrund aufschwangen, das wenige zu Papier zu bringen, das sie verstanden hatten.

Ja, Urs Guggisberg hatte ein Händchen dafür besessen, Journalisten für seine Zwecke einzuspannen. *Aber jetzt ist er tot.* Resigniert nahm Bahlo die Visitenkarte vom Tisch, zerriss sie in der Mitte und schmiss sie in den Papierkorb.

Mit einem Seufzer wollte er sich gerade aus seinem Bürosessel erheben, als ihm ein weiterer Treffer seiner Suchmaschine ins Auge sprang.

DAS GOLD-KOMPLOTT
Lokal-Reporter widerlegt Bundesbank

Ein Artikel aus dem Nachrichtenarchiv von *Spiegel-Online*. Bahlo erinnerte sich an den Fall, gab es doch einige Tage lang im Haus Gerüchte, der Transport wäre bei der *German Re* versichert.

Der „Lokal-Reporter" hieß Markus Manx!

*

Montag, 20. September: Frankfurt a. M., Flughafen

Mist, wenn man es mal eilig hat! Markus Manx tippte dem Mann, der vor ihm auf der Rolltreppe stand, ungeduldig auf die Schulter. Der Reisende aus Fernost, der zwei Treppen über ihm stand, drehte sich um. Unter zusammengezogenen schwarzen Brauen blickten ihn zwei gerötete Augen missbilligend an.

Markus deutete auf den überdimensionalen Koffer, mit dem der Mann die Treppe blockierte. Markus war sich sicher, unter der weißen Infektionsschutzmaske des kränkelnden Rolltreppenblockierers, ein freches Grinsen gesehen zu haben, bevor sich dieser wieder nach vorne umdrehte und seine Fahrt unbeirrt fortsetzte.

Was für ein Scheißtag! Heute Morgen war er zu einer Krisensitzung in die Redaktion der HNP zitiert worden. Das Echo in der Öffentlichkeit, aber auch das der anderen Medienhäuser auf seine letzte Zeitungsmeldung war vernichtend ausgefallen. So verheerend, dass darüber spekuliert wurde, die HNP stehe unmittelbar vor dem finanziellen Kollaps. Von den letzten Zuckungen eines gefallenen Traditionshauses war in der überregionalen Presse die Rede gewesen. 'Reißerischer Sensationsjournalismus', 'Geht die Welt unter oder nur die HNP' und 'Hessische Neueste Fakes', hatten die schreibenden Kollegen getextet. Die Headlines hatten sich in Markus' Gehirn festgekrallt, wie Reißzwecken an einem Anschlagbrett. Nach der klaren Ansage von Jonathan Schreiber hatte ihm auch der Investor der HNP telefonisch die Leviten gelesen. Liefere er keine Beweise für die Richtigkeit seiner Geschichte, würde Markus bei der HNP bald nicht mal mehr die Zeitungen austragen dürfen.

Vor diesem Background hatte auch der milchgesichtige IT-Experte der HNP, der seinen Laptop zurückbrachte, ihn in kein neues Stimmungstief mehr stürzen können. Mit einem feuchten Grinsen hatte dieser ihm seinen Tipp serviert: *einfach weniger Pornos gucken, dann fangen Sie sich auch keine Viren ein.*

Das Bundeskriminalamt hatte die Ermittlungen eingestellt. Wenigstens erst einmal so lange, bis Markus Beweise dafür lieferte, dass seine Version der Geschichte stimmte. Und natürlich hatte er keine Pornos auf seinem Laptop geschaut. Jedenfalls nicht mehr, seitdem er mit Lena zusammen war.

Endlich hatte Markus die Ankunftshalle in Terminal 1 des Frankfurt Airport erreicht. LH197 war pünktlich gelandet. *Sicherlich wartet Lena schon ungeduldig.* Markus orientierte sich kurz und machte sich dann mit langen Schritten auf zum Gate A17. Er war immer noch nervös, wenn er Lena nach längeren Phasen der Trennung wiedertraf. Zu unglaublich schien es ihm, dass sie sich auf ihn eingelassen hatte. Eine überaus attraktive und gut bezahlte IT-Expertin und er, ein an seinen eigenen Idealen gescheiterter Lokalredakteur, der sich vor allem deshalb über Wasser halten konnte, weil ihn sein alter Kumpel von der HNP nicht hängen ließ und ihm regelmäßig Geschichten abkaufte. *Wie lange wird sich Jonathan das noch leisten können?*, sinnierte Markus.

Jetzt sah er sie. Lena hatte ihr Handy aus der Tasche geholt und blickte auf das Display. *Ich hätte anrufen können, dass ich es nicht pünktlich schaffe*, ärgerte sich Markus.

Normalerweise hätte er jetzt sein Nahkampflächeln aufgesetzt und Lena mit einem lockeren Spruch von der Seite angetanzt. Aber das fühlte sich jetzt irgendwie falsch an. Sein persönliches Standing drohte gerade, den Bach hinunterzugehen. Er hatte sich wieder in etwas hineingeritten mit seinem „Klima-Dings", wie Lena es nannte. Diesmal würde er sie nicht mit hineinziehen, schwor er sich.

Lena hatte ihn entdeckt und strahle ihn an. Markus breitete die Arme aus und drückte Lena zärtlich an sich.

„Musst du eigentlich immer den Flieger nehmen, wenn du von Berlin nach Frankfurt kommst? Wegen deiner persönlichen Klimabilanz, meine ich."

Lena schaute ihn verwundert über die Begrüßung an und löste sich energisch aus seiner Umarmung. „Ich wollte halt möglichst schnell zu meinem Traummann. Hätte ich in Berlin bleiben sollen?"

Oh, Mann, was hat mich denn da gerade geritten? Erschrocken über sich selbst versuchte Markus, es wieder gutzumachen. Seine linke Augenbraue funkte ein flüchtiges SOS. „Traummänner holen ihre Traumfrauen auch am Bahnhof ab … dann ist es nicht mehr so weit bis in Bett", säuselte er.

„Ich kenne dich Markus Manx! Da jettet unser Star-Reporter bis in die Antarktis, um sich höchstpersönlich ein Bild vom Klimawandel zu machen, kommt dann zurück und befindet, dass es leider zu spät ist, die Welt zu retten. Und ich soll, wenn ich nach einem anstrengenden Tag ..."

„Du hast ja Recht, tut mir leid, ehrlich …" Markus hob eine Hand wie zum Schwur, „ich habe dich einfach vermisst."

„Weißt du, was ich glaube, Markus Manx. Du kannst mit meinem beruflichen Erfolg nicht umgehen. Du brauchst selbst mal wieder eine richtig spannende Story. Du klammerst dich so krampfhaft an dieses Umwelt-Dings und spielst dich vor mir auf, wie ein Fünfjähriger."

„Klima-Dings."

„Bitte?"

„Es ist kein Umwelt-Dings, wir stehen kurz vor einer Klimakatastrophe."

„Mach mal Urlaub, Markus", pfiff sie ihn an. „Spann mal ein bisschen aus. Ich verdiene mehr Geld, als wir beide ausgeben können."

„Dieser Dr. Bahlo von der German Re, von dem ich dir erzählt habe, hat mich angerufen. Es ging um Urs Guggisberg."

„Hat Guggisberg seine Flitterwochen, mit seiner süßen Kollegin, von der du mir nach deinem ETH-Besuch vorgeschwärmt hast, endlich beendet?", stichelte Lena.

„Guggisberg ist tot, ermordet worden in seinem Institut."

„Das ist ja schrecklich."

„Dr. Bahlo bittet mich dringend, nach München zu kommen."

*

Montag, 20. September: Arlington County, Pentagon

Wenn Verteidigungsminister Joe Diggins morgens voller Tatendrang in sein Büro marschierte, wartete normalerweise eine zusammengeschnürte Mappe mit Lageberichten und den wichtigsten Presseartikeln auf ihn: exakt mittig auf der rindsledernen Schreibtischunterlage liegend, die kurze Papierseite parallel zur Tischkante ausgerichtet. War die Pressemappe des Pentagon schwartendick, brodelten die Konflikte in der Welt, dann waren schweres Gerät und richtige Männer wie er gefragt. Dann versprach es, sein Tag zu werden.

Der ergraute Mitsechziger mit dem Gesichtsprofil einer Kreissäge hatte schon beim Betreten des Büros seinen Trenchcoat abgestreift und warf ihn achtlos über einen Stuhl. Darunter trug er, für Verteidigungsminister unüblich, seine Generalsuniform. Sein persönliches Statement gegenüber seinem derzeitigen ungeliebten Job. Er hängte seine Uniformjacke auf einen Bügel, schloss sorgfältig den obersten Knopf und zog an den Schulterpolstern, damit die Jacke exakt gerade hing. Hätte man ihn jetzt nach seinem Werdegang gefragt, die stramme Antwort hätte er wie aus der Hüfte geschossen herausgebellt: *Die übliche Militärkarriere. Ein Weg, der in Amerika übrigens jedem Soldaten offensteht, der bereit ist, Befehle auszuführen, den Arsch zusammenzukneifen und seinen Kopf einzuschalten.* Dabei hätte er betont beiläufig auf die Auszeichnungen an seiner Brust geklopft. Aber Diggins wurde nicht nach seinem Werdegang gefragt, also nickte er seiner Uniform respektvoll zu und setzte sich.

Es versprach, sein Tag zu werden. Die Pressemappe sah verheißungsvoll dick aus. Die Weltlage hatte sich massiv verschlechtert!

Make my day!

Aufmerksam blätterte er die ersten Seiten der Pressemappe langsam durch. Nicht schlecht, Collins dieser Versager hatte mit seiner NASA in den letzten vierundzwanzig Stunden tatsächlich etwas erreicht.

Nackte Angst kann also selbst bei unseren stoischen Sternenguckern Prozesse beschleunigen, dachte Diggins verächtlich.

Gestern war er, Joe Diggins, noch wutschnaubend ins Büro von Jasper Collins gestürmt, den neusten Presseartikel zum Pandora-Report samt Foto des aufmüpfigen Lokaljournalisten Markus Manx schwenkend, und hatte seine Cowboynummer abgezogen. Dieser Journalist hatte sich mit seiner neusten Veröffentlichung ganz oben auf die Rote Liste der bedrohten Arten katapultiert. Jasper hatte anscheinend sofort kapiert, dass ihm nur ein Tag

Zeit blieb, um Manx das Schicksal zu ersparen, das Urs Guggisberg erlitten hatte.

Diggins betrachtete das oben eingeschnittene Foto von Manx, dass er gestern mit seinem Bowiemesser an Jaspers Bürotür getackert hatte. Beim Rausgehen hatte er das Foto wie einen reifen Apfel von Jaspers Tür gepflückt. Er warf einen Blick in die Presseschau und verstand. Die NASA hatte sich nicht lumpen lassen und ganze Seiten in deutschen Tageszeitungen gekauft. In sämtlichen Blättern fanden sich im Umfeld von überteuert eingekauften Werbeanzeigen für Tesla oder den e-Jeep Wrangler redaktionelle Berichte, in denen die jeweiligen Chef-redakteure die Zeitungsmeldung von Markus Manx über den nicht mehr beherrschbaren Klimawandel zerfetzten.

„Dreht das Klima durch oder nur die Hessische Neueste Presse", las Diggins laut, „Hessische Neueste Fakes."

Feuer frei aus allen Rohren! Eine mediale Breitseite auf einen arglosen Feind.

Sorry Friends! Aber ihr habt eure Schlacht schon deshalb verloren, weil ihr Euren Gegner nicht kennt.

Er, Joe Diggins, Verteidigungsminister der Vereinig-ten Staaten von Amerika, hatte erst vor wenigen Tagen gegenüber seinen Kollegen aus Russland und China einen massiven Paukenschlag angekündigt, sollte etwas von dem Pandora-Report in die Öffentlichkeit sickern.

Es war in die Öffentlichkeit gesickert.

Und er hatte, wie versprochen, geliefert, das war ihm wichtig. Eine verantwortliche Person war schon nicht mehr im Spiel, und der Pandora-Report auf mysteriöse Weise verschwunden.

Ups!

Jeden Stein hatten sie in Europa umgedreht, um jede Kopie des Pandora-Reports, jeden Entwurf und jedes klitzekleine Datenfragment aufzutreiben. Und sie hatten alles gefunden, dessen waren sie sich sicher.

Und wenn nicht? Diggins kratzte sich an seinem Walrossschädel.

Würde erneut etwas veröffentlicht, dann hätte dieses Weichei Collins seine letzte Chance verspielt. Und dann wäre dieser Reporter Markus Manx in spätestens achtundvierzig Stunden nicht nur mundtot. Ganz unspektakulär, ein bedauerlicher Unfall. Vielleicht. Auf diese Weise hatte Alexej, sein Mann für die kreativen Lösungen, gerade erst diesen deutschen Öko-Schnüffler aus dem Rennen genommen.

Diggins hatte es immer gewusst: *Diese degenerierten, schmarotzenden, gutmenschelnden Europäer sind eine Pein und nur mit harten Mitteln zu stoppen.*

Sofort spürte Diggins, wie schon der Gedanke an seine sogenannten Verbündeten seinen Kreislauf in Wallung brachte und sich sein Hemdkragen zuschnürte.

Joe, ganz ruhig, nicht ausfällig werden, du bist jetzt Politiker, erinnerte er sich selbst und verbot sich jeden weiteren Kommentar.

Der Verteidigungsminister der USA glaubte fest an die Methode Diggins – seine Methode. Nachdem es aber schon einen Toten im Umfeld des Pandora-Reports gab, sollte man die Statistik nicht überstrapazieren. *Jetzt nicht den wilden Mann spielen, Joe.*

Die NASA hatte diesmal performed, das musste er anerkennen. Vielleicht hatten sie diesen Frankfurter Journalisten mit ihrer massiven Kampagne endlich platt gemacht.

Dead as a dodo!

Jetzt nicht nachtreten. Erstmal abwarten, ob dieser Vogel nochmal irgendwo seinen Kopf rausstreckt.

Die nächsten Artikel blätterte Diggins schnell durch. Er kannte den Inhalt: Seit Wochen randalierten die

Gelbwesten in Frankreich. Halb Paris stand in Flammen, da die Menschen die hohen Kosten für den Klimaschutz nicht hinnehmen wollten, während es im Sozialbereich an allen Ecken und Enden haperte. In Berlin rottete sich der Mob jeden Freitag vor dem Bundeskanzleramt zusammen, Deutschland müsse das Weltklima im Alleingang retten. Selbst in Amerika nahm die gefühlte Spannung zu. Letzten Samstag hatte es vor dem Lincoln Memorial eine Demonstration von Jugendlichen gegeben. Diggins meinte, er habe das Grölen über den Potomac River herüber bis zum Pentagon gehört.

Auch die Verschwörungstheorien nahmen täglich zu. Hartnäckig hielt sich seit Wochen in den sozialen Medien das Gerücht, die Mars-Mission diene nur dazu, im Ernstfall Amerikas TOP One Thousand zu retten.

Joe Diggins nahm sich vor, in den nächsten Tagen das Internet diesbezüglich näher unter die Lupe zu nehmen. Sie mussten die Menschen noch für einige Wochen ruhighalten. Solange, bis die Nautilus-Vorbereitungen abgeschlossen waren.

Zufrieden mit sich zog Diggins seine Uniformjacke wieder an und verließ das Büro. Es würde sein Tag werden.

*

Donnerstag, 23. September: München, German Re

„Nein, nein, nein! Ich bin dir gar nichts schuldig", polterte Jonathan Schreiber durch das Telefon.

„Ich habe den Artikel doch nicht für mich geschrieben, Joe. Rabea hat mich auf die Story angesetzt."

Markus zeigte Lena, die es sich nicht hatte ausreden lassen, ihn in ihrem roten Fiat 500 nach München zu fahren, einen hochgehobenen Daumen.

Markus hörte seinen Freund am Telefon tief seufzen.

„Warte mal, ich stelle dich mal eben auf den Lautsprecher, Lena sitzt neben mir. Wir sind auf dem Weg zu Dr. Bahlo, dem Klimaexperten der German Re."

„Hey Lena", drang Schreibers müde Stimme durch den Lautsprecher.

„Hi Jonathan", antwortete Lena fröhlich. „Tut mir leid, dass du wegen Markus' letztem Artikel Ärger hattest. Aber ab jetzt passe ich auf ihn auf."

„Ärger ist da wohl die Untertreibung des Jahrhunderts. Unser Investor hätte uns die Bude hier beinahe dichtgemacht. Der Schlüssel steckte schon im Schloss."

„Dr. Bahlo wird uns die Richtigkeit des Pandora-Reports bestätigen. Das verspreche ich dir", hangelte sich Markus ins Gespräch zurück. „Damit sind wir dann vollständig rehabilitiert."

„Was macht dich da so sicher? Dieser Versicherungsheini hatte ja wohl ausreichend Zeit, uns zur Seite zu stehen, wenn es ihm wichtig gewesen wäre."

„Ja, da hast du recht", gab Markus zu. „Aber bei unserem gestrigen Telefonat hat mich Dr. Bahlo fast angefleht, dass wir möglichst sofort nach München kommen sollen. Irgendetwas muss da vorgefallen sein."

Markus wartete darauf, dass der HNP-Herausgeber etwas sagte. Er wartete vergeblich.

„Bist du noch dran, Jonathan?", fragte Markus sicherheitshalber.

„Ja", klang es matt … „Ich denke nach."

Lena hatte das Ende der Autobahn erreicht und fädelte sich in den zähfließenden Münchner Verkehr ein.

„Als du vor einigen Jahren über das Offenbacher Rotlicht-Milieu geschrieben hast, da hast du deine Artikel doch nachher unter einem Pseudonym veröffentlicht", sinnierte Schreiber halblaut.

Markus erinnerte sich nur zu gut an diese Zeit. Seine Familie wurde bedroht, und er hatte dennoch nicht von seinen Recherchen lassen können. Letztendlich hatte er mit seinen Artikeln absolut nichts ausrichten können, aber seine Ehe war in die Brüche gegangen und seine Kinder hatten sich von ihm entfremdet.

Markus spürte Lenas Hand auf seinem Oberschenkel. Sie wusste, dass ihm die Sache heute noch naheging.

„Okay Markus", schlug Jonathan Schreiber vor, „wenn du einverstanden bist, bringe ich den Artikel unter deinem alten Pseudonym Christian Brauer."

Markus nickte still.

„Er ist einverstanden", übernahm Lena die Antwort für ihn.

„Gut. Und vergesst nicht, mir ein Interview oder irgendeinen Beweis von diesem Dr. Bahlo mitzubringen, in dem er die Richtigkeit des Pandora-Reports bestätigt."

„Wir sind bei der German Re angekommen", beendete Lena das Gespräch und zirkelte ihren Wagen in eine winzige Parklücke vor dem Gebäude.

*

„Ich hätte mir gewünscht, wir hätten uns schon eher und vor allem unter anderen Vorzeichen kennengelernt", begrüßte sie Dr. Bahlo wenige Minuten später in seinem Büro. Dabei streifte sein Blick Markus nur kurz, um dann mit einem seufzenden Lächeln an Lena hängen zu bleiben. „Ich habe gelesen, Frau Eck, Sie sind jetzt Mitglied im Digitalrat der Bundesregierung. Gratulation. Ich hoffe, der Kanzler hört Ihnen besser zu, als sein Amtsvorgänger, meinen Kollegen und mir."

„Der Anfang war wenigstens vielversprechend", antwortete Lena mit einem professionellen Lächeln.

Das dachte Markus auch, wenngleich aus etwas anderer Perspektive. Im Vergleich zu seinem ersten Zusammentreffen mit dem Experten der German Re auf der Klimakonferenz in Dortmund wirkte Dr. Bahlo heute auf ihn wie ausgewechselt.

„Und eine erfolgreiche Unternehmerin sind Sie auch noch. IT-Sicherheit." Dr. Bahlo hatte sich kundig gemacht.

„Ja, aber den zerstörten Pandora-Report, der Herrn Manx zugespielt worden ist, habe ich trotzdem nicht mehr retten können", beendete Lena den Smalltalk und verursachte damit eine Sorgenfalte auf Dr. Bahlos Stirn.

„Unsere IT ist mir bis heute noch eine Erklärung schuldig, wie das passieren konnte."

„Wer kann ein Interesse daran haben, dass der Pandora-Report nicht veröffentlicht wird?", fragte Markus.

„Das ist eine gute Frage. Sie glauben gar nicht, wie ich mir darüber den Kopf zermartert habe. Und darüber, dass ich jetzt der letzte Lebende bin, der am Pandora-Report mitgearbeitet hat."

„Sie haben den Report zusammen mit Dr. Guggisberg geschrieben", überlegte Markus laut.

„Mit Urs Guggisberg und einer seiner ehemaligen Studentinnen. Sarah Helland arbeitet seit drei Jahren für uns und war inzwischen eine meiner engsten Mitarbeiterinnen. Wir haben ihr bei der German Re sogar die Möglichkeit geboten, in Kooperation mit der ETH Zürich, ihre Doktorarbeit zu schreiben."

„Und was ist mit Sarah Helland?", fragte Lena.

„Ein tödlicher Verkehrsunfall mit Fahrerflucht. Die Polizei ermittelt."

„Das ist ja schrecklich."

„Es ist ein Albtraum, Frau Eck. Meine beiden engsten Kollegen sterben in nicht einmal einer Woche."

In der Woche, in der der Pandora-Report erscheinen sollte, kam es Markus in den Sinn, doch er behielt seinen Gedanken für sich. „Wie geht es jetzt weiter mit dem

Pandora-Report?", fragte er stattdessen. „Ich meine, der Report ist doch gewissermaßen auch ein Vermächtnis von Dr. Guggisberg und Frau Helland."

Markus merkte Dr. Bahlo an, dass ihn noch etwas anderes bedrückte. Auch Lena schien es zu bemerken.

„Es gibt doch Aufzeichnungen und Daten, die die Grundlage für den Report bilden?", fragte sie.

„Ja und Nein", antwortete Bahlo ausweichend. „Es gibt da Ungereimtheiten. Aber das ist noch nicht alles."

Dr. Bahlo schien mit sich zu ringen. Lena bedeutete Markus mit einem Blick, jetzt keine weiteren Fragen zu stellen.

„Die Polizei …" Dr. Bahlo schloss die Augen, bevor er erneut ansetzte. „Die Polizei hat mich verhört. Sie verdächtigen mich, ich könnte etwas mit dem Tod von Dr. Guggisberg zu tun haben."

„Das ist doch lächerlich", sagte Lena einfühlsam.

„Aber die wissen Dinge über mich und meine Arbeit, die nur meine allerengsten Kollegen kennen können. Ich weiß wirklich nicht, wem ich hier im Hause noch vertrauen kann. Ich brauche Ihre Hilfe."

*

Einen Automatenkaffee später, drang Lena bereits in das Innenleben von Sarah Hellands ehemaligen PC vor und ging dem auf den Grund, was der Klimaexperte der German Re als *Ungereimtheiten* bezeichnet hatte.

Markus saß zusammen mit Dr. Bahlo in dessen Büro. Nach mehr als fünfundzwanzig Jahren als Journalist hatte er manches Interview mit Wissenschaftlern hinter sich. Dabei hatte er schon häufiger festgestellt, dass es unter dieser Spezies hochintelligente Exemplare gab, die aber Schwierigkeiten hatten, ein normales Gespräch zu führen.

Dr. Rainer Bahlo, der einzige noch lebende Verfasser des Pandora-Reports, hatte einen IQ, der jenseits von Markus' Vorstellungskraft lag. Nachdem er zwanzig Minuten lang mit allen Werkzeugen, die sein journalistischer Handwerkskasten hergab, versucht hatte, Zugang zu dem Wissenschaftler zu bekommen, stand für ihn nur die Überschrift des Artikels fest: *Das macht doch alles keinen Sinn.*

Die allermeisten Fragen schienen im Gehirn von Rainer Bahlo hochkomplexe Rechenoperationen auszulösen. Mit Richtung Zimmerdecke gerichtetem Blick dozierte der Wissenschaftler in einem weitgehend nach innen gerichtetem Monolog, von dem Markus nur Halbsätze mitbekam, das Für und Wider der Antworten, bis sein Superhirn die Antwort ausspuckte. „Nein, das macht überhaupt keinen Sinn, Herr Manx."

Markus sah ein, dass er so nicht weiterkam. „Fassen wir zusammen. Dr. Guggisberg und Sie waren Freunde. Sie kennen sich seit fast zwei Jahrzehnten und arbeiteten jetzt schon über fünf Jahre an den Studien, die dem Pandora-Report vorangingen."

„Genau, richtig", bestätigte Bahlo.

„Diese Teilstudien sind veröffentlicht und von anderen Forschern auf ihre Richtigkeit überprüft worden. Wie nannten Sie das noch gleich?"

„Peer-Review-Verfahren."

Markus machte sich eine Notiz.

„Das ist eine übliche Vorgehensweise bei wissenschaftlichen Veröffentlichungen, dass vorher andere Experten die Nachvollziehbarkeit und Richtigkeit unserer Annahmen kritisch hinterfragen."

„Und dabei hat es nie unterschiedliche Meinungen gegeben? Ich meine, wenn man heute die Klimadebatte verfolgt?"

„Dann müssen Sie sich mal den wissenschaftlichen Background der Leute anschauen, die sich da zu Wort melden", erwiderte Dr. Bahlo ungehalten. „Das sind keine Klimafachleute. Nein, unter den wirklichen Experten waren unsere Forschungsergebnisse anerkannt. Wir haben es nicht nötig, uns mit reißerischen Aussagen in den Vordergrund zu spielen. Ganz im Gegenteil. Wir haben einen erstklassigen Ruf zu verlieren."

„Und sie halten es für ausgeschlossen, dass einer von diesen Klimaleugnern oder Populisten für das Verschwinden des Reports verantwortlich ist", fasste Markus weiter zusammen.

„Denen fehlt schlichtweg die Kompetenz dazu. Sowohl inhaltlich, um vorauszusehen, was in dem Report stehen würde, als auch was die Umsetzung angeht. Das waren Profis, die uns das Virus aufgespielt haben. Sabotage war das!"

„Für die wir keine Beweise haben", kehrte Markus sein eigentliches Problem wieder nach außen.

„Schaut euch das mal an." Lena stand in der Tür und machte ein Zeichen, ihr zu folgen.

Für Markus kam die Unterbrechung im richtigen Moment. Er hatte von Dr. Bahlo bisher nichts Konkretes erfahren, was die Existenz des Pandora-Reports beweisen würde. Seine Notizen zierten neben der einsamen Überschrift nur fünf sauber gemalte Bullet Points ohne Inhalt.

„Schaut mal auf diesen Link", Lena hatte sich hingesetzt und zeigte auf eine Textstelle in einer E-Mail der toten Kollegin. Dann kopierte Lena den Link in ihren Suchalgorithmus.

„Und?", fragte Markus gespannt.

„Verschwunden", antwortete Lena und erklärte ihre Entdeckung. Einige der auf Sarahs Computer gelöschten

E-Mails an ihre Kollegen hatte sie zumindest teilweise wiederherstellen können.

Aber nicht nur ihre Daten waren gelöscht worden, auch die Links führten ins Leere.

„Google findet die angegebenen Quellen nicht mehr", erkannte jetzt auch Markus.

„Fast spurlos eliminiert und in den militärischen Teil des Netzes verschoben." Lena schüttelte den Kopf, als Markus fragend die Augenbrauen hochzog. „Da komme selbst ich nicht ran."

„Sarahs Doktorarbeit ist im Web auch nicht mehr zu finden", sagte Dr. Bahlo und hielt Markus ein Buch hin. „Jetzt rettet uns vielleicht das altmodische Papier."

Markus warf einen schnellen Blick auf den Titel: *Simulation of strong Storm Earthquakes for Europe*.

„Ich will es Ihnen möglichst einfach erklären", nahm Dr. Bahlo dankbar den Wechsel zu einem vertrauten Fachthema an. „Große Stürme können, wenn Sie an Land treffen transkontinentale Oberflächenwellen auslösen, die über tausende von Kilometern messbar sind. Das wurde zuletzt von der Florida State Universitiy eindrucksvoll für Nordamerika bewiesen."

Markus nickte beifällig, und Bahlo fuhr fort.

„Sarah Helland hat diese Erkenntnis in ihrer Doktorarbeit auf Westeuropa übertragen und in unser Risiko- und Schadensmodell integriert. Ein großer atlantischer Sturm, der beispielsweise in der Region von San Sebastian auf Land trifft, kann Erdbeben auslösen, die ihr Epizentrum tausend Kilometer entfernt haben. Die durch den Sturm ausgelösten Erdbeben finden dann an den bekannten, krustalen Verwerfungen in einer geringen Tiefe von ungefähr zehn Kilometern statt."

Dr. Bahlo blickte Markus fragend an, ob er ihm folgen könne. Nach einem Nicken führte er seine Ausführungen fort.

„Diese Verwerfungen in der Erdkruste, weit weg von den eigentlichen Plattengrenzen, entstehen durch Deformationen innerhalb der tektonischen Platten als Folge des Drucks von außen. Trotz der kleineren Magnitude und der längeren Wiederkehrperiode im Vergleich zu Subduktionsbeben, das sind Beben, bei denen eine Platte unter eine andere abtaucht, sind krustale Beben oft zerstörerischer, da sie näher an bewohnten Gebieten auftreten. Es kann sogar zu Rissen im Boden kommen, wenn der Bruch die Oberfläche erreicht. Dabei können horizontale Bodenverschiebungen von mehr als zwei Metern auftreten. Alte und in keiner Weise erdbebensicher errichtete Gebäude fallen bei diesen Erdbeben wie Kartenhäuser in sich zusammen."

Markus hörte aufmerksam zu, und auch Lena hatte kurz ihre Arbeit unterbrochen.

„Beben abseits der Plattengrenzen?", fragte Markus.

Dr. Bahlo nickte.

„Ist das auch bei uns vorstellbar?", hakte Markus nach.

Wieder ein bestätigendes Nicken. „Der Pandora-Report beschreibt unter anderem auch dieses Schreckensszenario. Alles hängt mit dem Klimawandel zusammen."

Markus dachte kurz nach: Das war doch der dringend gesuchte Beweis, dass der Pandora-Report kein Fake war. Dr. Bahlo musste ihm nur schriftlich die Grundzüge bestätigen. Das würde der HNP und Jonathan Schreiber reichen.

Aber Dr. Bahlo schüttelte auf die vorsichtig formulierte Frage den Kopf. „Solange ich von der Polizei verdächtigt werde, etwas mit dem Tod von Urs Guggisberg zu tun zu haben, kriegen Sie von mir keine einzige Zeile. Darauf warten die doch nur."

Zurück auf Anfang.

Sie waren keinen Schritt weiter.

„Holen Sie sich eine Zusammenfassung von der ETH Zürich. Soviel ich weiß, hatte Dr. Guggisberg eine Assistentin."

„Dr. Steph Brunigs." Jetzt schüttelte Markus frustriert den Kopf. „Vorgestern habe ich mit der ETH telefoniert. Die Assistentin von Dr. Guggisberg ist seit einer Woche spurlos verschwunden."

Mit weit aufgerissenen Augen stürzte Dr. Bahlo aus dem Raum. „Vergessen Sie's! Keine einzige Zeile kriegen Sie von mir."

*

Donnerstag, 23. September: Dortmund, MaKaRe

Marius Kaczynski brütete, kerzengrade an seinem Schreibtisch sitzend und starrte auf die Glasplatte. Die letzten Wochen hatten ihm brutal zugesetzt. Auch gesundheitlich.

Er konnte die vereinbarten Rotorblätter nicht liefern. Das war schon schlimm genug, finanziell gesehen. Aber es ging auch um seine Gesundheit. Immer häufiger musste er an das Schicksal des Duisburger Müllhändlers Tetzlaf denken. Marius massierte seine Ohren. Sie waren nicht besonders schön – dennoch, mit ihnen sah er einfach besser aus als ohne.

Das Geräusch der Tür, die beim Öffnen leise über den Teppichboden schabte, ignorierte er heute. Erst als Jasmin, die junge Juristin, einen Fenchel-Kümmel-Tee zur Beruhigung seines Magens vor ihn auf die Schreibtischplatte stellte, schaute er hoch und genoss zumindest ihren Rückweg zur Tür.

Er trank einen Schluck von dem Tee. Dann griff seine Hand suchend in den Rollcontainer und zog eine Cognacflasche hervor, die normalerweise für Besucher reserviert war. Nach einem großen Schluck und einem

148

leichten Seufzer widmete er sich dem Stapel der vor ihm liegenden Fotos.

Verflucht!

Nick Grünebast, dieser Mistkerl, wollte ihm partout nicht die ausgedienten Rotorblätter von Friesenwind verkaufen!

Die Fotos von Grünebasts Familie, waren von gestochen scharfer Qualität und von einem erstklassigen Teleobjektiv aufgenommen. Sie hätten von einem Privatdetektiv stammen können. Taten sie aber nicht. Marius Kaczynski hatte persönlich auf sein Ziel angesessen.

Langsam ließ er die Fotos, eines nach dem anderen, auf den Tisch gleiten. Bei zwei Aufnahmen verharrte er etwas länger. Die erste zeigte seine hübsche Mitarbeiterin von hinten, wie sie sich in Grünebasts Auto beugte und ihm offenbar irgendetwas sehr persönliches sagte. Die zweite Aufnahme zeigte sie von vorn, ihre Hand auf seiner Schulter, ihre ganze Attraktivität tiefenscharf im Fokus des Bildes festgehalten. *Ja*, dachte er mit schakalischem Grinsen, *auf Jasmin kann man sich verlassen, wenn man ihre Hilfe braucht.*

Doch am Ende hatte alles nichts genützt.

Der Mann musste krank sein, wenn er weder auf solche Reize, noch auf Geld reagierte. Nick Grünebast wollte partout weder an die Ausbildung seiner drei Töchter denken, noch den Kostenrahmen seines Hausbauprojektes sanieren. Es blieb dabei, er wollte den Friesenwind-Müll nur von Unternehmen entsorgen lassen, die prüfbare Referenzen auf dem Gebiet vorweisen konnten. Selbst die Fotos von ihm zusammen mit Jasmin hatten keine Verhaltensänderung bewirkt. Das Wort *Erpressung* würde Marius Kaczynski nie in den Mund nehmen.

„Verdammter Mist! Deine Rückennummer merk ich mir, Nick Grünebast!", brummte er ärgerlich.

Das Fatale an der Situation: Marius hatte den Chinesen bereits die eindrucksvollen Bilder des Wertstoffberges geschickt, ein haushoher Stapel von ausgemusterten Rotorblättern. Nur kam er an das Gold der Friesen nicht heran. Und jetzt forderten die Chinesen auch noch Nachweise von der Einschiffung der Ware!

„Vertrauen!", schimpfte Marius. *Vertrauen ist die Basis unseres Geschäftes.*

Beim letzten Telefonat hatte er seine Geschäftspartner gerade noch hinhalten können. Er hatte gespürt, dass die Chinesen langsam ungehalten wurden, und dass sie das in China so ungeheuer wichtige Wort *Gesichtsverlust* durchaus plastisch interpretieren. Erneut musste er an Tetzlaf denken.

Aber einem Kaczynski fällt immer etwas ein!

Er könne das Material sogar eine Woche früher liefern, hatte er geblufft.

Dummerweise hatten die Chinesen angenommen.

Doch die fehlende Zeit ließ sich aufholen, wenn er den Schreddermüll per Eisenbahn bis nach Genua schaffte. Wenigstens waren die Chinesen bereit, die zusätzlichen Kosten zu tragen. Geld schien für sie keine Rolle zu spielen.

Blieb das Hauptproblem: Wie kam er jetzt ganz schnell an den Müll?

*

Es waren keine vier Tage vergangen, als Marius Kaczynski gut gelaunt die Treppen zu seinem Büro hochstapfte. Er genoss jede einzelne Stufe. Der große Fisch, er hatte ihn endlich an Land gezogen. Die geschredderten Rotorblätter füllten mehrere Güterzüge und ratterten nun in rostigen Schüttgutwagen der DB Cargo Richtung Süden.

Wie immer nach erfolgreicher Arbeit bekam als erstes die *Operation Saubere Hände* grünes Licht. Die Bilder von Grünebasts Familie und die Unterlagen zu dessen Haus wanderten in einem Schwung in den Aktenvernichter. Der sture Grünebast hätte ihn fast dazu gezwungen, noch näher an die Familie heranzurobben. Dabei hasste Marius es, in Notfällen persönlich werden zu müssen. Zwei der Fotos ließ er in sein Jackett verschwinden. Nicht wegen Nick Grünebast, sondern weil Jasmin darauf ziemlich gut getroffen war.

Die Lösung erwies sich am Ende als verblüffend einfach. Zweimal über Bande spielen!

Schlitzohr Kaczynski hatte sich an den lizensierten Entsorger von Friesenwind herangepirscht, eine List im Kopf. Sie einigten sich, und jetzt hatte er die Rotorblätter, zwar nicht kostenlos, aber zu einem fairen Preis und sofort. Der Geschäftsführer des etatmäßigen Entsorgers erwies sich als Fuchs, er ließ sich von Friesenwind und parallel dazu auch noch von MaKaRe bezahlen. Aber ein Marius Kaczynski ist ebenfalls nicht auf den Kopf gefallen. Natürlich hatte er nicht nur in harten Euronen bezahlt! Statt des Geldes hatte er dem Entsorger einige tausend Tonnen kostenpflichtig zu entsorgenden Asbestmülls abgenommen.

Die Causa Grünebast hatte sich im Endeffekt doch nicht als Nullnummer erwiesen, denn die Idee des Tauschgeschäftes war Marius Kaczynski gekommen, als er erfuhr, dass Grünebast bei der Albtraum-Sanierung seines neuen Hauses auf Asbest gestoßen war.

Jetzt ergänzte der Asbestmüll die fehlenden Tonnen Rotorblätter und die Bilanz stimmte für alle.

Das ganze Leben ist eine Mischkalkulation, philosophierte er.

Der Aktenschredder hatte seine Arbeit getan und war verstummt, als Marius das Geräusch der sich öffnenden

Tür hörte. Jetzt, wo der Zug immer weiter Richtung Genua rollte, hatte er endlich wieder Zeit, sich der Betrachtung von Jasmins langen Beinen hinzugeben. Was für eine Verschwendung, würde sie in einer klassischen Anwaltskanzlei arbeiten, wo derart kurze Röcke nicht dem Dresscode entsprachen.

Marius lächelte Jasmin zufrieden zu, als sie ihm eine Kopie der Frachtpapiere auf den Schreibtisch legte. Er hatte es geschafft! Er hatte geliefert!

Morgen in zwei Wochen ging sein Flug von Düsseldorf nach Singapur. Im vierhundert Kilometer entfernten Hafen von Port Klang würde er an Bord der Blue Venture II, dem von ihm gemieteten Supramax Bulk Carrier, gehen und die letzten Tage bis zur Übergabe der Ware im Südchinesischen Meer an Bord verbringen. Er freute sich, seine zukünftig besten Geschäftsfreunde kennenzulernen. Und auf die restlichen fünfzig Prozent der vereinbarten Zahlung in harten US-Dollar.

*

Donnerstag, 23. September: München, German Re

Kein Interview mit Dr. Bahlo. Kein Statement des Klima-experten zur Korrektheit des Pandora-Reports. Markus versuchte die Sache nüchtern zu betrachten. Aber es kam nur eine platte Phrase dabei heraus.

Ich bin am Arsch.

Gelang es ihm nicht, seinen Ruf wiederherzustellen, würde niemand mehr einen Artikel von ihm veröffentlichen. Keine Artikel, keine Einnahmen. Ein paar Wochen lang würde sich Lena die Windstille ansehen – und schließlich erkennen, was für ein gottverdammter Loser er war.

Er hörte schon den Abgesang. *Wenn du willst, können wir Freunde bleiben ...*

152

Geräuschvoll zog er die Nase hoch.

Lena schaute, vertieft in ihre Arbeit, nicht einmal auf.

Doch Markus war nicht der Freunde-bleiben-Typ. Das war ihm nicht einmal bei seinen inzwischen erwachsenen Kindern Max und Lisa gelungen.

Widerwillig nahm er erneut die Doktorarbeit von Sarah Helland in die Hand, die Dr. Bahlo auf dem Tisch hatte liegen lassen. Neben den Datenrekonstruktionen, die Lena gerade an Hellands ehemaligem PC durchführte, blieb dieses einhundertachtundachtzig Seiten starke Dokument der einzige potentielle Beweis, den Markus hatte. Leider war die Doktorarbeit komplett in Fachchinesisch verfasst. Wenigstens für ihn.

„Das gibt's doch nicht", schnappte Lena ungläubig. „Ich glaube, ich brauche mal eine Pause."

„Prima, da mache ich mit", sagte Markus und klappte Hellands Doktorarbeit bereitwillig zu.

„Hey, das war ein Scherz! Ich mach' doch jetzt keine Pause, wo es anfängt spannend zu werden."

„Hast du was entdeckt?"

„Ich nicht, aber ich glaube, *mich* hat gerade jemand entdeckt."

„Scheiße!"

„Weiß noch nicht."

„Was heißt das?"

„Dass es da draußen nicht nur Schurken gibt."

Lena hämmerte immer schneller neue Befehle in die Tastatur. Jetzt holte sie eilig einen USB-Stick aus ihrer Tasche und stöpselte ihn in den Rechner ein. Auf einem zweiten Bildschirm poppten Programme auf. Mit einem schnellen Blick verfolgte Lena, wie sich bunte Balken aufbauten und wieder verschwanden. Dann entspannte sie sich und versicherte mit dem überlegenen Lächeln eines IT-Profis: „Nur ein Scriptkiddie. Den habe ich gleich."

„Ein was?"

„Ein Amateur, ein Anfänger, der sich nach Anleitungen, die er irgendwo im Internet gefunden hat, in fremde Netze einhackt, ohne wirklich zu wissen, was er da tut."

Lena startete ein weiteres Programm und auf einem der Monitore erschien eine Weltkarte.

„In zwei Minuten kann ich dir sagen, in welcher Stadt unser Möchtegern-Hacker sitzt und sogar in welcher Straße."

Die Landkarte zoomte auf den Westen der Vereinigten Staaten. Wenige Sekunden später wurde die Karte detaillierter und erste Straßen und Gebäudekonturen erschienen.

„Na, was habe ich dir gesagt", kommentierte Lena triumphierend und drehte sich zu Markus um. „Los Alamos, New Mexiko!"

Als sie wieder auf den Monitor schaute, war dort erneut die Weltkarte zu sehen. Hektisch fing sie sofort an, den Computer mit weiteren Befehlen zu füttern.

„Stimmt was nicht?"

„Gleich."

Markus hatte Lena noch nie bei ihrer Arbeit gesehen. Natürlich wusste er um ihre Fähigkeiten im Bereich der IT-Sicherheit, aber jetzt bekam er zum ersten Mal einen Eindruck, mit welcher Expertise sie im Netz unterwegs war und mit welcher Geschwindigkeit sie ihre Hilfsmittel einzusetzen wusste.

„Ich bin ein bisschen aus der Übung", klagte Lena.

„Ich würde gerne einmal eine Artikelserie über Hacker schreiben, Lena. Unterstützt du mich dabei?"

„Verdammter Mist! Das ist alles deine Schuld!" Lena deutete sichtlich erregt auf den schwarzen Monitor, auf dem eben noch die Weltkarte zu sehen gewesen war.

„Ist das Programm abgestürzt?", fragte Markus, der darüber nachdachte, was er wohl falsch gemacht haben könnte.

„Nein!", fauchte Lena. „Er hat es abgestellt."

„Hat er denn Zugang zu deinem Rechner?"

Mit einer schnellen Handbewegung zog Lena den Netzwerkstecker aus dem Rechner. „Jetzt nicht mehr."

Wenige Mausklicks später leuchte der Bildschirm wieder und zeigte eine Armada von Programmen, die Lena kurz nacheinander gestartet hatte und die damit begannen Verzeichnisse zu scannen, Sicherheitsupdates durchzuführen, offene Ports aufzuspüren und zu schließen.

„Hätte ich mich mit meinem eigenen Rechner ins Netz der German Re eingeloggt, wäre mir das nicht passiert", murmelte Lena kleinlaut. Der Vorfall schien ihr peinlich zu sein.

Markus schlussfolgerte vorsichtshalber erst einmal im Stillen, dass der Hacker, der Lena im Netz aufgespürt hatte, wohl doch kein blutiger Anfänger war.

„Gar nicht schlecht", kommentierte Lena einen letzten roten Balken, der sich in einem der offenen Programme zeigte und sich nach einem Mausklick in ein beruhigendes Grün verwandelte. „Unser lieber NGG hat sich selbst als Netzwerkdrucker bei der German Re authentifiziert und so Zugriff auf meinen Rechner erlangt."

„Ist das sein Hackername? NGG meine ich."

Lena lachte und schloss das Netzwerkkabel wieder an. „Nein, den Namen habe ich ihm gerade gegeben. Mein Gegenüber ist gut aber NICHT GUT GENUG, um es mit mir aufnehmen zu können."

Markus lachte. Das war jetzt wieder seine Lena, hochintelligent, kämpferisch und ungeheuer anziehend, wenn sie so einen entschlossenen, ernsten Gesichtsausdruck hatte.

„Schicken wir unserem Netzwerkdrucker doch einmal ein paar Druckaufträge", sagte Lena und ließ ihre Finger über die Tastatur fliegen. Dann startete erneut das Programm mit der Weltkarte. Diesmal fixierte der Rahmen des Zooms eine Region im Süden Russlands. Das Bild löste sich zunächst in Pixel auf, um dann Wälder und Seen zu zeigen. Nach wenigen Sekunden wurden weitere Details sichtbar, einzelne Gebäuden und Straßen, beschriftet mit kyrillischen Schriftzeichen.

„Das Atomzentrum in Majak", kommentierte Lena. „Mensch, warum bin ich da nicht gleich draufgekommen." Schnell tippte sie etwas auf ihrer Tastatur, und es erschien das Bild eines Wachturms, vor dem eine US-Flagge wehte. „In Los Alamos hat er sich über den Server des amerikanischen Kernforschungszentrums mit der German Re verbunden."

„Das heißt, dass deine Druckaufträge jetzt in Russland die Drucker heiß laufen lassen?", kombinierte Markus.

„Natürlich nicht. Das war eine lokale Netzwerkadresse", reagierte Lena empört. „Das habe ich nur gemacht, um unseren NGG etwas lahmzulegen. Damit er nicht gleich wieder versucht das Kommando über meinen Rechner zu erlangen."

„Dann erkläre es mir Lena. Bitte", sagte Markus ein wenig hölzern.

„Erklären!" Lena schaute hilfesuchend zur Decke. „Der Typ will etwas von mir. Der will mich beeindrucken. Mir zeigen, was er draufhat. Und wenn er die Server von zwei hochgesicherten Atomanlagen nutzt, als wären sie irgendwelche private VPN-Server, dann ist das schon kein Kiddie-Zeugs mehr."

Markus fühlte sich in seiner Vermutung bestätigt. „Dann schreib ihm doch, dass du jetzt ausreichend beeindruckt bist und er dir endlich mitteilen kann, was er will."

„So einfach geht das nicht. Dazu müsste ich erst einmal ...”

Sie vollendete den Satz nicht. Stattdessen fing sie an, hektisch auf ihre Computertastatur einzuhämmern.

„Das glaube ich jetzt nicht. Nein, das machst du jetzt aber nicht … Mist!”, kommentierte Lena das aktuelle Geschehen.

Gleich darauf erlosch bei der German Re das Licht. Und das im gesamten Gebäude, wie Markus mit einem Blick aus dem Fenster feststellte.

Lena schlug mit der Hand wütend auf ihren Schreibtisch und ließ einige Flüche los, die Markus in keinem Zeitungsartikel wiedergegeben hätte. Dann starrte sie ihn mit weit aufgerissenen Augen an.

„Kannst du den Strom wieder anstellen”, fragte Markus vorsichtig.

„Bin ich hier der Hausmeister”, giftete sie.

Dann erschien Dr. Bahlo als Markus' Retter in der Tür. „Entschuldigen Sie bitte, wir haben einen Stromausfall.”

„Und eine verdammt schlecht abgesicherte Notstromversorgung”, antwortete Lena bissig.

Dr. Bahlo schien einen Augenblick zu überlegen, ob er dies in eine seiner Risikoanalysen aufnehmen musste. „Sie haben ja wieder Strom”, sagte er überrascht und deutete auf Lenas Monitor.

Tatsächlich war der Rechner wieder zum Leben erwacht. Und dann erschien auf dem schwarzen Monitor eine weiße Schrift. So klein, dass Markus und Dr. Bahlo näher an den Schreibtisch von Lena herantraten, um lesen zu können was dort stand.

HOPPLA! Da hat wohl jemand
den Stecker gezogen.

„Ich lache dann später mal." Lena tippte lustlos auf ihrer Tastatur herum, schien aber keinen Zugriff auf den Rechner zu haben.

Dr. Bahlo schaute Lena und Markus fragend an. „Kann mir jemand erklären, was das zu bedeuten hat?"

„Sag du es ihm", forderte Lena Markus auf.

„Lena … ich meine Frau Eck, hat auf dem Rechner von Sarah Helland versucht, Hinweise zu finden, wer die Daten gelöscht hat. Das scheint jemandem aufgefallen zu sein, der Zugang zum Netzwerk der German Re hat", sagte Markus und schaute Lena an, ob er dies richtig wiedergegeben hatte.

Lena nickte. „Das muss ein absoluter Profi sein. Ich glaube, er will mit mir Kontakt aufnehmen – deshalb der ganze Zauber hier."

„Und warum schreibt er Ihnen nicht eine E-Mail, wenn er etwas von Ihnen möchte?", wollte der führende Analytiker der German Re wissen.

„Er weiß nicht, wer ich bin. Er weiß nur, dass ich Zugang zum Rechner von Sarah Helland habe."

„Verstehe … Und haben Sie mal in das E-Mail-Postfach von Sarah geschaut?"

Lena verzog ihren Mund zu einer Schnute. Dann nahm der Bildschirm wieder ihre Aufmerksamkeit in Anspruch. „Ich glaube, TGO will uns etwas zeigen."

„TGO?", fragte Dr. Bahlo.

Markus zuckte mit den Schultern.

„The Good One. So habe ich ihn gerade umgetauft."

„Warum sind Sie sich sicher, dass es sich um keinen böswilligen Hacker handelt?"

Lena deutete auf die sich ständig vermehrenden Kolonnen von Computerbefehlen auf dem Monitor, als wären diese selbsterklärend. Kurz darauf erschien das Logo der NASA auf dem Monitor und ein Log-in-Kennwort wurde eingegeben.

Jetzt änderte sich der Bildaufbau in rasender Geschwindigkeit. Ständig erschienen neue Server, Netzwerkpfade und Verzeichnisse, nur um Sekundenbruchteile später wieder zu verschwinden. Weitere Befehle wurden eingegeben, Warnfenster wurden eingeblendet und ignoriert oder umgangen, bis das Bild schlagartig einfror.

Ein Mauszeiger erschien auf dem Monitor und Lena verstand sofort, dass sie jetzt wieder Zugriff auf Sarah Hellands Rechner hatte.

Dr. Bahlo rückte seine Brille zurecht und ging nah an den Monitor heran. „Können Sie dieses Verzeichnis hier einmal öffnen?"

Das Verzeichnis mit dem Namen p-Hacking öffnete sich und die Unterordner wurden sichtbar.

„Gu…, Gugg..., Guggisberg", stotterte Dr. Bahlo und wirkte auf einmal blass.

Lena öffnete den Ordner Guggisberg.

„Darf ich mich setzen", fragte der Klimaexperte der German Re und deutete auf Lenas Stuhl.

Bereitwillig stand Lena auf und räumte ihren Platz am PC.

Unvermittelt ging das Licht in dem Büro wieder an und ein Drucker stellte geräuschvoll seinen Bereitschaftsstatus her.

Dr. Bahlo fing an, einzelne Dokumente in dem Ordner zu öffnen und zu überfliegen. Dabei atmete er so geräuschvoll durch die Nase ein und aus, dass Lena und Markus ernste Blicke austauschten.

„Also doch! Dann hatte Sarah Helland mit ihrer Vermutung recht." Dr. Bahlo faltete seine Hände vor dem Gesicht und schloss für einen Augenblick die Augen, bevor er wieder tief ein- und ausatmete, als würde eine enorme Last auf ihm ruhen. „Warum macht die NASA so etwas. Das macht doch überhaupt keinen Sinn."

„Was macht keinen Sinn? Vielleicht können wir Ihnen da weiterhelfen", sagte Markus selbstbewusst.

Dr. Bahlo schaute Markus einige Sekunden mit einem Blick an, als würde er seine Existenz zum ersten Mal wahrnehmen. Dann wandte er sich an Lena: „Können Sie mir bitte die Daten aus dem Verzeichnis kopieren?"

„Sollte kein Problem sein."

„Die Gerüchte gibt es bei einigen Klimaforschern schon länger, aber ich habe nie etwas darauf gegeben", begann Dr. Bahlo. „Schließlich handelte es sich bei den Kollegen Bollinelli und Furukawa zwar um anerkannte Wissenschaftler, aber sie spielen halt nicht in der Champions League, wie wir in München immer sagen. Ganz anders als Urs Guggisberg."

„Verstehe", sagte Markus.

„Nach dem Tod von Dr. Guggisberg wurden einige seiner Arbeiten, die auch Grundlage des Pandora-Reports waren, in wissenschaftlichen Kreisen äußerst kontrovers diskutiert."

„Ich dachte, die Daten sind verschwunden", warf Lena ein.

„Das ist richtig. Aber am Ende sind das zwei Seiten der gleichen Medaille. Die Daten wurden von Unbekannten sowohl von unseren Servern, als auch von denen an der ETH professionell gelöscht. Es gibt aber wissenschaftliche Veröffentlichungen von Dr. Guggisberg, aus seiner jahrelangen Forschungsarbeit, die dem Pandora-Report vorausgingen. Jetzt gibt es eine Fraktion von Wissenschaftlern, gerade in den USA, die nach dem Tod von Urs Guggisberg seine Forschungsmethoden in Zweifel ziehen. Sie werfen ihm *p-Hacking* vor." Die letzten Worte spie Dr. Bahlo mit einer deutlich wahrnehmbaren Spur von Verachtung in der Stimme aus.

„Das heißt, er soll mit den Daten verschiedene Szenarien ausprobiert haben, bis sie nachher das von ihm gewünschte Ergebnis zeigten?", fragte Lena.

Dr. Bahlo nickte ihr mit ernstem Gesichtsdruck zu. „So hätte Urs niemals gearbeitet. Natürlich wusste er, dass ihm Studien mit einem p-Wert von 0,01 die Tür für Veröffentlichungen in den Top-Journalen weit aufstießen und dass solche Publikationen fast zwangsweise neue Forschungsgelder bedeuteten. Aber Urs hat sich nie alleine auf die p-Werte verlassen. Viel wichtiger war ihm – war uns – immer, dass unsere Hypothesen plausibel waren und die Daten sauber erhoben wurden."

Dr. Bahlo blickte Markus und Lena unsicher an: „Habe ich mich da allgemein verständlich ausgedrückt?"

„Ja" und „Nein", erklangen zeitgleich die Antworten von Lena und Markus.

„Schön, dass wenigstens Sie mir folgen konnten, Frau Eck."

„Der p-Wert gibt an, wie verlässlich die erhobenen Daten sind", sagte Lena leise zu Markus. „Ein Wert von 0,01 gilt als hochsignifikant."

Dr. Bahlo stand jetzt mit auf dem Rücken verschränkten Armen vor dem Fenster und blickte in den Innenhof. „Das Ganze ist ein perfides Spiel", sagte er und drehte sich um. „Erst vernichtet jemand die Daten, die wir brauchen, um die Richtigkeit unserer Forschungsergebnisse zu beweisen, und dann wirft man uns unwissenschaftliches Arbeiten vor und zieht unsere Namen in den Dreck."

„Und was ist mit den Dateien, die ich von dem NASA-Server kopiert habe?", fragte Lena und zeigte auf den inzwischen wieder dunklen Monitor.

„Das ist der Beweis dafür, dass jemand unsere Daten nicht nur gestohlen hat, sondern dass die von uns angegebenen Datenquellen im Nachhinein bewusst manipuliert wurden. Nur dass Sie mich richtig verstehen, mir geht es ausschließlich darum, den wissenschaftlichen Ruf von Dr. Guggisberg, Sarah Helland und mir wiederherzustellen."

„Und den Mörder von Dr. Guggisberg zu finden", ergänzte Markus leise. Er sah, dass Dr. Bahlo schlucken musste.

„Selbstverständlich."

„Und wer sagt uns, dass Sarah Helland tatsächlich das Opfer eines Unfalls war?", stellte Lena eine andere Frage in den Raum.

Mit einem *Pling*, brachte sich der Rechner bei Lena in Erinnerung und hatte sofort wieder ihre ungeteilte Aufmerksamkeit.

„Der TGO kennt unsere Namen!", sagte sie erstaunt.

Markus drehte sich um und starrte auf den Bildschirm. „Ich sehe nur Hieroglyphen. Wo stehen unsere Namen?"

„Hacker Code!", antwortete Lena. „Jetzt schickt er uns eine verschlüsselte Nachricht. Wartet …"

*

Dienstag, 28. September: Frankfurt a. M., Ulmenstraße

Leicht genervt wählte Markus zum x-ten Mal dieselbe Nummer. Aber im Klimaforschungsinstitut der ETH ging niemand ans Telefon, egal, wie lange er es klingeln ließ.

„Dann eben nicht."

Markus rief wieder den Artikel auf, den er in der Onlineausgabe der NZZ zum Tod Guggisbergs gefunden hatte. Der mehr als knappe Beitrag, der unter dem Kürzel „scb" veröffentlicht worden war, stand in einem krassen Widerspruch zu den Aussagen von Dr. Rainer Bahlo zu den laufenden Mordermittlungen zum Tod des ETH-Forschers.

Opfer eines tragischen Unfalls, las Markus die Artikelüberschrift erneut. Da hat der Kollege von der Neuen Zürcher aber verdammt schlecht recherchiert oder einfach nur schnell in den Feierabend gewollt.

Markus wählte die auf der Homepage angegebene Nummer und ließ sich zu dem Verfasser des Artikels durchstellen.

„Redaktion Neue Zürcher Zytig, Beat Scriba", meldete sich nach wenigen Sekunden eine freundliche Stimme.

„Grüezi", schöpfte Markus seinen gesamten Schweizer Wortschatz gleich mit dem ersten Wort aus. „Wir sind Kollegen Herr Scriba. Markus Manx ist mein Name von der Hessische Neuste Presse aus Frankfurt am Main."

Markus konnte hören, wie sein Gesprächspartner etwas auf seiner Tastatur eingab.

„Ja, da habe ich Sie. Sie sind ein Freelancer."

„Ja, ich bekomme meine Aufträge meistens direkt vom Herausgeber", antwortete Markus, der sich nicht sicher war, ob sein Gesprächspartner das Wort Freelancer nicht etwas abwertend ausgesprochen hatte. „Ich habe Ihren Artikel über den Tod von Dr. Urs Guggisberg vom 14. September gelesen. Sie schreiben, dass es sich bei dem Tod von Herrn Dr. Guggisberg um einen Arbeitsunfall gehandelt hat. Ist Ihnen der Artikel noch präsent?"

„Sicher ist mir der Artikel noch präsent."

Von dem freundlichen Ton in Scribas Stimme war nicht mehr viel übriggeblieben.

„Ist das immer noch der aktuelle Stand?"

„Ich verstehe Ihre Frage nicht ganz, Herr Manx."

„Nach meinen Informationen ermittelt die Kantonspolizei Zürich beim Tod von Urs Guggisberg wegen Mordverdacht."

Markus wartete vergeblich auf eine Antwort seines Gesprächspartners.

„Ich meine, das wäre doch eine interessante Wendung gegenüber dem Sachverhalt, den Sie in Ihrem Artikel beschreiben."

„Von *meinem* Artikel", antwortet Scriba reichlich zerknirscht. „Von meinem Artikel ist damals nicht viel übriggeblieben."

„Das heißt?"

„Haben Sie Beweise dafür, dass es sich um einen Mord handelt?"

„Ich habe mit jemandem gesprochen, der von der Polizei verhört wurde. In München, in Anwesenheit eines Kriminalbeamten der Kantonspolizei Zürich. Mein Informant wird beschuldigt, an dem Mord beteiligt gewesen zu sein."

„Das ist ja interessant, Herr Manx." Beat Scriba wirkte schlagartig wie ausgewechselt. „Wenn Sie mir da den Kontakt vermitteln würden, wäre ich Ihnen sehr verbunden."

„Ich weiß nicht", zögerte Markus. „Ich befürchte, mein Informant legt keinerlei Wert darauf, in der Zeitung zitiert zu werden."

„Verstehe. Ich sende Ihnen einmal meinen ursprünglichen Artikel zu, mit allen Streichungen, die daran vorgenommen wurden. Sehen Sie es als vertrauensbildende Maßnahme." Scriba lachte zurückhaltend. „Ich habe gerade Ihren Mars-Artikel zur längsten Reise der Menschheit im Netz gefunden. Ich glaube, wir ziehen da am selben Strang, Herr Manx. Rufen Sie mich nachher noch einmal an, wenn Sie meinen Artikel gelesen haben."

Neue Zürcher Zeitung

SCHWEIZER KLIMAFORSCHER
~~WAHRSCHEINLICH ERMORDET~~

OPFER EINES TRAGISCHEN UNFALLS

Zürich, 14. September. (scb.) Der für das Klimainstitut der ETH Zürich arbeitende Forscher Dr. Urs Guggisberg ist gestern ~~offenbar Opfer eines Mordanschlages geworden.~~ *auf tragische Weise ums Leben gekommen.*

~~Die Polizei fand nach einem Hinweis seines Sekretariats~~ Die Leiche des Forschers *wurde gestern* in den Räumen des Institutes *gefunden*.

Auch wenn die Hintergründe noch nicht aufgeklärt sind, so ~~liege der Verdacht nahe, dass das Verbrechen in Zusammenhang mit seiner laufenden Recherche zum Pandora-Report stehe.~~ *handle es sich mit grosser Wahrscheinlichkeit um einen tragischen Arbeitsunfall.*

~~Die bisher eingegangenen Drohbriefe und E-Mails wurden an die Behörden weitergegeben.~~

„Wir trauern mit der Familie, den Freunden, und den Kollegen. ~~Wir werden alles tun, um die Ermittlungsbehörden dabei zu unterstützen, den oder die Täter zu stellen"~~, so der Dekan der Universität.

Der erst 39-jährige Dr. Guggisberg hatte sich auf Fragen rund um den Klimawandel spezialisiert ~~und wollte seine neusten Ergebnisse demnächst auf der Klimakonferenz in Dortmund vorstellen.~~

~~Die Kantonspolizei leitete umfangreiche Ermittlungen ein und kündigte an, anderen gefährdeten Forschern Polizeischutz zu gewähren.~~

~~Weitere Einzelheiten wurden nicht bekanntgegeben, die Obduktionsergebnisse stehen noch aus.~~

Freitag, 1. Oktober, Zürich, Uetliberg

Der Kontakt zu dem NZZ-Journalisten Beat Scriba hatte sich für Markus als Glücksfall herausgestellt.

Markus hatte sofort nach dem ersten Telefonat den Kontakt zwischen Scriba und Dr. Bahlo vermittelt. Bahlo war gesprächsbereit, hatte sich aber vehement gegen jegliche Veröffentlichung gewehrt, in der sein Name auftauchte.

Scriba hatte Markus im Gegenzug seinen Kontakt in der ETH genannt: Guggisbergs ehemalige Sekretärin, Meret Wyss. Frau Wyss war bereit, sich mit Markus zu treffen, sie würde aber nie wieder einen Fuß in die ETH setzen. Der Schock saß tief.

Meret Wyss hatte den Aussichtsturm auf dem Uetliberg als Treffpunkt vorgeschlagen, und Markus war überpünktlich dort. Jetzt genoss er die Aussicht, die sich ihm über die Stadt, den See und das Zürcher Oberland bot.

Um genau 15:00 Uhr betrat eine Frau mit Wanderschuhen, Strohhut und großer Sonnenbrille die Aussichtsplattform. Sie schien sich nicht für das grandiose Panorama zu interessieren, sondern musterte die einzelnen Besucher.

„Frau Wyss?", fragte Markus.

Die Frau blickte an Markus hoch. Dann zeigte sich ein kurzes Lächeln auf ihren schmalen Lippen.

„Markus Manx. Schön, dass Sie gekommen sind, Frau Wyss. Ich kann mir vorstellen, wie schwer das alles für Sie sein muss."

„Das bezweifle ich, Herr Manx. Aber irgendwie muss das Leben ja weitergehen. Und wenn ich Ihnen dabei helfen kann, den Mörder von Urs Guggisberg zu überführen, … ja dann ist es einfach meine Pflicht, Ihnen alles zu sagen, was ich weiß."

Markus schaute sich prüfend um. War das hier der passende Ort für vertrauliche Gespräche? Mitten in der Öffentlichkeit?

Das junge Paar hatte in diesem Moment seine Selfie-Serie beendet und begab sich auf den Weg nach unten. Nur ein älterer Mann blieb noch auf der Aussichtsplattform.

Frau Wyss hatte das Metallgeländer fest umfasst und machte keine Anstalten, sich zu bewegen.

„Hat sich Dr. Guggisberg vor seinem Tod anders verhalten als sonst? Hat er sich bedroht gefühlt?" Markus stellte sich dicht neben sie und schaute wie sie Richtung Zürichsee.

„Herr Guggisberg war gerade erst von einem Forschungsaufenthalt in der Antarktis zurückgekommen. Wir hatten seitdem kaum Zeit, uns länger miteinander zu unterhalten. Aber … ja, er wirkte schon anders als vorher, nachdenklicher. Aber wer will ihm das nach den schrecklichen Ereignissen auch verdenken."

„Von welchen Ereignissen sprechen Sie?"

„Von dem Tod zweier Institutsmitarbeiter in der Antarktisstation. Die beiden haben sich bei einer Expedition in einer Eishöhle mit einem tödlichen prähistorischen Virus infiziert und sind kurz darauf verstorben. Das Ganze hat ihn ungeheuer mitgenommen, und vermutlich hat er sich sogar selbst Vorwürfe gemacht. Herr Guggisberg hat sich immer sehr um seine Mitarbeiter gekümmert. Er war trotz seines jungen Alters so eine Art Übervater für unser Institut."

Meret Wyss begann zu schluchzen und tupfte die Tränen ab, die langsam ihre Wangen runterliefen.

„Sie sagten am Telefon", setzte Markus behutsam nach, „Dr. Guggisberg hätte noch einen Besucher gehabt, einen Professor Blunt vom Massachusetts Institut of Technology."

Meret Wyss nickte. „Ja, das war ungefähr drei Stunden, bevor ich ihn gefunden habe. Nachdem Professor Blunt gegangen war, hatte Dr. Guggisberg noch einen weiteren Termin, mit seiner Assistentin Steph Brunings. Und mit einem Projektpartner aus München, Herrn Dr. Rainer Bahlo."

„Moment mal, ganz langsam", Markus glaubte sich verhört zu haben. „Entschuldigen Sie, das geht mir jetzt zu schnell. Dr. Bahlo war an dem Nachmittag, an dem Dr. Guggisberg gestorben ist, in Zürich?"

„Das habe ich nicht gesagt", zog Meret Wyss fast beleidigt zurück. „Für gewöhnlich haben sich die beiden per Videokonferenz ausgetauscht."

„Und das haben Sie auch der Polizei gesagt?"

„Ich habe der Kantonspolizei genau das Gleiche gesagt wie Ihnen. Und auch, dass Dr. Guggisberg und Steph Brunings sich an dem Nachmittag heftig gestritten haben."

„Frau Wyss …" Markus unterbrach, weil eine halbe Schulklasse in dichter Formation auf die Aussichtsplattform drängte. „Haben Sie etwas dagegen, wenn wir ein Stückchen zusammen gehen?"

„Überhaupt nicht. Kommen Sie. Ich zeige Ihnen einen schönen Weg, auf dem wir uns ungestört unterhalten können."

Markus folgte der ehemaligen Sekretärin von Urs Guggisberg wortlos, bis sie nach wenigen Minuten einen breiten Wanderweg erreichten, der dem Grat der Hügelkette folgte.

„Wissen Sie worüber sich Dr. Guggisberg mit seiner Assistentin gestritten hat?"

„Das hat mich die Kantonspolizei auch schon gefragt. Nein, ich weiß es nicht. Ich kann Ihnen nur sagen, dass ich Steph … also Frau Brunings noch nie so emotional gesehen habe. Sie hat die Labortür hinter sich zuge-schmissen und ist einfach an mir vorbeigerannt. Ein paar Minuten später ist sie dann noch einmal zurück-gekommen, hat ihren Velohelm geholt und ist dann endgültig verschwunden. Seitdem habe ich sie auch nicht mehr gesehen."

„Aber Sie haben doch in den letzten zwei Wochen, ich meine, nach dem Tod von Urs Guggisberg, bestimmt noch einmal mit ihr gesprochen?"

„Nein", antwortete Meret Wyss leise, aber ent-schlossen.

„Hat sonst jemand mit ihr ..."

„Frau Bruning ist verschwunden. Verstehen Sie nicht …?" Meret Wyss holte wieder das Taschentuch aus ihrer Jacke und tupfte sich eine Träne aus dem Auge.

Schlagartig war Markus klar, was Rainer Bahlo zu einem Mitverdächtigen machte. Ein brisanter Ent-hüllungsreport, ein Toter, eine Vermisste und niemand der wusste, warum sich Guggisberg mit seiner Assistentin gestritten hatte.

„Der Streit mit Steph Brunings, war der vor oder nach dem Besuch von Professor Blunt?"

„Vorher. Unmittelbar vorher. Ich hatte Herrn Professor Blunt gerade in das Labor gelassen, als Steph zurückkam und ihren Velohelm geholt hat. Ihr Büro liegt direkt neben dem Labor."

„Und wann hat Professor Blunt das Labor wieder verlassen?"

„Das kann ich Ihnen leider nicht genau sagen. Mein Büro liegt zwei Türen weiter und als ich nach zwei Stunden wieder im Flur war, lag sein Besucherausweis auf einem der Stehtische."

„Dann ist Professor Blunt gegangen, ohne sich zu verabschieden?"

„Ja … also ich hatte noch ein privates Gespräch, und da habe ich die Tür zum Flur geschlossen."

„Das heißt, es hätte in der Zwischenzeit auch jemand anderes das Labor betreten können, ohne dass Sie es mitbekommen hätten?"

Die Andeutung eines Nickens beantwortete Markus' Frage.

„Wollen wir uns einen Augenblick hinsetzen?" Markus war vor einer Parkbank, die im Schatten einer Buche stand, stehengeblieben.

„Diesen Professor Blunt, haben Sie den vorher schon einmal gesehen?" Markus kramte sein Tablet aus dem Rucksack.

„Nein. Das war das erste Mal, dass wir einen Besucher vom MIT hatten."

„Ich habe mich mal auf der Institutsseite des Professors umgeschaut. Sie hatten ihn am Telefon als Mitte vierzig, sportlich, groß beschrieben."

Markus zeigte Meret Wyss auf seinem Tablet das Bild eines Mannes, auf das keines dieser Attribute zutraf.

„Das ist nicht Professor Blunt", kommentierte die Sekretärin nach einem kurzen Blick.

„Es ist nicht der Mann, der sich Ihnen als Professor Blunt vorgestellt hat. Aber es ist der einzige Professor Blunt am MIT. Und der war definitiv an diesem Tag nicht in Zürich, sondern in Boston als Redner bei einer Konferenz."

„Das kann nicht … das wäre ja … weiß die Polizei von Ihrem Verdacht?"

„Noch nicht, ich wollte erst mit Ihnen reden."

„Vielleicht war es ein Mitarbeiter von Professor Blunt, der uns besucht hat?"

„Und der sich als sein Chef ausgegeben hat?", fragte Markus ungläubig.

„Darf ich mal?"

Markus gab Meret Wyss sein Tablet und diese fing sofort an, sich die Mitarbeiter auf der Institutsseite anzusehen.

„Und?"

„Leider nein." Meret Wyss wollte Markus gerade das Tablet zurückgeben, zögerte dann aber und ein Lachen zeigte sich in ihrem Gesicht. „Das sind ja Sie mit Urs Guggisberg."

Meret Wyss war der Desktophintergrund von Markus' Tablet aufgefallen.

„Sie waren zusammen mit ihm in der Antarktis."

„Ja, nur für zwei Tage." Markus wischte einmal über sein Tablet und öffnete die Bildergalerie. „Wenn Sie einmal sehen möchten?"

Die ehemalige Sekretärin von Dr. Guggisberg nahm das Gerät immer noch lächelnd entgegen. Dann wich plötzlich jegliche Farbe aus ihrem Gesicht. „Da, das ist er! Das ist der Mann der sich bei uns als Professor Blunt vorgestellt hat.

„Sind Sie sicher?"

„Ganz sicher. Jetzt erinnere ich mich auch wieder an die Narbe in seinem Gesicht." Meret Wyss deutete auf einen Mann in einem blauen Overall, der wie unbeteiligt neben einem Motorschlitten stand und eine Zigarette rauchte.

*

Mittwoch, 13. Oktober:
Washington D.C., Nationalfriedhof Arlington

Alexej hatte den Treffpunkt vorgeschlagen: Arlington National Cemetery. Er wusste, Diggins liebte diesen Ort, wo die Helden der Vereinigten Staaten ruhten: Und der Ort lag nur wenige Minuten vom Pentagon entfernt. Diggins hatte sofort zugestimmt.

Alexej wartete seit einigen Minuten in seiner grauen Bomberjacke aus dünnem Ziegenleder und blickte ruhig auf das Grab von John F. Kennedy. Ein Windstoß blähte das Innenfutter aus signaloranger Fallschirmseide seiner Jacke, als jemand ihm die Hand auf die Schulter legte. Es war General Diggins.

Nebeneinander schritten sie andächtig durch die langen Reihen sorgfältig aufgereihter weißer Marmorsteine. Auf jedem in silbernen Lettern der Name eines Helden, eingraviert für die Ewigkeit.

Alexej wusste genau, dass Diggins die Plastiktüte in seiner Hand gesehen hatte. Sie waren alle gemeinsam für die Vereinigten Staaten in den Krieg gezogen. Sie hatten seinen Freund Mason mit der Tapferkeitsmedaille ausgezeichnet, aber jetzt verweigerten sie ihm hier die letzte Ehre. Alexej bohrte mit dem Finger ein Loch in die Tüte und ließ die Asche langsam im Gehen auf die Rasenfläche zwischen den Grabsteinen rieseln. Mit Mason hatte es auch der letzte seiner ehemaligen Gruppe nicht mehr im normalen Leben ausgehalten. Alexej ging ruhig neben Diggins her, bekreuzigte sich und warf die leere Tüte in einen Mülleimer. Er hatte sein Versprechen erfüllt, das er der jungen Witwe gegeben hatte.

„Well done", sagte General Diggins unvermittelt.

Alexej wusste, dass er nicht die letzte Ehre für seinen Freund Mason meinte, sondern die geräuschlose Erledigung des Schweizer Forschers.

„Du musst nochmal nach Europa zurück!" Diggins hielt ihm ein Foto hin.

Alexej konnte nicht verhindern, dass seine Gedanken die letzten Wochen zurückspulten, während die weißen Grabsteine langsam an ihnen vorbeizogen. Alexej musste an den Schweizer denken.

Es war auf den Tag genau vor einem Monat morgens in Zürich. Alexej beobachtete, getarnt hinter einer aufgeschlagenen Neuen Zürcher Zeitung, seit fast einer halben Stunde den Eingang der Universität.

Fünfzig Meter vor ihm lag das etwa zehngeschossige Gebäude des Center for Climate Systems Modeling. Dort würde er seine gesuchte Zielperson finden.

„Perfect", murmelte er. Alles war ruhig. Keine Hektik und schon gar keine Polizei. Normales Campusleben, soweit er das als Soldat, der nie eine Universität von innen gesehen hatte, überhaupt beurteilen konnte.

Er ließ die Zeitung in den Papierkorb fallen und stand betont gelangweilt auf, als hätte er alle Zeit der Welt. Dann zog er sein Jackett zurecht, nahm den schwarzen Koffer und schlenderte Richtung Zielgebäude. Niemand konnte ihm ansehen, wie unwohl er sich fühlte.

Aber Alexej fühlte sich unwohl an diesem Tag. Ihm missfiel jede unkontrollierbare und damit unberechenbare Aktion. Er brauchte eine saubere Vorbereitung und absolute Präzision. Aber die Klimakonferenz fand schon zwei Tage später in Dortmund statt. Die wenigen Stunden, die ihm blieben, reichten für eine militärisch saubere Planung der Aktion definitiv nicht aus.

Ihr Problem, hatte Diggins ihm geantwortet. Also gut. Alexej war das erste Mal in der Schweiz. Wahrscheinlich auch zum letzten Mal. Er würde seinen Auftrag schnell erledigen und wenige Minuten später im nächsten Zug Richtung Frankfurt sitzen.

Eine hilfsbereite Studentin deutete auf den vierten Stock.

Er bedankte sich und betrachtete mit einem schnellen Blick nochmal das altmodische Gebäude von außen: Keine Feuerleiter und kein Entkommen über das Dach. Das machte ihm die Entscheidung über seinen Fluchtweg einfach. Er würde durch den Haupteingang ruhig hineingehen und hinterher ebenso ruhig wieder hinaus. Es gab keine Alternative.

Er hatte es vor nicht mal zwei Wochen in der Antarktis selbst vermasselt, obwohl er schon so nah an diesem Guggisberg dran war. *Das nächste Mal, wenn ich dein Gesicht sehe, werde ich es scharf eingestellt im Fadenkreuz meines Zielfernrohres haben*, hatte er sich damals geschworen.

Heute war es soweit.

Als die Fahrstuhltür sich in der vierten Etage langsam öffnete, stand eine ältere Dame da und hieß ihn willkommen.

„Professor Blunt? Welcome in Zürich."

Zwei Anrufe und eine E-Mail heute Morgen. Eine falsche Identität. Seine Tarnung schien zu funktionieren.

Alexej folgte der Dame den Flur entlang. Schnell hatte er gesehen, was er wissen musste: Der Flur war von beiden Seiten uneinsehbar. Am Anfang und am Ende Fahrstühle, direkt daneben führten Fluchttreppen ins Freie. Das reichte als Information.

Die Dame blieb stehen und öffnete eine Tür. „Bitte nicht erschrecken, Herr Professor Blunt", sagte sie mit einem zweideutigen Lächeln zur Verabschiedung.

„Many thanks", bedankte sich Alexej ohne seinen amerikanischen Akzent zu verbergen, der perfekt zu seiner Tarnung als US-Professor passte. Bevor er die Tür ganz öffnete und eintrat, zögerte er kurz, um einen letzten

Blick in den Flur zu werfen. Die Sekretärin war in der zweiten Tür verschwunden.

Perfect!

Als er den Raum betrat, verstand Alexej die seltsame Verabschiedung der Dame. Ein menschlicher Körper pendelte, gehalten von langen Seilen, an der mindestens sechs Meter hohen Decke.

„Mens et Manus, Mister Guggisberg", begrüßte Alexej den Mann im Raumanzug, dessen Gesicht durch das Helmvisier für ihn kaum zu erkennen war.

„Geist und Hand, Mister Blunt", dröhnte es gedämpft aus dem Helm. Guggisberg erwiderte den Gruß des berühmten Massachusetts Institute of Technology. Der Daumen seines Weltraumhandschuhs senkte sich auf den roten Knopf der Fernbedienung in seiner Hand.

Die Zielperson hatte sich eindeutig identifiziert und schwebte bewegungsunfähig im Raum. Alexej hatte die Situation sofort erfasst. Bevor Guggisberg den rettenden Boden erreichte, schlug er ihm die Fernbedienung mit seinem Koffer aus der Hand.

Abrupt stoppte der Motor des Hallenkrans, an dem der ETH-Forscher in seinem Raumanzug baumelte.

Dr. Guggisberg hing fest. Weit aufgerissene Augen starrten völlig überrascht und hilfesuchend durch das Helmvisier.

Ironie des Schicksals.

Alexej griff das Kabel mit der Steuerungskonsole. Blitzschnell schlang er es mehrfach um den Hals von Guggisberg. Nein, es würde keinen Gnadenschuss geben. Die Pistole blieb unbenutzt in seinem Koffer. Alles war schnell und lautlos abgelaufen. Fast sah es nach einem tragischen Unfall aus.

Von draußen waren die gedämpften Geräusche des Campuslebens bis hier oben zu hören, nicht lauter als das letzte Röcheln, das aus dem Raumanzug drang. Alexej seufzte leise. Schon wieder blieb keine Gelegenheit, sich mit der Zielperson vor deren Ableben in Ruhe zu unterhalten.

Er öffnete die Tür zum Flur. Niemand zu sehen. Er trat auf den Flur hinaus, zog die Tür leise hinter sich zu, drehte den Schlüssel im Schloss zweimal um, und ließ ihn in der Hosentasche verschwinden.

Vielleicht würde die Sekretärin Dr. Guggisbergs letzten Besucher später beschreiben können. Einen Moment lang dachte er daran, auch dieses Risiko auszuschalten, besann sich aber eines anderen.

So what?

Mit wenigen Schritten verschwand er im Treppenhaus.

Alexej wirkte gedankenversunken. Irgendetwas warf seine dunklen Schatten zurück, das konnte Diggins am Zucken seiner Augen sehen. Auch der härteste Hitman muss seine Taten verarbeiten, wenn er nicht daran zerbrechen will. Diggins gab ihm die Zeit.

Sie hatten das Gräberfeld durchschritten, als die riesigen Marmorsäulen des Memorial Amphitheaters ihnen den Weg versperrten.

„Du musst nochmal nach Europa zurück!" Diggins blieb stehen und zog das Foto erneut aus der Tasche. „Nach unseren Informationen schnüffelt dieser deutsche Journalist", er tippte auf das Foto, „gerade in Zürich herum. Recherchiert das Ableben des Schweizer Klimaforschers."

Alexej betrachtete das Foto: „Das ist er? Markus Manx", las er die beiden darauf geschriebenen Worte vor. „Den kenne ich doch. Der stand doch schon vor zwei Monaten auf meiner Beobachtungsliste."

Diggins nickte. „Aber jetzt ist er zum Abschuss freigegeben."

„Besonderheiten?"

„Keine." Diggins drückte ihm einen dünnen Umschlag in die Hand. „Der Flieger geht heute Nacht nach Frankfurt."

Alexej steckte das Foto und den ungeöffneten Umschlag in seine Jacke. Er musste keine Fragen stellen. Alles was er wissen sollte, war wie immer in dem braunen Umschlag, die Unterlagen warteten bereits auf irgendeinem Server im Darknet darauf, dass er sie öffnete.

An der nächsten Gabelung trennten sich ihre Wege. Diggins meinte, ein mitfühlendes Lächeln um Alexejs Mundwinkel gesehen zu haben, als dieser den Umschlag einsteckte. Der Gedanke war absurd.

Ausgeschlossen!

Alexej würde seinen Job eiskalt erledigen. Mann gegen Mann, das war eine faire Konstellation. Ganz anders als die Dinge, die der geheime Report enthüllte, der in seinem Tresor schlummerte und über den er sich pausenlos Gedanken machte.

Hatten sich die USA wirklich mit China und Russland darauf geeinigt, die Weltbevölkerung durch ein Virus zu dezimieren?

Die Welt hielt acht Milliarden Menschen nicht länger aus, das war auch Diggins klar, aber als Supermacht ließ sich das auch militärisch sauber lösen.

Die Chinesen hatten angeblich auf das unbekannte, tödliche Antarktisvirus bestanden, damit keine Nation bereits einen Impfstoff habe.

Und darauf haben wir uns eingelassen? Wir, die Vereinigten Staaten von Amerika?

Vielleicht waren die Würfel doch noch nicht final gefallen.

*

Donnertag 14. Oktober: Frankfurt a. M., Ulmenstraße

Markus schob den blauen Schuhkarton unter seinen Schreibtisch und betrachtete zufrieden die neuen Laufschuhe an seinen Füßen. Ja, nach dem Leerlauf der letzten Tage würde er heute Lenas Rat befolgen und einmal wieder etwas für sich tun. Da passte es gut, dass Jonathan Schreiber immer noch bockig tat und keine neuen Beiträge von ihm sehen wollte, bis er Beweise für die Richtigkeit des Pandora-Reports vorgelegt bekam.

„Ich bin dann mal ein Stündchen Laufen", verabschiedete Markus sich, verließ das Gemeinschaftsbüro und erwischte sich im nächsten Moment dabei, wie er im Aufzug den Knopf zum Erdgeschoss drückte.

Künftig würde er den Aufzug gar nicht mehr nehmen, aber jetzt musste er erst einmal abschalten, um Platz für neue Ideen zu bekommen. Und die brauchte er dringend.

Vor dem Bürogebäude blickte er sich kurz um, startete die Lauf-App, die er sich extra auf sein Handy geladen hatte, und machte sich in lockerem Trab Richtung Alte Oper auf.

Wow, cool, das sollte ich echt öfter machen!

Schon nach wenigen Metern stellte sich bei Markus das gewünschte Gefühl ein. *Laufen ist wie Radfahren, das verlernt man nicht.*

Als er in die Bockenheimer Anlage einbog, hatte er seinen alten Laufrhythmus gefunden und war sich sicher, in diesem Tempo ewig weiterlaufen zu können.

Nichts, aber auch gar nichts deutete an diesem friedlichen Herbstvormittag auf die Ereignisse hin, in die er mehr und mehr hineingezogen wurde. Zwei Tote, zwei ungeklärte Mordfälle, zwei Mörder, die immer noch frei herumliefen. Das jemand wie dieser Eremit Noah, der seine Nase überall reinsteckte und in der Gesellschaft ständig aneckte, Feinde hatte, konnte Markus nachvollziehen. Aber dass ein anerkannter Wissenschaftler

178

wie Dr. Guggisberg am helllichten Tage in seinem Institut in Zürich ermordet wurde, das war einfach zu viel für ihn. Eine unglaubliche Geschichte.

Er legte einen kleinen Zwischensprint ein und gelangte gerade noch bei Grün über die Fußgängerampel, die ihm vom nächsten schmalen Park, den Eschenheimer Anlagen, trennte. Mit einem Mal spürte er ein leichtes Stechen unterhalb des Zwerchfells.

Die Polizei in München, mit der er gesprochen hatte, ging fest davon aus, dass der Täter aus Guggisbergs wissenschaftlichem Umfeld kam. Auch das spurlose Verschwinden seiner Assistentin Steph schien in dieses Muster zu passen. Haupttatverdächtiger war jetzt jedoch nach Markus' Hinweisen der Mann, der sich bei der ETH als Professor Blunt ausgegeben hatte.

Ob Rabea Schreiber vielleicht schon einmal von dem falschen Blunt gehört hatte? Schließlich war sie es gewesen, die ihm den Kontakt zu Noah und zu Urs Guggisberg vermittelt hatte. Was war, wenn die beiden Mordfälle sogar in einem Zusammenhang standen? Darüber hatte Markus bislang noch gar nicht nachgedacht.

Erneut ein tiefes Ziehen unterhalb des Zwergfelles. Automatisch griff Markus an die entsprechende Stelle und konnte den Schmerz dadurch tatsächlich etwas abmildern. Ein Blick auf sein Handy zeigte ihm, dass er bisher erst etwas mehr als einen Kilometer gelaufen war. Egal, er wollte jetzt mit Rabea sprechen. Seit dem Verhör auf dem Polizeirevier hatte sie sich nicht mehr bei ihm gemeldet. Konnte es tatsächlich sein, dass das jetzt schon fünf Wochen her war? Vielleicht hatte sie in der Zwischenzeit etwas herausgefunden, das ihm weiterhalf.

Erschöpft setze er sich auf die nächste Parkbank, holte sein Smartphone aus der Handytasche, die er umge- schnallt um seinen Oberarm trug und wählte Rabeas

Nummer. Schon beim ersten Klingeln sprang der Anrufbeantworter an. Markus wollte gerade sein Handy wieder verstauen, als der Name *Schreiber* im Display auftauchte. Eine WhatsApp, allerdings nicht Rabea Schreiber, sondern von ihrem Vater Jonathan: 'Wo bist du? Ruf mich an.'

Endlich wieder Arbeit, klickte es erfreut in Markus' Kopf, und er rief seinen alten Freund direkt zurück.

„Rabea ist weg", sagte Jonathan ohne Begrüßung. „Hast du Kontakt zu ihr?"

„Äh … nein. Ich habe gerade selbst versucht, sie zu erreichen."

„Sie meldet sich seit über einer Woche nicht mehr", sagte Jonathan. „Hat sie dir gegenüber Andeutungen gemacht, was sie vorhat?"

„Wir hatten in letzter Zeit gar keinen Kontakt mehr miteinander. Ich hatte mich ganz in die Sache mit dem Pandora-Report …"

„Ich will von diesem verdammten Report nichts mehr hören", unterbrach Jonathan barsch. „Merkst du denn gar nicht, in was für ein Wespennest du da wieder rein- gestochen hast? Glaubst du, das ist ein Zufall, dass alle Leute, die mit deiner Büchse der Pandora zu tun haben … Nein, du merkst es nicht! Du merkst schon lange nichts mehr, Markus Manx. Was meinst du denn, warum dein einziger verfügbarer Informant, dieser Dr. Bahlo, den Schwanz einkneift?"

Markus kam nicht dazu, seine Gedanken zu sortieren oder gar zu antworten.

„Ich will es dir sagen: Weil der nämlich genug Grips zwischen seinen Ohren hat, um eins und eins zusammen- zuzählen. Da macht jemand gezielt Jagd auf alle Leute, die an der Veröffentlichung des Reports beteiligt sind. Da will jemand mit aller Gewalt verhindern, dass auch noch

180

das letzte Geheimnis aus der Büchse der Pandora entweicht."

Jonathan Schreiber atmete schwer.

Markus wusste, dass vor allem die Angst um seine Tochter seinen sonst so ruhigen und sachlichen Freund dermaßen aus der Haut fahren ließ. Markus erkannte aber auch die Logik seiner Argumentation, die er nicht so einfach vom Tisch wischen konnte.

„Wir haben uns zuletzt in Aachen gesehen, auf dem Polizeirevier nach Noahs Tod", sagte Markus bewusst behutsam. „Ich dachte, sie meldet sich schon wieder, wenn sie irgendetwas hat."

„Selbst auf WhatsApp ist sie nicht erreichbar."

„Warte mal, das ist ein Ansatz. Rabea hat mal im Scherz gesagt *Wenn es Scheiße regnet, nicht nervös werden! Erst mal auf WhatsApp nachsehen. Ich hinterlasse euch eine Information!"*

Markus öffnete Rabeas WhatsApp-Kontakt und vergrößerte das Profilbild: Rabea in Rollkragenpullover mit Schnorchel und einer Taucherbrille vor den Augen. Markus zog das Foto größer.

Die Schrift auf dem Kettenanhänger: 'Muss untertauchen.'

Was ist hier geschehen?

*

Hessische Neueste Presse

SCHWERES ERDBEBEN IN DEN NIEDERLANDEN

VON CHRISTIAN BRAUER

Groningen. „Zuerst fielen die Tassen aus dem Schrank, dann kippte krachend der Wohnzimmerschrank um. Panisch liefen wir auf die Straße", berichteten Augenzeugen aus dem niederländischen Groningen.

Am Freitag kam es im Norden des Landes mit einer Stärke von 5,6 zum schlimmsten Erdbeben seit Beginn der Aufzeichnungen. Das Königlich-Niederländische Meteorologische Institut, (KNMI) gab an, das Epizentrum habe in der Ortschaft Westerwijtwerd gelegen, achtzehn Kilometer nördlich von Groningen.

Die Zahl von über zwanzig Verletzten wollten die Behörden auf Nachfrage nicht bestätigen.

REDUZIERUNG DER ERDGASFÖRDERUNG!

Nach mehreren Beben der Stärke 3 bis 4 in den vergangenen Jahren, hatten die Niederlande eine drastische Reduzierung der Erdgasförderung beschlossen, um die Sicherheit der Bevölkerung nicht zu gefährden. Trotz starker Proteste gegen die anhaltende Förderung wurden die Maßnahmen bisher jedoch nicht umgesetzt.

DROHENDE KETTENREAKTION

Induzierte Gasbeben, wie das in Groningen, sind nach Meinung der Kölner Geoforscher in Deutschland nicht zu erwarten. Ein Mitarbeiter des Instituts, der namentlich nicht genannt werden wollte, verwies jedoch gegenüber dieser Zeitung auf drohende Kettenreaktionen. So könnten Ereignisse wie beispielsweise Gasbeben Auslöser für Beben in anderen Regionen sein, die ohnehin unter Spannung stehen. Als Beispiel nannte unser Kontakt die Niederrheinische Bucht. Ein starkes Beben dort wäre dann sogar bis ins Ruhrgebiet spürbar.

Dienstag, 19. Oktober:
Südchinesisches Meer, Blue Venture II

Marius Kaczynski brauchte ein paar Sekunden, um sich zu orientieren. Er war kurz eingeschlafen und hatte einmal mehr von seinem Big Nugget geträumt, dem großen Geschäft, das ihn mit einem Schlag zu einem reichen Mann machen würde. Und er hatte das luxuriöse Leben in Thailand, das er dann führen würde, zum Greifen nahe vor sich gesehen. Aber das hier ist ganz gewiss nicht Thailand, wurde ihm schnell klar, als er sich in der kleinen, ziemlich vermufften Kabine umblickte.

Er war von Düsseldorf nach Singapur geflogen, um im Hafen von Port Klang an Bord des Bulk Carriers zu gehen, den er gechartert hatte.

Südchinesisches Meer. Der vereinbarte Übergabeort.

Benommen schüttelte er den Kopf. *Irgendwann bringt mich dieser verdammte Jetlag noch um.* Er setzte sich mühsam auf, schloss die unteren Knöpfe seines Hawaii-Hemds und brachte die Heilige Barbara, die an seiner Halskette baumelte, in die richtige Position.

Rrummp, Rrummp … Da war es wieder, das Geräusch, das er im Schlaf gehört hatte. Ein metallischer, in gleichmäßigem Rhythmus wiederkehrender Klang, als würden in unmittelbarer Nähe Metallkisten abgestellt. Er zog seine Slipper an, die ordentlich vor seiner Koje standen. Mit zwei Schritten war er bei dem kleinen am Kabinenboden festgeschraubten Tisch und stützte sich mit beiden Händen darauf ab. In leicht gebeugter Haltung blinzelte er durch das milchig-weiße Kabinenfenster. Die tropische Sonne prallte ihm ins Gesicht.

Zeitgleich mit einem letzten metallischen Geräusch öffnete sich das letzte Segment, das die hinterste der vier Ladeluken der Blue Venture II verschloss. *Gleich beginnt die Entladung. Das schaue ich mir am besten von oben*

an. Er verließ die enge Kabine. Von der Kommandobrücke aus, hoffte er, könnte er vielleicht einen Blick auf
das deutlich größere Schiff werfen, an dem sie vor gut
zwei Stunden angelegt hatten.

Mit leisen Schritten durchquerte er den langen Gang,
der zum Treppenhaus führte. Die See gab sich heute ganz
glatt, nicht die geringste Schiffsbewegung. Das Treppenhaus, das in die obere Etage führte, war menschenleer.
Von hier führte eine schmale Metalltreppe hoch zur
Brücke. Kaczynski griff nach dem Geländer, mit zwei
großen Sätzen nahm er entschlossen die ersten Stufen.
Verdammt, er musste wissen, wie es jetzt konkret weitergehen sollte! Denn sein neuer chinesischer Geschäftspartner hatte offengelassen, ob er persönlich an Bord sein
würde, wenn die Ladung übergeben wird.

Durch die offene Tür am Ende der Treppe hörte er
Kommandos auf der Brücke, heute in einem ungewohnt
harschen Befehlston. *Da gibt es offenbar Unstimmig-
keiten bei den Vorbereitungen zum Löschen der Fracht.*
Dann erschien in der Tür am Ende der Treppe ein Mann
in Militäruniform.

Kaczynski war sich nicht sicher, ob er den Mann schon
einmal an Bord gesehen hatte. *Schon möglich*, dachte er.
*Ich kann die Gesichter dieser Asiaten einfach nicht
auseinanderhalten.* Aber einer in Uniform? Nein, das
wäre ihm aufgefallen *Vielleicht der Sicherheitsverant-
wortliche für die Ladevorgänge?* spekulierte er kurz.

Langsam, Stufe für Stufe und den Blick stets auf ihn
gerichtet, kam der Uniformierte die schmale Treppe
herunter. Obwohl der Mann kein Schwergewicht war und
vermutlich gerade einmal siebzig Kilo auf die Waage
brachte, vibrierte die Treppe unter den Schritten seiner
Armeestiefel.

Unwillkürlich wich Kaczynski bis zum Fuß der
Treppe zurück, um dem Uniformierten Platz zu machen.

„Please. No problem", sagte der Dortmunder Müllhändler und zwang sich zu einem Lächeln. Mit einer Geste bedeutete er dem Mann, er könne jetzt gerne weitergehen.

Der Uniformierte dachte jedoch nicht daran. In einem Abstand von wenigen Zentimetern blieb er vor Kaczynski stehen.

Für einen kurzen Moment dachte der MaKaRe-Boss, er blicke in das Gesicht eines Roboters, so emotionslos erschien es ihm. Die geschwollene Halsschlagader verriet ihm jedoch, dass dies nur eine aufgesetzte Maske war. Fast vierzig Jahre im Schrott- und Müllgeschäft hatten Kaczynski zu einem Menschenkenner gemacht, der wusste, wann es besser war, den Fuß vom Gas zu nehmen.

Wortlos standen sich die etwa gleich großen Männer gegenüber. Fast eine halbe Minute hielt der Müllhändler dem Blick des Uniformierten stand. Dann ging er wortlos zurück in seine Kabine. Was er in den dunklen mandelförmigen Augen des Uniformierten gesehen hatte, gefiel ihm nicht. Nachdenklich zog er sein Hemd aus und hängte es auf die Rücklehne des einzigen Stuhls.

Was hat dieser seltsame Typ mit mir gemacht?

Ein Blick in den fleckigen Spiegel über dem kleinen Waschbecken war Antwort genug. Er drehte den Wasserhahn bis zum Anschlag auf und hielt sein Gesicht in den kalten Wasserschwall. *Oh Mann, das tut jetzt gut.* Wann hatte er dieses Gefühl, das der Uniformierte bei ihm ausgelöst hatte zuletzt gehabt? *Und dabei hat der Typ nicht mal seinen Mund aufgemacht,* ärgerte er sich jetzt über sich selbst. Er stellte das Wasser ab, griff nach seinem Handtuch und rubbelte sein Haar trocken. Jetzt war er wieder kampfbereit. Nein, er war nicht der Typ, der sich von irgendjemandem Angst einjagen ließ. Spätestens heute Abend würde er den Kapitän über den Uniformierten ausfragen. Bis dahin würde er sich etwas ausgedacht haben, was die Kräfteverhältnisse wieder zurechtrückte.

Ein Kaczynski gibt nicht klein bei, hatte ihn schon sein Vater gelehrt.

Mit einem Mal kam Bewegung in das Schiff. Rasch kämmte Kaczynski sein Haar nach hinten und eilte zum Fenster. Gerade noch rechtzeitig, um zu sehen, wie der erstaunlich große Frachter ein dickes Saugrohr in die hinterste Ladeluke der Blue Venture II senkte.

Sekunden später ging ein Ruck durch das Saugrohr. Gierig begann der schwarze Riese, das geschredderte Material einzusaugen, das einst das Rückgrat der deutschen Energiewende gewesen war.

*

Marius Kaczynski musste nah an das Fenster herangehen, um den gelben Kranausleger, der jetzt das Saugrohr einzog, zu sehen. Befreit von ihrer Fracht lag die Blue Venture II jetzt deutlich höher im Wasser. Aus dieser Position ließ sich sogar der Namen des Riesenfrachters erkennen. Xīnjiā, Neue Heimat, stand in mannsgroßen weißen Buchstaben unter einer Reihe von asiatischen Schriftzeichen auf der Bordwand. Was hatte er anderes erwartet, als dass er hier im Südchinesischen Meer seine Fracht an ein vermutlich chinesisches Schiff übergeben würde? An einen Mega-Frachter, fand der Müllhändler, mindestens dreihundert Meter lang und die Bordwand mehr als doppelt so hoch, wie die der Blue Venture II.

Das Löschen der Fracht dauerte nur wenige Stunden, geriet aber deutlich lauter als vermutet. Die Geräusche, die von den beiden nebeneinanderliegenden metallischen Schiffskörpern verursacht wurden, erinnerten ihn an den Schrottplatz zuhause. Trotz seiner Müdigkeit wollte

Kaczynski sich jetzt nicht in seine Koje legen. Er musste wach bleiben, die Kontrolle behalten.

Er ging leicht in die Knie und versuchte, gegen die tiefstehende Sonne eine Flagge am Fahnenmast der Xīnjiā auszumachen, konnte jedoch nichts erkennen. Stattdessen nahm er einen Schatten wahr, der kurzzeitig das Kabinenfenster verdunkelte.

Bald würde die Blue Venture II von dem Superfrachter ablegen. Aber vorher musste er unbedingt mit seinem Geschäftspartner sprechen, oder wenigstens mit dem Kapitän der Xīnjiā.

Mit einem Seufzer verließ er seine Kabine. Auch wenn er keine Lust hatte, dem Uniformierten noch einmal in die Arme zu laufen, er musste auf die Brücke, auf der sich Funkgerät und Satellitentelefon des Schiffes befanden. Dort würde er mit seinem Geschäftspartner Kontakt aufnehmen. *Schließlich habe ich die Rotorblätter geliefert, und nun ist die zweite Hälfte der Bezahlung fällig. Marius Kaczynski überrumpelt man nur einmal*, machte sich der Dortmunder Müllhändler selbst Mut. Kurz darauf nahm er im Kabinenflur einen beißenden Gestank wahr. Im nächsten Moment begannen seine Augen zu tränen, und ein Hustenanfall schüttelte ihn.

Abgase! Welcher Idiot hat die Tür offenstehen lassen? Wütend eilte er zum Treppenhaus. Die weiße Metalltür zum Frachtdeck war verschlossen. Drangen die Abgase womöglich vom Maschinenraum hoch? Erst jetzt bemerkte er, dass der mächtige Schiffsdiesel der Blue Venture II, dessen leises Brummen ihn in den letzten zwei Tagen permanent begleitet hatte, verstummt war. Auch die Klimaanlage, die sonst für angenehme Kühle sorgte, funktionierte offenbar nicht mehr.

Inzwischen stand ihm der Schweiß auf der Stirn, und er musste erneut husten. Entschlossen griff er nach dem Metallhebel, mit dem sich die Tür zum Frachtdeck entriegeln ließ. Der Hebel gab dem Druck nach, die Tür öffnete sich aber nicht. Er probierte es noch einmal und warf dabei sein ganzes Körpergewicht gegen die Tür. Nichts. Dann fiel sein Blick auf eine dunkle Stelle am Türrahmen, am Übergang zu Tür. Hier hatte jemand notdürftig Schweißarbeiten durchgeführt. „Was sind das nur für Dilettanten", fluchte er, „was ist das für ein Schrottkahn!"

Mit einem Taschentuch vor Mund und Nase eilte er die Treppe zum Oberdeck hoch.

Ein Zittern durchlief das Schiff.

Er blieb am Fuß der Metalltreppe stehen, die zur Kommandobrücke führte, spähte den langen Gang entlang und lauschte nach Stimmen von der Brücke. Nichts, kein Laut. Auch kein Mann in Militäruniform zu sehen oder sonst jemand. Die Gelegenheit war günstig. Leise erklomm er die Treppe. Dabei hielt er sich dicht an der Wand, damit er von oben möglichst nicht gesehen wurde. Kurz vor der Tür hielt er an und lauschte. Dann trat er auf die Brücke hinaus.

Zu seiner Überraschung war auch hier niemand zu sehen. Er befand sich völlig alleine in der Kommandozentrale des Schiffes. Gleichzeitig stellte er fest, dass die Luft hier oben deutlich besser war als im Treppenhaus. Schlagartig erkannte er den Grund.

Das ist doch völlig absurd. Das gibt es doch nicht!

Die komplette Rückseite der Brücke fehlte, sodass er auf das träge blaue Meer und den Horizont blickte, der langsam begann, sich abendlich zu verfärben.

Halb in Trance taumelte er zum Steuerstand. Sollte er lachen oder weinen? So etwas hatte er in seinem Leben noch nicht gesehen. Alle vier Lastkräne des Superfrachters schwebten jetzt über der Blue Venture II. An den Enden der Kräne kleine Kabinen, die sich Funken sprühend durch den Frachtraum des kleineren Schiffes fraßen.

Kaczynskis Herz klopfte wie ein Presslufthammer. *Was für ein gigantischer Rohstoffhunger. Dieser Kunde ist mein Big Nugget! Ja, verdammt, ein Schiff nach dem anderen werde ich ihnen schicken. Ich, Marius Kaczynski, werde die Entsorgungsprobleme Europas lösen, und Politik und Wirtschaft werden mir dafür die Füße küssen!*

Dann traf ihn mit der Wucht einer Abrissbirne eine andere Erkenntnis:

Hier läuft gerade etwas gewaltig schief!

Der riesige Frachter nebenan war im Begriff, sich nach den Rotorblättern auch noch die Blue Venture II einzuverleiben!

Konnte es sein, dass die Chinesen falschspielen? Ein kreischendes, metallisches Knirschen war zu hören, und sein Schiff neigte sich tödlich verletzt stöhnend zur Seite.

*

Dienstag, 19. Oktober: Großbritannien, Isle of Lewis

„Sie können die Augenbinden jetzt abnehmen."

Markus schreckte hoch. Die Stimme kam aus den Lautsprechern der Lärmschutzkopfhörer. Er musste für einen Moment weggenickt sein. In seiner Hand spürte er den warmen Druck von Lenas Hand. Es war dunkel und er fror. Im Hintergrund vernahm er deutlich das dröhnende Klopfgeräusch, das die Rotorblätter des Hubschraubers verursachten.

Richtig. Jetzt erinnerte er sich.

LEBENSGEFAHR! Die Warnung von The Good One war so kurz wie eindeutig gewesen, drei Wochen nach seiner ersten Kontaktaufnahme in München. Nur ein Wort und die Angabe einer Flugnummer: BA0903.

Markus und Lena hatten nicht mal die Zeit gefunden, zu analysieren, woher ihnen die Gefahr drohte. Zu eindrücklich steckte ihnen noch in der Erinnerung, wie TGO, ihr anonymer neuer „Internet-Verbündeter", seine Fähigkeiten demonstriert hatte. Obwohl sie nicht wussten, wer sich hinter dem Hacker befand oder ob etwas hinter seiner Warnung steckte, war Lena überzeugt, dass sie ihm besser vertrauen sollten und hatte sofort die Flugdaten gecheckt. „Abfahrt in fünf Minuten!"

In London waren sie in ein Privatflugzeug gestiegen. Dort hatten sie ihre Handys abgeben müssen. Der kleine Business-Jet hatte sie nach Norden oder Nordwesten gebracht, war sich Markus trotz der Augenbinden, die ihnen ein maskierter Mann gleich nach dem Einsteigen angelegt hatte, sicher gewesen. Dann wechselten sie in diesen Hubschrauber.

Den ganzen Flug über grübelte Markus, wer diese Menschen waren. Hatten sie das Richtige getan, diesem Fremden blind zu vertrauen. Wovor hatte er sie denn gewarnt? Und wo wurden sie nun hingebracht?

Markus nahm kurz die Lärmschutzkopfhörer ab, um die Augenbinde, ein einfaches Tuch, hinten zusammengeknotet, abstreifen zu können. Seine Augen brauchten nicht lange, um sich an das Licht zu gewöhnen, das durch die Fenster in den Innenraum drang und diese Bezeichnung kaum verdiente. Ein trübes, waberndes Grau, das keinen Rückschluss auf die Tageszeit zuließ.

Vorne im Cockpit der Maschine schimmerten neben einer gedimmten Lichterkette aus bunten Schaltern lediglich zwei Monitore. Der rechte schien das Signal eines Radargerätes wiederzugeben, der linke erinnerte ihn an ein überdimensioniertes Navigationssystem eines Autos.

Lena hatte seine Hand gegriffen und Markus bemühte sich um ein Lächeln, das Zuversicht und Vertrauen ausstrahlte. Sie dankte es ihm mit einem angedeuteten Kuss, den sie auf die Reise zu ihm hauchte.

Der Co-Pilot drehte sich zu ihnen um und bedeutete mit einem Handzeichen, aus dem Fenster zu schauen. Anders als der Mann in dem Business-Jet waren die beiden Hubschrauberpiloten nicht vermummt.

Lena deutete still nach unten, wo zwischen Wolkenfetzen eine Küstenlinie zu erkennen war, an der sich die Brandung mit weißen Schaumkronen brach.

Der Hubschrauber verlor schnell an Höhe. Grünes, waldloses Hügelland. Vereinzelt sah man Gebäude mit schwarzen Dächern, die sich zum Schutz vor dem Wind hinter den Höhenzügen duckten. Dann wurden weiße Punkte auf den Wiesen sichtbar. Schafe in der einsamen Weite der kargen Landschaft.

Sie folgten der Küstenlinie.

Ein kleiner Hafen, in dem nur wenige Schiffe lagen. Eine moderne graue Halle mit einem rot gestrichenen Schornstein und etliche Buchten mit kleinen Sandstränden.

Der Hubschrauber setzte zur Landung an.

Was von weitem ausgesehen hatte wie eine Felsformation, entpuppte sich als eine Anordnung von riesigen länglichen Steinen, die aufrecht in den Himmel ragten.

Der Co-Pilot rief ihnen zu, sie sollten aussteigen und hinüber zu der Steingruppe laufen.

Sie hatten die Steingruppe noch nicht erreicht, als der Hubschrauber abhob und in die Richtung zurückflog, aus der sie gekommen waren.

Es war erbärmlich kalt und der Wind trieb tiefhängende Wolken über die flache Halbinsel. Markus öffnete seinen Rucksack und reichte Lena einen Fleecepulli.

„Wie geht es jetzt weiter?"

Markus zuckte die Schultern und musterte die Umgebung. An Tagen mit weniger unwirtlichem Wetter schienen die hier aufgereihten Hinkelsteine eine Besucherattraktion zu sein. Wenigstens deuteten der leere Parkplatz sowie einige Hinweisschilder am Rande der Wiese mit den Steingruppen darauf hin.

Markus klappte den Kragen seiner Lederjacke hoch, vergrub die kalten Hände in den Taschen seiner Jeans und strebte auf eine große Hinweistafel zu. Auf halbem Weg hörte er ein Motorengeräusch, das sich schnell näherte. Er drehte sich um, gerade noch rechtzeitig, um zu sehen, wie ein Geländewagen mit aufgeblendeten Scheinwerfern über den Parkplatz jagte und direkt auf ihn zusteuerte.

Etwa zwei Meter vor ihm riss der Fahrer das Lenkrad herum, und der alte dunkelgrüne Toyota kam abrupt zum Stehen. Dann verstummte das Motorengeräusch, die Handbremse ratschte und die Fahrertür flog auf.

Für einen Augenblick hatte Markus das Gefühl, sein Herz habe aufgehört zu schlagen, nur um danach wild loszuhämmern.

„Ich habe die Jungs gebeten euch hier abzusetzen – witzig oder? Du erinnerst dich doch noch an unseren Besuch beim Geologischen Institut?", rief die junge Frau mit dem Nasenpiercing und den zu Greta-Zöpfen geflochtenen schwarzen Haaren, die Markus über die Fahrertür des Geländewagens hinweg anstrahlte.

„Du?" Markus blickte ungläubig in Rabeas hellblaue Augen. Dann bemerkte er Lena, die sich links neben ihn gestellt hatte.

„Ihr beide seid immer noch ein Paar?" Rabea lachte. „Deine Freundin hat sich ja fast in die Hose gepinkelt, als ich mit dem Auto auf dich zugefahren bin."

Lena fixierte sie mit einem Blick, der es mit einem außer Kontrolle geratenen Schockfroster hätte aufnehmen können.

„Mmh, ja. Ihr kennt euch nicht", stammelte Markus.

„Lena Eck … Rabea Schreiber."

„Ach, die Ökospinnerin, die ihre eigene Entführung vorgetäuscht und ihrem Vater ein abgeschnittenes Fingerglied zugeschickt hat, um ihn zu erpressen", platzte es jetzt aus Lena heraus.

„Dann haben wir die Fronten ja erstmal geklärt", verkündete Rabea unbeeindruckt, ging mit schwingenden Hüften Richtung Auto dicht an Markus vorbei und schlug ihm dabei kurz mit der flachen Hand auf den Hintern.

Markus schaute zu Lena, die ihm einen Blick zuwarf, mit dem er sich hätte rasieren können.

Rabea griff sich den Rucksack, den Markus am Rande des Parkplatzes abgestellt hatte und verstaute ihn im Kofferraum.

„Hast du meinen Hinweis auf WhatsApp entschlüsselt, dass ich untertauchen muss?", fragte Rabea Markus, als sie zurückkam.

Markus nickte.

„Weißt du noch in Köln an der Uni?", vollzog Rabea im nächsten Moment einen Themenwechsel und deutete auf die Steinformation hinter sich. Ohne eine Antwort abzuwarten, machte sie ein Handzeichen, dass Markus und Lena ihr folgen sollten und steuerte auf die Steingiganten zu.

Markus und Lena folgten im Abstand von sechs Schritten.

„Kannst du mir mal sagen, was die hier für eine Nummer abzieht?", bohrte Lena. „Die ist doch nicht normal."

„Ich glaube, das ist ihre Art, uns zu zeigen, dass sie sich freut, uns zu sehen", versuchte Markus mit honigsüßem Humor zu deeskalieren.

„Ach. Und was lief da an der Uni Köln?"

„Der Bildschirmschoner von dieser Frau Dr. Peters. Hier hast du's life und in Lebensgröße", übernahm Rabea die Antwort. „Darf ich präsentieren: The Standing Stones of Callanish."

Rabea blieb im Zentrum des Steinkreises vor einem über vier Meter hohen Monolithen stehen. Der Wind zerrte an ihren Haaren, und in ihrem beige-braunen Shetland-Pulli wirkte sie so, als würde sie genau in diese Landschaft gehören.

„Der Steinkreis ist aus der Jungsteinzeit, das war vor fünftausend Jahren. Damals war es hier deutlich wärmer, überall gab es Blumen und wilde Tiere, ein guter Ort zum Leben. Und jetzt, wo es auf der Welt unaufhaltsam immer wärmer wird, sind wir hier. Das hat doch was, oder?"

Markus blickte sich um und versuchte sich vorzustellen, wie diese karge, windgepeitschte Landschaft aussähe, wären es zehn Grad wärmer. Es half nichts, er fror erbärmlich.

„Alle achtzehnkommasechs Jahre steht der Mond so passgenau über der Hügelkette da vorne, dass es von hier aussieht, als würde er über ihre Silhouette spazieren. Die abergläubischen Leute müssen damals den Eindruck gehabt haben, der Mond besuche die Erde und würde mit ihr tanzen."

Rabea war jetzt nah an Markus gerückt und schaute ihm von unten in die Augen.

„Vielleicht wurden hier sogar Jungfrauen geopfert."

„Was soll das Theater", fuhr Lena angefressen dazwischen. „Erst diese Geheimnistuerei mit der Augenbinde und jetzt bekommen wir hier eine Touristenführung?"

„Ich dachte, ihr wollt vielleicht wissen, wo ihr die nächsten Jahrzehnte eures Lebens zubringt. Bislang hat niemand von denen, die sie hergeholt hat, die Insel wieder verlassen."

„Sie?" Bislang war Markus immer davon ausgegangen, *The Good One*, wie Lena ihn getauft hatte, sei ein Mann.

Eine leise Ahnung stieg in ihm auf. Sollte die ebenso kühle wie attraktive Frau Dr. Eva Peters hinter all dem stecken?

*

Zehn Minuten später hielt der Toyota vor einem hässlichen, eingeschossigen Industriegebäude. Die Fassade in tristen Braun- und Grüntönen ließ vermuten, dass es in den 1970ern errichtet worden war, die schmutzblinden Fensterscheiben, der Bewuchs auf den Parkplätzen und die vermooste Eingangstreppe signalisierten, dass es seit Jahren nicht mehr benutzt wurde.

„Sind wir hier richtig?", fragte Lena skeptisch.

Rabea nickte. „Ihr müsst durch die Seitentür gehen." Sie zeigte auf einen Strauch, der sich dicht an das Gebäude schmiegte und eine graue Stahltür dahinter fast vollständig verdeckte. „Man erwartet euch schon. Folgt dem langen Gang bis zum Ende und geht dann nach rechts. Ich bringe inzwischen den Wagen weg, damit man ihn hier nicht sieht."

Markus fragte sich, wer den dunkelgrünen Geländewagen in dieser gottverlassenen Gegend sehen sollte. Seitdem er vor dreißig Minuten seinen Fuß auf die Isle of Lewis gesetzt hatte, war ihnen keine Menschenseele begegnet. Bei den wenigen Häusern, an denen sie vorbeigekommen waren, hatte er nicht einmal einen Lichtschein oder sonst irgendein Lebenszeichen ausmachen können. Das Ganze hatte auf ihn ähnlich verlassen und gespenstisch gewirkt, wie dieses Industriegebäude.

Lena stieg aus und Markus beeilte sich, ihr zu folgen. Am Fuße der grauen Stahltür deuteten Schuhabdrücke und niedergetretenes Gras darauf hin, dass diese Tür zumindest gelegentlich benutzt wurde. Markus drückte die Klinke herunter. Er wunderte sich, wie leicht sich die schwere Stahltür öffnen ließ.

Dahinter erwartete sie ein schlecht ausgeleuchteter langer Gang. Ein bissiger Gestank lag in der Luft. Lena verzog angewidert die Nase. Schnell zog sie ihren Buff, den sie um den Hals trug, so weit hoch, dass es ihr als Geruchsschutz diente.

Der schmale Gang war so lang, dass er in der Unendlichkeit auf einen einzelnen Punkt zuzulaufen schien. Von außen hatte das Gebäude gar nicht so weitläufig ausgesehen. Der Anblick war gespenstisch. Die einzigen Lichtquellen waren die Fenster der grünen Zwischenwände, die gedämpftes Licht durchließen. In dem Gang war es genauso kalt wie draußen. Aber wenigsten war man hier vor dem scharfen Wind geschützt.

Markus ging zwei Schritte vor Lena. Er bewegte sich so vorsichtig, als würde er über eine brüchige Eisfläche laufen. Dieser verlassene, stinkende und schlecht beleuchtete Ort hatte etwas Unheimliches. Er blickte durch die Fensterscheibe der ersten Zwischenwand, die den Gang von einer schmalen Halle abtrennte. Von hier drang über die undichten Dachfenster Tageslicht in das Gebäude. Die Halle schien eine Art Lager gewesen zu sein. Markus sah rostige Stahlfässer, die auf dem verdreckten Boden standen, ein Regal mit Kunststoffkanistern, einen Schwenkkran, eine Waage und etliche Styroporkisten, etikettiert die mit gelb-schwarzen Warnschildern. Am Ende der Halle eine Trennwand mit einer geschlossenen Doppelflügeltür. Durch die Glasscheiben blickten sie in den kleinen Raum.

„Da hängen Schutzanzüge", stelle Lena erstaunt fest.

Markus nickte. Auch er hatte die weißen Anzüge entdeckt, die in einer dunklen Ecke am anderen Ende des Raumes hingen. Der Bereich schien als eine Mixtur von Sozialraum und Schutzschleuse genutzt worden zu sein. Wenigstens deuteten hierauf eine Reihe von Metallspinden hin, auch ein Tisch und ein paar Stühle, von denen zwei umgefallen waren.

„Biohazard", las Markus den Text, der unter einem dreieckigen Warnschild, auf der Tür zum nächsten Raum klebte. „Betreten nur mit Schutzausrüstung."

„Die haben hier mit gefährlichen biologischen Substanzen gearbeitet", schlussfolgerte Lena mit belegter Stimme.

Der Raum hinter der Schutzschleuse maß in der Länge sicherlich vierzig Meter. Markus war froh, dass er ihn nicht betreten musste. Die verglaste Zwischenwand zum Flur gab ihm wenigstens halbwegs das Gefühl von Sicherheit. Der Raum sah aus wie der große Chemiesaal einer Schule, auch wenn hier vermutlich mit weitaus gefährlicheren Stoffen experimentiert worden war. Selbst eine grüne Schiefertafel gab es, auf der sich noch Reste von flüchtig weggewischten Strukturformeln erkennen ließen.

„Hier scheint jemand Hals über Kopf das Labor verlassen zu haben", stellte Lena fest.

Bei genauem Hinsehen sah man überall noch Spuren von Laborarbeiten. Reagenzgläser und Erlenmeyerkolben, die provisorisch mit einer Folie verschlossen waren und ölig-schwarze Flüssigkeiten enthielten, offene Stahlschränke mit braunen Glasflaschen, auf deren Etiketten Totenschädel warnten, verschmutzte Pipetten und Bechergläser unter Abzugshauben.

„Ich möchte lieber nicht wissen, was das ist", sagte Lena und deutete auf eine Art Brutschrank, in dem benutzte Petrischalen auf ihre Versuchsleiter zu warten schienen.

„Komm", sagte Markus und drängte Lena zum Weitergehen.

Sie passierten ein zweites, ähnlich großes Labor. Hier gab es zusätzlich eine Stahltür, die mit einem quadratischen gelben Warnschild versehen war, auf dem in schwarzer Schrift CAUTION – RADIATION AREA stand. Der Warnung vor unsichtbarer Strahlung hätte es für Markus nicht mehr bedurft. Er hatte ohnehin nicht vor, auch nur eine Sekunde länger als unbedingt nötig in diesem Gebäude zu bleiben.

Am Ende des langen Ganges öffnete er die Glastür, von der Rabea gesprochen hatte. Er wollte nicht spekulieren, was einst zur Aufgabe dieses Labors geführt hatte, nahm sich aber vor, dies zu recherchieren, wenn sie hier jemals wieder heil rauskämen.

Lena ging mit großen Schritten schon auf die nächste Tür zu. „Wir müssen hier nach rechts, hat Rabea gesagt."

Markus registrierte, dass in diesem Gebäudeteil von dem bissigen Geruch nichts mehr vorhanden war. Außerdem gab es hier Strom. Er hatte die brennenden Leuchten eines Kontrollpanels gesehen und meinte, das Surren einer Lüftung zu hören.

Markus öffnete eine weitere Tür. Sekunden darauf blieben beide verdutzt stehen. Lena streifte ihr Buff wieder nach unten. „Endlich mal ein Lebenszeichen", stieß sie erleichtert hervor.

Aus einem Raum drang flackerndes Licht – vermutlich der Schein von Kerzen. Dazu hörten sie etwas, dass sie hier in einem verlassenen Bio-Labor niemals erwartet hätten. Klaviermusik, ein klassisches Stück. In diesem Milieu kannte sich Markus nicht besonders aus. Er sah Lena fragend an.

„Das ist wunderschön, findest du nicht?", flüsterte sie und brachte trotz der bedrückenden Situation einen schmachtenden Blick zustande.

„Tschaikowsky", riet Markus ins Blaue hinein.

*

Die zierliche Frau, mit dem Kurzhaarschnitt spielte ein weiteres Stück von Sergei Rachmaninoff. Sie hatte sich weder durch das Eintreten von Markus und Lena noch von Rabea, die den beiden unauffällig gefolgt war, aus der Ruhe bringen lassen. Sie schien in ihrer eigenen Welt zu schweben.

Das ehemalige Büro befand sich in der hintersten Ecke des verlassenen Gebäudes. Es schien mit seinen beiden Fensterfronten genauso wie die beiden Kerzen, die auf dem Klavier standen und sich in den Scheiben spiegelten, ebenfalls zu schweben – über dem Meer.

Ja, schweben, fand Markus, war auch die treffende Vokabel für das virtuose Klavierspiel der Pianistin. Ihre flinken Finger huschten wie ein Schatten über die weißen und schwarzen Tasten und schienen sie dabei nicht einmal zu berühren.

Die Melodie war zu Ende, aber die letzten Töne hallten noch im Raum nach. Regungslos saß die zierliche Frau weiterhin barfuß am Klavier und blickte auf das Notenblatt. „Bravo", sagte Lena mit gedämpfter Stimme in die Stille hinein.

Rabea schaltete das Licht an.

Augenblicklich tötete der Schein der Neonröhren den letzten Hauch von musikalischem Zauber, der sich eben noch in dem maroden Büro entfaltet hatte.

„Unser Besuch ist da", sagte Rabea zu der blonden Pianistin im dunkelblauen Abendkleid, die sich jetzt mit einem einladenden Lächeln zu Markus und Lena umdrehte.

„Steph!", erkannte Markus ihre Gastgeberin, erst jetzt.

Automatisch musste Markus an seinen ersten Besuch an der ETH Zürich denken, wo ihm die attraktive Assistentin von Dr. Guggisberg mit breitem Lächeln in einem Mars-Anzug entgegengependelt kam: *Steph ist The Good One?*, schoss es ihm in den Kopf. *Warum ist sie untergetaucht und hat sich nicht der Polizei gestellt?*

„Warum hast du denn die Lena Eck herholen lassen? Die steht nicht mal auf der Todesliste."

Steph stand auf, ging mit anmutigen Schritten auf Rabea zu und blieb dicht vor ihr stehen. Sie lächelte Rabea an und blickte ihr ruhig in die Augen. „Weil ich Lena gerne kennenlernen wollte", sagte sie mit sanfter Stimme, ohne den Blickkontakt zu unterbrechen.

Die Antwort schien Rabea nicht zu genügen.

„Ona takzhe govorit po-russki", fügte Steph hinzu.

„Ich versteh nur Bahnhof. Ich geh mir jetzt erstmal was zu essen machen", sagte Rabea und verließ trotzig den Raum.

„Woher wissen Sie, dass ich russisch spreche?", fragte Lena.

„Ich habe das Passwort von deinem Rechner geknackt. Die Anfangsbuchstaben der ersten zehn Wörter eines russischen Kinderliedes, ergänzt mit Sonderzeichen und Zahlen."

Lena errötete. Und das ihr, der IT-Beauftragten der Bundesregierung!

„Der Rest war reine Fleißarbeit. Es gibt immer wieder ehemalige Studienkollegen, die sich im Internet sehr auskunftsfreudig zeigen."

„Was ist das für eine Todesliste, von der Rabea gesprochen hat?", mischte sich jetzt Markus ein.

„Du stehst direkt davor."

Überrascht drehte Markus sich um. Beim Betreten des nur schwach von Kerzenlicht erleuchteten Raums war ihm gar nicht aufgefallen, dass an der Wand Bilder hingen.

Das größte davon hing auf der Mitte der Wand. Es zeigte die Standing Stones of Callanish, aufgenommen aus der Froschperspektive, mit viel blauem Himmel und weißen Schäfchenwolken. In der Bildmitte, über dem größten der Steinblöcke, entdeckte Markus eine Signatur. Er trat näher heran, um den Namen besser erkennen zu können. „Steph", las er laut.

„Hast du das Bild aufgenommen? Das ist hervorragend inszeniert."

„Du musst genauer hinschauen, Markus. Lass dich nicht vom ersten Eindruck täuschen. Es geht hier nicht um den Fotografen", entgegnete Steph.

„Da steht ja auf jedem einzelnen Stein ein Name", rief Lena überrascht. „Bollinelli, Furukawa, Bahlo ..."

„Dr. Rainer Bahlo von der German Re?", stieß Markus aufgeregt hervor.

„Ganz richtig. Lest nur weiter. Insgesamt sind es dreizehn Namen, auf jedem Stein einer."

Markus stockte der Atem. Die einzelnen Namen, mit schwarzem Filzstift auf das Bild geschrieben, ließen sich aufgrund des schwachen Kontrastes zu den verwitterten grauen Steinen teils nur schwer entziffern.

„Urs ...", las Markus auf einem weiteren Riesenstein. „Urs Guggisberg?"

„Leider ja". Steph ließ sich auf ihren Stuhl gleiten, mit einer Hand stimmte sie auf dem Klavier eine melancholische Melodie an.

Markus fühlte mit Dr. Guggisbergs ehemaliger Assistentin. Die beiden mussten sich sehr nahegestanden haben. Er spürte Lenas Hand nach seinem Arm tasten.

„Markus ...", flüsterte sie mit dünner Stimme. „Markus, auf dem Stein steht dein Name."

Markus bekam weiche Knie, als er den Stein am rechten Rand der Formation bemerkte. Plötzlich überfiel ihn das Gefühl, seinen eigenen Grabstein vor sich zu sehen. Dann entdeckte er auf dem Nachbarstein den Namen Rabea Schreiber.

Vom Klavier her ertönte ein hohes *Plink*.

„Das ist die Todesliste, von der Rabea gesprochen hat."

„Woher haben Sie die Liste!", presste Lena aufgebracht hervor.

„Gehackt", kam die leise und freundliche Antwort. „Von einem Rechner im Pentagon. Höchste Sicherheitsstufe. Da komme selbst ich normalerweise nicht an die Daten. Aber so perfekt die Datenverschlüsselung im Pentagon beim Versenden und Archivieren auch ist. Jedes System hat seine Schwachstellen. In diesem Fall war es eine E-Mail, die für wenige Minuten vor dem Versenden in einem temporären lokalen Verzeichnis zwischengespeichert war."

Markus sah Lena an, dass wenigstens sie verstanden hatte, was Steph gerade erklärte.

„Ein Zufallsfund also!"

Steph überging Lenas Bemerkung mit einem Lächeln.

„Weißt du, wer die E-Mail geschrieben hat und wer die Empfänger waren?", setzte Markus nach.

„Ich kenne den Absender. Die Empfänger waren beim Zwischenspeichern der E-Mail noch nicht eingetragen." Steph stand auf und nahm den Farbausdruck eines Porträtfotos von der Wand, das neben dem Bild der Steinformation gehangen hatte. Sie reichte es Lena. „Meinen Zufallsfund habe ich auf *seinem* PC gemacht."

Lena sah das Bild an. „Das kann nicht sein!", konterte sie mit aller Entschiedenheit und reichte Markus das Bild.

Das Bild zeigte den US-Verteidigungsminister.

„Joe Diggins?", entfuhr es Markus überrascht.

Steph nickte. „Ja, genau *der* Joe Diggins, der zwei Tage nach deinem Artikel über den Pandora-Report zu einem geheimen Treffen nach Washington eingeladen hat."

Markus hatte sich wieder zu dem Bild mit der Steinformation umgedreht. „Sarah Helland stand auch auf der Liste. Dann war das kein Unfall?"

„Nein, war es nicht. Das war ein kaltblütiger Auftragsmord. Der SUV wurde vier Stunden, bevor er in die Bushaltestelle raste, an der Sarah wartete, am Flughafen München gemietet und nachher auch dort abgestellt."

„Mit wem hat sich Joe Diggins nach dem Erscheinen meines Artikels getroffen?" hakte Markus nach.

„Mit dem chinesischen Verteidigungsminister General Wang Lei und der russischen Verteidigungsministerin Julia Scharapowa."

Lena schnappte laut nach Luft. „Das ist doch Quatsch! Glaubst du wirklich, dass der US-Verteidigungsminister die HNP liest und sofort die Russen und die Chinesen antanzen lässt, wenn du mal eine Titelstory gelandet hast? Was wurde hier genau produziert, dass ihr an so einen Quatsch glaubt?"

Steph hatte Lenas empörten Auftritt mit einem Schmunzeln verfolgt. „Man hat an der Entwicklung von Gegenmitteln für Nervengifte geforscht, ziemlich erfolglos übrigens." Ohne weiter darauf einzugehen, drückte Steph ihr einige Blätter in die Hand.

Markus blickte Lena über die Schulter. Die Tabelle auf dem ersten Blatt musste die Todesliste sein. Dreizehn Namen, von denen vier durchgestrichen waren. Nächste Seite: die englische Übersetzung seines Artikels in der Hessische Neueste Presse über den Pandora-Report.

Auf der dritten Seite ein Foto.

„Wisst Ihr, wer das ist?", Steph zeigte auf das Foto.

„Wie kommst du denn an das Foto?", fragte Markus überrascht.

Das Bild zeigte Rabea und ihn in Frankfurt beim Einsteigen in den Renault. Markus betrachtete den Zeitstempel: „Sechster August. Da waren wir auf dem Weg zu Noah."

„Nein, euch meine ich nicht. Wisst ihr, wer das Foto gemacht hat?" Steph tippte auf die Schaufensterscheibe hinter dem Auto, in der sich der ominöse Fotograf unbeabsichtigt spiegelte.

Markus lief ein kalter Schauer den Rücken hinunter.

„Unmöglich", stammelte er. „Der falsche Professor Blunt."

„Genau. Nach dem Mord an…", Steph schluckte, „… Urs, habe ich mir die Überwachungsbänder der ETH angesehen. Da bin ich das erste Mal auf diesen Mann gestoßen. Alexej Lubow, Amerikaner. In seiner Cloud habe ich später die Bilder gefunden. Der Mörder von Urs und Noah hat euch beobachtet."

Markus starrte auf das Foto.

„Ich brauche eure Hilfe", sagte Steph nach einer Pause. „Der Pandora-Report beweist, dass die Klima-katastrophe nicht mehr vermeidbar ist. Die Supermächte wissen das schon lange. Die USA haben sich mit China und Russland deshalb abgesprochen, die Welt-bevölkerung durch ein tödliches Virus zu dezimieren."

„Was?" Markus blieb regelrecht die Spucke weg.

„Jetzt brauchte man nur noch ein unbekanntes Virus, gegen das kein Land einen Impfstoff hatte", fuhr Steph fort. „Die Russen haben der Schweizer Antarktisstation dann einen Tipp gegeben. Ein unbekannter Urzeit-Kadaver im Eis. Sie wussten, sowohl die Amerikaner als auch die Chinesen überwachen dort jeden. Nach wenigen

Tagen hatte alle Nationen ein neutrales Virus zur Ausrottung der Menschheit."

„Das ist menschenverachtend!", presste Lena angewidert hervor.

„Aber es ist Tatsache. In wenigen Tagen kann es passieren. Die Amis und die Chinesen sind bald mit dem Bau ihrer geheimen Städte unter der Meeresoberfläche fertig."

„Was denn für geheime Städte?", fragte Markus. Die ganze Unterhaltung hatte auf einmal eine ganz neue Richtung genommen. Markus stiegen Bilder aus alten Jules-Verne-Geschichten in den Kopf.

„Wofür glaubst du, haben die den ganzen Fake um die Marsforschung aufgebaut? Glaubst du, zigtausend Amerikaner fliehen bald auf den Roten Planeten? Die Reise findet auf der Erde statt."

Markus fühlte sich vor den Kopf gestoßen.

„Aber warum jubeln die Russen den anderen ein Virus unter, wenn sie damit auch ihrer eigenen Bevölkerung schaden?", mischte sich Lena ein.

„Meine Quelle behauptet, dass vor einigen Jahren das russische Militär gerufen wurde, um Goldsucher in der Antarktis zu vertreiben. Doch als die Spezialeinheit am Einsatzort landete, waren alle Goldsucher bereits tot. Das Virus aus einem freigelegten Tierkadaver hatte sie getötet. Die Russen haben dann fast fünf Jahre für die Entwicklung eines Impfstoffs gebraucht - und jetzt dieses Virus den anderen untergeschoben."

Markus verstand nicht. „Dann gibt es doch einen Impfstoff."

„Aber nur für die russische Elite und ihre Soldaten. Und wir haben keine Zeit, den Impfstoff neu zu entwickeln. Die einzige Möglichkeit wäre, mit Proben des Impfstoffes mehr zu produzieren."

„Aber wie kommen wir da ran?", fragte Markus.

„Die Impfkampagne läuft gerade an. Und irgendeiner verkauft in Russland immer alles."

„Und?" Markus und Lena blickten sich an.

„Ich kann hier nicht weg. Ich brauche eure Hilfe", wiederholte Steph. „Ohne Proben des fertigen Impfstoffs haben wir keine Chance. Ihr müsst nach Russland."

Lena nickte nachdenklich.

„Ich warte noch auf den entscheidenden Anruf, wo das Material aufgetaucht ist. Dann müsst ihr sofort los."

Markus war absolut nicht wohl bei dem Gedanken. Der auf ihn angesetzte Killer lief noch immer frei herum. Wie sollte er sich jemals wieder sicher fühlen?

*

Dienstag, 19. Oktober:
Sibirien, nördlich von Krasnojarsk

„Uuh-Uuh-Huh siebzehn, siebzehn Tage noch … la-la-la." Basko Sennikow sang gerne und gerne laut, wenn er mit seinem mobilen Lazarett, einem KamAZ-4310 mit Kastenaufbau, allein auf den endlosen Landstraßen Russlands unterwegs war. Siebzehn Tage noch. Dann würde er seine Militäruniform für immer abgeben. Dann hatte er seinen letzten Arbeitstag als Militärarzt der russischen Armee. „Good bye Birkenwälder … Uuh-Uuh-Huh, siebzehn Tage … la-la-la."

Basko Sennikow stellte die Scheibenwischer aus. Der Dauerregen der letzten Stunden war einem feinen Nieseln gewichen.

Im nächsten Moment trat er entschlossen auf die Bremse und brachte den KamAZ mitten auf der Straße zum Stehen. Er griff nach seiner Thermoskanne, schenkte sich einen Becher Kaffee ein und faltete die Straßenkarte über dem Lenkrad auseinander. Dass er mitten auf der Straße anhielt, war hier kein Problem. Er konnte den

Verlauf der Straße auf den nächsten fünf Kilometern einsehen, und das letzte Fahrzeug war ihm vor einer halben Ewigkeit begegnet. Sennikow rekapitulierte die bisher zurückgelegte Strecke. Von Krasnojarsk war er fünf Stunden nach Norden gefahren und dann auf die Schotterpiste abgebogen, der er jetzt schon seit fünfzig Kilometern folgte. Immer entlang eines Nebenflusses der Jenissei. Und es war, wenn seine Karte stimmte, die einzige Straße hier.

Das Gelände wurde mit jedem Kilometer hügeliger und immer mehr Birken dominierten den Wald. Sennikow konnte Birken nichts abgewinnen. Er liebte den Geruch der sommerlichen Kiefernwälder in Rostow am Don. Dort hatte er vor vier Jahrzehnten seine Frau kennengelernt, und sie hatten über all die Jahre ihre Datscha behalten, sein ganz persönlicher Sehnsuchtsort, sechshundert Quadratmeter Garten mit altem Baumbestand und einem renovierungsbedürftigen Holzhaus. Die einzige Datscha in Rostow ohne Blick auf den Don, wie er Freunden gerne mit einem Augenzwinkern verriet. Siebzehn Tage noch, dann hatte er Zeit sich um alles zu kümmern, was über die Jahre unerledigt geblieben war.

Über dem Fluss bildeten sich die ersten Nebelschwaden. Vermutlich war er zum letzten Mal in seinem Leben in Sibirien. Ein letzter Auftrag und ein paar Tage in Nowosibirsk, um ein gutes Dutzend runder Stempelabdrücke für seine Entlassungsdokumente einzusammeln, dann begann ein neuer Lebensabschnitt.

Natürlich war sein aktueller Auftrag wieder der wichtigste von allen, die er bislang durchgeführt hatte. Das war immer so. Höchste Geheimhaltungsstufe. Sennikow musste schmunzeln, wenn er an den aufgeregten jungen Stabsarzt dachte, der ihm die Kiste, mit den gut eingepackten Ampullen übergeben hatte, die sich jetzt hinten in seinem mobilen Lazarett befanden, einhundertachtzig Stück. Der frisch graduierte Doktor der Epidemiologie war beim Sprechen so aufgeregt gewesen, dass sich Schaum in seinen Mundwinkeln gebildet hatte. Hätte der Stabsarzt ihn noch ein viertes Mal darauf hingewiesen, wie wichtig es sei, dass er jedem Soldaten persönlich seine Impfdosis injiziert, damit diese nicht in irgendwelchen dunklen Kanälen verschwindet oder hätte er noch einmal die Worte *Nationale Sicherheit* in den Mund genommen, Sennikow hätte ihm eine Plastiktüte über den Kopf gestülpt. Natürlich nur, um zu verhindern, dass er vor Aufregung hyperventilierte.

Dies war genau der richtige Zeitpunkt, seinen Armeedienst zu quittieren, war sich der alte Militärarzt sicher. Er passte nicht mehr in diese von ständiger Aufregung und Superlativen geprägte Zeit. Warum musste man heute aus einer normalen Impfkampagne eine Sache der nationalen Sicherheit machen? Er hätte seinen Auftrag so oder so gewissenhaft durchgeführt, wie er es in der Vergangenheit immer gemacht hatte. Neuntausend Ampullen mit dem neuen Superimpfstoff konnte das Forschungszentrum monatlich liefern, hatte er gehört. Das heißt, zeitgleich mit ihm waren mindestens zehn weitere Ärzte in geheimer Mission unterwegs, um Soldaten zu impfen.

Wollte Russland etwa einen Krieg mit Biowaffen anzetteln? Wohl kaum, da hatte das Land ganz andere Probleme. Um das zu erkennen, musste er nicht einmal an seine künftige Pension denken. Und wer der Meinung war, dass sich Epidemien an Ländergrenzen aufhalten ließen, der sollte besser noch einmal ein paar Semester zur Uni gehen. Angeblich schützte der neue Superimpfstoff sogar vor Ebola, wie Sennikow von einem anderen Wichtigtuer unter dem Mantel der Verschwiegenheit erfahren hatte. Sennikow glaubte das jedoch nicht, hatte

ihm doch der Virologe aus dem VECTOR-Forschungs-
zentrum in Nowosibirsk bei einer anderen Gelegenheit
vertraulich erzählt, dass der Impfstoff auf einem
Antikörper basiere, den sie bei einem Kadaver im ewigen
Eis gefunden hätten.

Da vorne stimmt was nicht!

Sennikow steuerte seinen KamAZ auf die linke
Fahrbahnhälfte und näherte sich langsam der Stelle, die
ihm schon von weitem aufgefallen war. Ein Erdrutsch war
über die Straße gedonnert und hatte Teile der Fahrbahn
mit sich gerissen. Sennikow stieg aus dem warmen
Führerhaus aus und betrachtete fröstelnd die etwas mehr
als kniehohe braune Masse aus Schlamm und Felsen, die
der Erdrutsch auf der intakten Seite der Fahrbahn
zurückgelassen hatte. Er ging zur Abbruchkante und
untersuchte die Stelle, an der die Gerölllawine ins
Flussbett gestürzt war. Die Piste war noch breit genug,
dass er die Engpassstelle mit seinem LKW passieren
konnte. Er musste sich nur ganz links dicht am Hang
halten, auch wenn hier die Ablagerungen, die der
Erdrutsch zurückgelassen hatte, am höchsten waren. Aber
das würde für seinen KamAZ mit seinen sechs
angetriebenen Rädern kein Problem sein.

Basko Sennikow öffnete die Fahrertür seines LKW,
zog sich am Türgriff hoch und streifte an der Trittstufe
den Schlamm oberflächlich von seinen Stiefeln ab, bevor
er sich wieder hinter das Lenkrad setzte. Er zitterte,
obwohl es im Fahrerhaus angenehm warm war. Die
Temperaturen und das trockene Klima waren zwei
weitere Pluspunkte, die für Rostow am Don sprachen.

Im ersten Gang steuerte Sennikow den LKW nah an
den Hang links der Straße heran. Er hatte den Erdrutsch
erreicht. Vorsichtig lenkte er etwas nach rechts, um einem
besonders großen Felsbrocken auszuweichen, nur um
danach wieder auf den Hang zuzusteuern und Gas zu

geben. Der Motor heulte auf, die Fahrerkabine hob sich gegen den Himmel, die sechs mächtigen Reifen des Allradfahrzeugs wühlten sich durch das Schlamm- und Geröllfeld. Stellen wie diese hatte er bestimmt schon einhundert Mal passiert.

Was sollte die ganze Geheimniskrämerei um diesen neuen Superimpfstoff, wenn hinten herum doch alle darüber redeten? Endeten solche Geschichten nicht immer so, dass die Kleinen verdonnert wurden, Geheimnisse zu bewahren, und die Bonzen nachher das dicke Geld damit machten?

Er ballte die Faust.

Vielleicht sollte er jetzt auch mal an seine eigene Zukunft denken.

Basko Sennikow hatte eine Entscheidung getroffen.

Zum ersten Mal würde er seine Befehle nicht wortgetreu umsetzten. Von den Impfdosen, die übrigblieben, würden nicht alle die Rückreise in das Forschungszentrum in Nowosibirsk antreten.

*

Mittwoch, 20. Oktober: Großbritannien, Isle of Lewis

Was Steph ihnen in den letzten Stunden berichtet hatte, war einfach nicht zu glauben. Man konnte sich fast alles vorstellen, aber das? Würden die Supermächte wirklich ein Virus zur Dezimierung der Weltbevölkerung einsetzen? Stimmten die Gerüchte, dass die Russen einen Superimpfstoff dagegen entwickelt hatten? Würden die amerikanischen und chinesischen Eliten ihre Bevölkerung im Stich lassen und sich irgendwo für Jahre verkriechen, bis die Epidemie vorüber war? Die Verschwörungsgeschichten klangen dermaßen unglaubwürdig, dass sie vermutlich gerade deshalb stimmten.

Und noch eines konnte als sicher gelten: mit diesen Horror-Theorien brauchte Markus definitiv nicht bei Jonathan aufzuschlagen. Er konnte nicht die Wahrheit schreiben und erst recht nicht die Namen der Beteiligten nennen. Seit gestern Abend war sich Markus sicher, dass Steph die Hoffnung war, die noch in der Büchse der Pandora zurückgeblieben war. Die letzte Chance, die es noch gab, die aufziehende Katastrophe abzuwenden. Aber er würde nichts über Steph und die kleine, geheime Organisation schreiben dürfen, die sie aufgebaut hatte. *Also wieder keine Beweise.*

Keine Beweise, kein Artikel! Markus wusste bereits, wie sein Freund reagieren würde. Aber wie konnte man trotzdem die Bevölkerung vor der drohenden Katastrophe warnen, ohne eine Panik auszulösen? Untätig zu bleiben, war für Markus keine Option. Nach zwei Stunden, einigen Recherchen im Internet und mehreren Telefonaten hatte er den Artikel fertig und überflog die letzte Version, mit der er zufrieden war. Dann griff er wieder zum Telefon und wählte aus dem Gedächtnis die Nummer der HNP.

„Was ist denn das für eine Telefonnummer?", meldete sich Jonathan Schreiber.

„Ein Satellitentelefon."

„Wo bist du?"

„Das ist eine lange Geschichte."

„Du willst es mir also nicht sagen."

„Ich habe einen Artikel für dich, Jonathan."

„Du kennst unsere Vereinbarung, Markus. Beweise die Richtigkeit dieses Pandora-Reports und du bist wieder im Team."

„Aber darum geht es ja. Der Artikel ist noch nicht ganz rund … aber wir müssen ihn unbedingt in der nächsten Ausgabe bringen …"

„NEINNNN VERDAMMT! Hörst du mir nicht mal zu? Lebst du nur in deinem eigenen Film? Blendest du völlig aus, was um dich herum geschieht?"

Scheiße! Jonathan hatte mal wieder recht. Markus war so in seinen Recherchen vertieft gewesen, dass er seinem alten Freund die für ihn wichtigste Information bislang vorenthalten hatte. „Jonathan, Rabea lebt. Es geht ihr gut. Sie ist hier bei mir."

„WAS? Wo bist du?"

„An einem sicheren Ort. Ich habe mich hier mit einem Kronzeugen des Pandora-Reports getroffen."

„Und Rabea geht es wirklich gut?"

„Sie war mit bei dem Treffen. Du kannst sie nachher sprechen, wenn du willst."

„Nachher?"

„Jonathan, der Artikel ist wichtig, extrem wichtig."

„..."

„Jonathan?"

„Vergiss es!"

„Ich schicke dir den Artikel rüber und du bestimmst, was wir ändern?"

Nach einem weiteren Gespräch mit Jonathan Schreiber und nachdem dieser mit Rabea gesprochen hatte, sagte Jonathan am Ende doch zu, den Artikel in der in wenigen Stunden erscheinenden Ausgabe der HNP zu bringen, allerdings in einer nochmals stark abgeschwächten Version. Die Klimaveränderung durfte nur als Ursache für die tödlichen Infektionskrankheiten herhalten. Alle hypothetischen Hinweise auf die dahinterstehenden Supermächte wurden gestrichen, das Wort *Todesliste* mit keiner Silbe erwähnt.

Trotzdem besser als nichts, beschied sich Markus. Er konnte mit dem Ergebnis leben, auch mit der

Veröffentlichung unter seinem Pseudonym Christian Brauer.

Hoffentlich verstehen die Menschen die Warnung!

Von draußen war das Geräusch eines Hubschraubers zu hören. Das Signal für den Aufbruch, sie mussten los!

Markus war nicht wohl bei dem Gedanken, zusammen mit Lena nach Russland zu fliegen, um den Impfstoff aufzutreiben. Er stand auf der Todesliste der Amerikaner. Hoffentlich würde Steph Recht behalten, dass die russischen Geheimdienste die Liste nicht kannten. *Noch nicht!*

„Ich bleibe am Thema dran", versicherte Steph und umarmte Markus und Lena zum Abschied. „Sobald ich mehr weiß, melde ich mich."

*

Hessische Neueste Presse

KLIMA: URSACHE FÜR TÖDLICHE INFEKTIONEN

VON CHRISTIAN BRAUER

Berlin/Zürich. Wissenschaftler vom Robert-Koch-Institut in Berlin rechnen damit, dass Klimaveränderungen bald zur unkontrollierten Ausbreitung von gefährlichen Infektionskrankheiten wie Dengue-Fieber, Malaria und Ebola führen werden. Zusammen mit den in den letzten Jahren sprunghaft gestiegenen Antibiotikaresistenzen werden diese Infektionen zu einem tödlichen Risiko für die Betroffenen. „Viele Millionen Menschen werden sterben. Das ist keine Panikmache", bestätigte ein Wissenschaftler, „das sind gesicherte Fakten."

Noch bedrohlicher als die Superbakterien und Superviren selbst würden die sozialen Effekte der ausbrechenden Epidemien sein: Migration, Verteilungskämpfe, kollabierende Gesellschaftssysteme und letztendlich Krieg, so Dr. Guggisberg von der ETH Zürich.

Vor fünfzig Jahren glaubte die Weltgemeinschaft mit Antibiotika den Kampf gegen Infektionskrankheiten gewonnen zu haben. Heute sind diese einstigen Wundermittel fast wirkungslos.

Neue in den USA entwickelte Antiinfektiva werden unter absolutem Verschluss gehalten. Der Sprecher der US-Gesundheitsbehörde erklärte gestern, die Wirkstoffe seien eine notwendige Reserve. Es solle möglichst lange verhindert werden, dass Bakterien und Viren Resistenzen oder Mutationen entwickeln können. Experten befürchten aber, dass die geheimen Medikamente nicht zum Schutz der Menschheit, sondern nur für eine ausgewählte Elite reserviert sein könnten.

Donnerstag, 21. Oktober:
Arlington County, Pentagon

Joe Diggins rollte den Zeitungsartikel zusammen und klopfte sich mit der Papierrolle angriffslustig auf die offene Handfläche.

„Gar nicht so dumm, diese Krauts. Nur, dass wir keinen gottverdammten Impfstoff besitzen." Er schaute dem vor ihm stehenden Jasper Collins in die Augen. „Sie wissen, wer das ist, dieser Christian Brauer?"

„Markus Manx", antwortet NASA-Mann kleinlaut.

„So viel zur Wirksamkeit Ihrer Methoden und Ihrer 'Medienbreitseite', die Sie gegen dieses deutsche Käseblatt abgefeuert haben." Diggins ballte eine Faust und hielt sie Collins unters Kinn, als würde er ihm gleich einen Haken verpassen. „Ja, so sind sie, unsere Krauts. Echte Stehaufmännchen. Wir hauen ihnen in die Fresse, sie tauchen kurz ab und grinsen uns dann wieder frech an. Raten Sie mal, was wir von Manx jetzt lesen würden, wenn wir meine Methoden angewandt hätten?"

„Seine Todesanzeige."

„Richtig, woher wissen Sie das?" Diggins war enttäuscht, dass Collins ihn um seine Pointe gebracht hatte.

„Sie kennen halt nur diese eine Methode."

Diggins rückte jetzt so nahe an Collins heran, dass sich die Nasenspitzen der beiden Männer fast berührten. „Sie wissen, dass ich Sie hasse … aber es stört Sie nicht."

Collins antwortete nicht, wich aber auch keinen Millimeter zurück, er nahm Diggins stoisch, als das, was er war – eine Naturgewalt.

„Welche Namen würden wir wohl unter der Todesanzeige von Manx lesen?"

„Sie wollen wissen, ob er Familie hat?"

„Ich möchte Ihnen nur auf die Sprünge helfen. Ihnen eine zweite Chance geben."

„Das sind nicht die Methoden der NASA."

„Das sind nicht die Methoden der NASA", äffte Diggins ihn nach, um ihm dann aus nächster Nähe ins Gesicht zu brüllen: „ABER B-WAFFEN GEGEN DAS EIGENE VOLK EINSETZEN!!!"

Jetzt wich Collins einen Schritt zurück. „Aber das sind doch keine biologischen Waffen!", entgegnete er entrüstet.

„Ach ja! Wie nennt das denn Ihre saubere Wissenschaft sonst, wenn man ein Virus bei dem die Sterblichkeitsrate bei neunzig Prozent liegt, auf ahnungslose und schutzlose Amerikaner loslässt."

„In den westlichen Industrieländern rechnen wir eher mit einer Sterblichkeitsrate von vierzig bis sechzig Prozent."

„COLLINS!!!" Das Gesicht von Diggins glänzte jetzt hochrot, und er musste all seine Selbstdisziplin aufbringen, die er sich in vierzig Jahren Armeedienst antrainiert hatte, um Collins nicht an die Gurgel zu springen.

„Wir haben alle möglichen Szenarien durchgespielt."

„Durchgespielt?! Einhundertsechzig Millionen tote Amerikaner!" Diggins nahm seinen Ehering ab und – krempelte langsam die Ärmel seines Hemdes hoch.

„… was soll das Diggins! Wollen Sie mich einschüchtern?" Collins sprach jetzt gehetzt. „Das Klimasystem der Erde kollabiert, wenn wir nichts machen. Wir sind kurz davor, den entscheidenden Kipp-Punkt, den Point of no Return zu überschreiten. Wissen Sie, was das bedeutet?"

Diggins fand, dass Collins gerade selbst einen wichtigen Kipp-Punkt überschritten hatte, und begann, ihn zu umkreisen, wie ein Löwe seine Beute.

Collins drehte sich auf der Stelle mit, sodass er Diggins weiter im Blick hatte. „Wenn wir jetzt nicht entschlossen handeln, dann ernährt unsere Welt in ein paar Jahrzehnten nicht einmal mehr eine halbe Milliarde Menschen. Und das wird sich dann auch in den nächsten zehntausend Jahren nicht ändern."

„Wie viele genau?" Diggins blieb stehen.

„Sie wollen wissen wie viele Menschen die Erde auf Dauer ernähren kann, wenn wir jetzt wie geplant eingreifen." Collins biss sich auf die Unterlippe und schien seine Antwort genau abzuwägen. „Wenn wir davon ausgehen, dass die aufziehenden Katastrophen zu spürbaren Verhaltensänderungen der Menschen führen und die … *Anpassung* bald geschieht, dann vier, höchstens fünf Milliarden."

„Verdammt. Wir haben die stärkste Armee der Welt und ..."

„Denken Sie das besser nicht zu Ende Diggins", sagte Collins und trat jetzt seinerseits einen Schritt auf den Verteidigungsminister zu. Unsere Think Tanks haben es zu Ende gedacht. Die der Russen und Chinesen auch. Glauben Sie, sonst würden die gemeinsame Sache mit uns machen?"

„Und wie nah ist dieser Manx an der Wahrheit dran?"

„Viel näher als er glaubt. Oder wenigstens viel näher, als er dies in seinem letzten Zeitungsbericht schreibt."

„Soll ich mich um ihn kümmern?", fragte Diggins jetzt fast mit versöhnlicher Stimme. Mit keinem Wort würde er gegenüber Collins zugeben, dass er diesen Reporter Manx schon vor einer Woche zum Abschuss freigegeben hatte.

„Nach meinen Informationen ist er auf dem Weg nach Russland", sagte Collins.

„Nach Russland? Was will er denn in Russland?" Diggins Frage war echt. Das also war die Lösung, warum Alexej ihn nicht in Frankfurt finden konnte.

„Wir denken, es hängt mit seiner Freundin zusammen. Lena Eck. Sie hat einen russischen Vater."

„Steht sie auch auf unserer Liste?"

Collins schüttelte den Kopf. „Ich lasse sie draufsetzen."

„Und sagen Sie den Russen, die sollen sich um die beiden kümmern. Die können ruhig auch mal was tun. Wie ich gehört habe, verfügen Sie über einen besonderen Draht zu meiner Amtskollegin Julia Scharapowa."

Da Collins nichts sagte, öffnete Diggins die Tür. „Und jetzt machen Sie, dass Sie aus meinem Büro verschwinden."

Diggins' Gesichtsmuskeln waren angespannt. Er wartete, dass der Mann, den er persönlich für den bevorstehenden Tod der Hälfte der Amerikaner ver-antwortlich machte, sein Büro verließ. Doch der zögerte.

„Ist noch was, Collins?"

Der NASA-Mann wirkte unsicher, trat von einem Fuß auf den anderen. Ein Ausdruck von Feigheit und Unent-schlossenheit, den Diggins verachtete, aber Jasper Collins konnte in seiner Achtung eh nicht weiter sinken.

„Ich habe da noch einen Namen auf die Liste setzen lassen", druckste Collins mit kläglicher Stimme.

„Sorry, ich verstehe kein Wort."

„Es gibt einen weiteren Namen auf der Liste", sagte Collins jetzt etwas lauter.

Diggins schloss die Tür.

„Dr. Steph Brunigs, meine ehemalige Assistentin." Collins nestelte an seiner Jackettasche und reichte Diggins ein Foto.

„Bitte, was?" Diggins brach in ein schallendes Gelächter aus. Welch ein gedrucktes Geständnis von diesem verkrampften Kopfmenschen. Oh, Mann, das tut gut, nach all der Anspannung und den vielen schlechten Nachrichten, einmal wieder richtig zu lachen. Diggins hielt sich den Bauch, als er zu seinem Schreibtisch ging. Er ließ sich in seinen Bürosessel fallen und lehnte sich entspannt zurück. Am liebsten hätte es sich bei dem jämmerlichen Anblick von Collins eine Zigarre angesteckt. „Ja dann, erzählen Sie mal."

„Frau Dr. Brunigs, eigentlich hat sie zwei Doktortitel, einen in Informatik und einen in Mathematik ..."

„Kommen Sie auf den Punkt, Mann! Sonst fängt der Krieg ohne uns an", unterbrach Diggins ihn harsch und genoss es, Collins weiter zu verunsichern.

„Frau Brunigs, Steph, war bis vor drei Jahren meine Assistentin. Ich wollte sie zu meiner Nachfolgerin aufbauen und ..."

„Und dann ist sie von einer Gletschertour in den Schweizer Alpen nicht mehr zurückgekommen. Eine Solobegehung des großen Aletschgletschers. Danach kein weiteres Lebenszeichen von ihr. Naheliegende Vermutung ..."

„Stimmt, woher wissen Sie das?"

„Ich habe auch meine Quellen. Ihre Steph war untergetaucht. Wie wir heute wissen, unter freundlicher Mithilfe von Dr. Guggisberg. Eine Geheimnisträgerin erster Güte, mit sämtlichen Zugriffsrechten auf die sensibelsten NASA-Daten. Und Sie …", er stampfte mit dem Fuß auf, „Sie verpennten es, die Zugangsdaten zu ändern!"

„Wir dachten, sie sei tot."

„So gut wie." Diggins blickte auf seine Uhr. „Bei der Klimakonferenz in Dortmund wurde sie von einer Überwachungskamera aufgenommen, die wir angezapft haben. Unsere Gesichtsscanner haben sofort Alarm geschlagen. Danach verliert sich ihre Spur, bis sie vor einigen Tagen der German Re, wir denken Dr. Bahlo, den Zugriff auf einen Archivordner, eines Ihrer streng geheimen NASA-Server ermöglicht hat. Ich denke, deshalb möchten Sie sie jetzt auf die Liste setzen?"

Collins nickte zerknirscht. „Es gibt keine andere logische Erklärung. Sie muss es gewesen sein."

„Dann sind wir uns ausnahmsweise mal einig", höhnte Diggins, stand auf und öffnete erneut die Tür. „Sie stehen in meiner Schuld, aber bis zum Hals, vergessen Sie das nicht."

Minuten später war die Meldung an Alexej raus: *Manx ist auf dem Weg nach Russland. Details folgen.*

*

Donnerstag, 21. Oktober: Sibirien, Krasnojarsk

Keine zwölf Stunden nach ihrem Treffen und einige tausend Kilometer östlich der Isle of Lewis setzte die Maschine zur Landung auf den Flughafen Jemeljanowo an.

Für Markus hatte sich seit gestern ein Puzzleteil nach dem anderen zusammengefügt. Das Bild, das er jetzt vor Augen hatte, war so klar, dass er sich ärgerte, die Zusammenhänge nicht viel früher erkannt zu haben. Zuerst der Hinweis von Rabea, die gemeinsame Fahrt nach Herzogenrath, wo er sich vom Absinken der Niederrheinischen Platte überzeugt hatte. Dann die Geheimhaltung der Messdaten und die Beseitigung jeglicher Informationen im Web. Schon da hätte er erkennen müssen, dass jemand versuchte, die anrollende Katastrophe zu verschleiern. Und dies mit aller Macht. Mit einer Befehlsgewalt, wie sie nur einflussreiche Regierungen besitzen.

Nur auf die Idee, dass die junge Assistentin von Dr. Guggisberg der TGO war, der im Angesicht der aufziehenden Gefahr unter strengster Geheimhaltung ein

Netzwerk von engagierten Wissenschaftlern, Intellektuellen und einigen finanzstarken Persönlichkeiten aufgebaut hatte, wäre er nie im Leben gekommen. Und warum sie ausgerechnet ihm, einem vergleichsweise unbedeutenden Frankfurter Journalisten, den Pandora-Report zugespielt hatte? *Vielleicht glaubt Steph ja, ich hätte weniger zu verlieren als andere*, rätselte er.

„Du bist so still, seit wir die Insel verlassen haben. Vermisst du etwa die beiden jungen Damen?", versuchte Lena Markus aufzuheitern und boxte ihm leicht in die Seite.

Markus zuckte die Achseln. „Glaubst du die Gruselgeschichte von Steph? Ich kann mir das nicht vorstellen: Eine Regierung setzt ein tödliches Virus aus, ohne einen Impfstoff zu haben. Das ist doch kollektiver Selbstmord."

„Ob die Russen einen Impfstoff haben, werden wir bald rauskriegen", erwiderte Lena. Dabei griff sie unwillkürlich an ihre gefütterte Steppjacke. Sie fühlte die in Bündeln eingenähten einhunderttausend amerikanischen Dollar wärmend an ihrem Körper.

Erstaunlich, wie alles geklappt hatte. Nicht nur Stephs Informationsquellen waren brillant, auch das Geld hatte sie einfach aus einem Schrank gezogen und vor ihnen auf den Tisch gelegt: Einhunderttausend US-Dollar. Steph war genial!

Nach dem Treffen hatte Lena nochmals ihre eigenen Informationsquellen dezent bemüht, aber ob die Russen wirklich begonnen hatten, ihre Spezialeinheiten mit dem Superimpfstoff zu schützen, war nicht zu verifizieren. Dass eine so brisante Information bis jetzt nicht durchgesickert war, widersprach ihrer Erfahrung. Ein Geheimnis zwischen drei russischen Männern ließ sich nur wahren, wenn zwei von ihnen bereits mausetot waren.

Aber Steph war sich absolut sicher gewesen, dass die Russen den Impfstoff hatten. Angeblich versuchte jemand, genau in diesem Moment, einige Ampullen des Stoffs hochpreisig zu verkaufen. Und diese Person mussten sie schnellstens finden, bevor es ein anderer tat.

Ihre Zielperson in Krasnojarsk: Basko Sennikow, ein russischer Militärarzt. Mindestens vier Impfdosen sollten sie mit zurückbringen, koste es was es wolle. Nur so konnten die Medizinlabore den lebensrettenden Stoff kopieren und in großen Mengen herstellen. Aber die Produktion war nicht ihr Problem, darum kümmerten sich andere.

Ihr Flugzeug hatte am Terminal angedockt. Markus griff seinen Rucksack und verließ zügig hinter Lena das Flugzeug.

Plötzlich schrillten bei Markus die inneren Alarmglocken, sein Blick jagte hektisch durch den Arrival-Bereich. Waren sie in eine Falle getappt? *Sicherlich hat es die Todesliste der Amerikaner schon bis nach Russland geschafft. Ob wir bereits erwartet werden?*

„Fällt dir was Verdächtiges auf?", fragte er halblaut, die Hand vor dem Mund haltend.

„Wirkt alles unauffällig", flüsterte Lena und zog im Gehen ihren Pass aus der Tasche.

Die üppige Dame an der Passkontrolle klappte beide Reisedokumente lustlos auf, ohne einen ernsthaften Blick hineinzuwerfen. Der Stempel sauste zweimal nieder, die Papiere wurden zugeschlagen und unter der Glasscheibe zurückgeschoben.

Nur noch wenige Meter bis zum Ausgang.

Markus zuckte zusammen: Von rechts näherte sich ein Soldat in gefleckter Tarnkleidung. Sein Schäferhund hob wachsam die Schnauze in seine Richtung.

Nimmt er meine Witterung auf? Kann er meine Angst riechen?

Er spürte Lenas Händedruck.

Ruhig bleiben, Markus!

Der Soldat passierte sie. Der Hund schien schon der nächsten Fährte zu folgen. Das Gespann setzte seine Runde durch die ansonsten menschenleere Wartehalle des Flughafens fort.

Markus entspannte sich, sie erreichten die große Drehtür und verließen das Flughafengebäude. Auf dem Vorplatz schaute Markus sich nach beiden Seiten um. Steph hatte nur gesagt, sie würden abgeholt, aber nicht von wem.

*

Vier Stunden später stoppte der olivgrüne Sever-Truck wieder vor dem Flughafen von Krasnojarsk. Markus und Lena sprangen von der Trittstufe des hochgelegten Fahrzeuges und eilten zurück in die Flughafenhalle.

„Habe ich es nicht gesagt, die ganze Aktion war für den ...", fluchte Markus. „Jetzt müssen wir bis Rostow am Don zurückfliegen, viertausend Kilometer."

„Ich verstehe deinen Ärger nicht. Es ist doch alles bestens gelaufen. Zwar haben wir den Impfstoff noch nicht, aber wir wissen, dass es ihn gibt, und wir wissen sogar, wo wir ihn bekommen – in Rostow am Don. Und der nächste Flieger bringt uns in wenigen Minuten genau dorthin."

Als sie den Check-in erreichten, hatte Markus seinen Ärger wieder unter Kontrolle.

„Wie hast du den alten Sennikow eigentlich überzeugt, uns sein Geheimnis zu verraten?"

„Am Anfang hat er geleugnet. Deshalb habe ich ihm Stephs Beweise unter die Nase gerieben, sein Schwiegersohn persönlich würde gerade die Ware anbieten. Dann habe ich ihm einen Deal angeboten: Wir verraten ihn nicht. Dadurch verhindert er seine standrechtliche Erschießung wegen Geheimnisverrats und erreicht seine Rente in zwei Wochen lebend. Wir erhalten dafür vier Impfdosen. Das hat ihn aber in keiner Weise beeindruckt. Erst als ich dreißigtausend Dollar in bar angeboten habe, konnte er sich auf einmal glasklar erinnern, hat den Telefonhörer genommen und seinen Eidam, wie er ihn nannte, angerufen.

Nach dem Gespräch behauptete er, sein Schwiegersohn habe alle acht Ampullen bereits an einen Impfarzt in Rostow verkauft, der hätte aber noch welche übrig und wäre bereit, sie für weitere dreißigtausend Dollar zu verkaufen."

„Können wir Sennikow vertrauen?"

„Der wird uns nicht bescheißen. Der will nur an das Geld, um seine schmale Rente aufzupeppen."

Doch das alles konnte Markus nicht restlos überzeugen. Für ihn waren die Menschen hier undurchschaubar, zudem verstand er kein einziges Wort ihrer Sprache. Wenn es um die russische Seele ging, musste er sich auf Lena verlassen. Wenn jemand hierfür einen exzellenten Instinkt besaß, dann Lena. Nur dass er Lena damit der Gefahr aussetzte, sie noch weiter in die Geschichte hineinzuziehen, das passte ihm gar nicht.

Sie hatten den Check-in passiert, als Markus' Telefon vibrierte. Nach drei kurzen Sätzen verschwand das Handy wieder in der Hosentasche.

„Wer war das denn?", wollte Lena wissen.

„Bahlo", antwortete Markus knapp und rieb sich nachdenklich mit der Hand über die Stirn.

„Lass dir doch nicht jedes Wort einzeln aus der Nase ziehen. Soviel Zeit haben wir heute nicht."

„Also gut, wenn dir unsere bisherigen Probleme noch nicht reichen. Wir sollen sofort zurückkommen, sonst sitzen wir in Sibirien fest. Bahlo sagt, das Barometer fällt gerade ins Bodenlose. Europa droht ein Megasturm, der morgen auch Frankfurt erreichen wird."

Lena schnappte sich ihr Handy und durchforstete schnell alle Meldungen aus dem Internet. „Davon steht hier nichts. Das würde doch sofort an die Öffentlichkeit dringen."

„Bahlo hat wahrscheinlich trotzdem recht. Wir sollten zusehen, dass wir hier schleunigst wegkommen."

Lena sah Markus streng an. „Was?"

„Lass uns mit der nächsten Maschine zurückfliegen." Für Markus war klar, sie durften ihr Leben hier nicht aufs Spiel setzen. Sie waren bis hierher geflogen und hatten versucht, an den Impfstoff zukommen. Vergeblich!

Ob sie in Rostow an das begehrte Serum herankommen würden, stand in den Sternen. Was ihre eigene Sicherheit betraf, hatten sie bis jetzt Glück gehabt. Aber das Glück sollte man nicht überstrapazieren, fand er.

„Markus, das ist Blödsinn", insistierte Lena entschlossen, „Wir sind doch so nah dran am Impfstoff!" Ohne weitere verbale Scharmützel aufkommen zulassen, zog sie Markus zielstrebig mit sich in den wartenden Flieger. „Von Rostow fliegen wir sofort nach Frankfurt. Versprochen."

*

Vier Stunden später setzte der Suchoi Superjet sanft auf der regennassen Landebahn des Platov International Airports auf.

Lena blieb beim Betreten der Ankunftshalle stehen und sah sich um. Auch hier in Rostow am Don hatte sie einen Flughafen mit dem kalten Charme einer Industriehalle aus den 1970er Jahren erwartet. Stattdessen lag vor ihnen ein lichtdurchfluteter, hochmoderner Gebäudekomplex.

Wie bei allen Inlandsflügen galten auch für Rostow reduzierte Sicherheitsvorschriften. Umso besser, nur zwei Mitreisende vor ihnen und ein Personenscanner trennten sie vom Ausgang.

Das musste zu schaffen sein.

Ein Wachmann in blauer Uniform saß vornübergebeugt so vor seinem Bildschirm, als hätte seine ermüdende Tätigkeit ihr Opfer gefunden.

Doch als Lena den Personenscanner passierte, sprang der Mann blitzartig auf und stellte sich ihnen in den Weg. „Würden Sie mir bitte folgen? Beide!" Er vergewisserte sich mehrmals, dass sie den Befehl verstanden hatten und ging mit strammen Schritten vorweg Richtung Untersuchungsräume.

Markus spürte seinen Pulsschlag bis unter die Schädeldecke hämmern. „Hat Sennikow uns verpfiffen?", zischte er Lena zu.

„Glaube ich nicht", flüsterte sie. Dann schaute sie sich vorsichtig um. Keine Überwachungskameras. „Bleib ganz nah hinter mir."

Markus verstand nicht, was sie meinte. Trotzdem schloss er mit einem schnellen Schritt auf.

Ein weiteres Mal vergewisserte sich der Wachmann, dass sie ihm folgten. Dann bog er in einen Flur und zog im Gehen ein Handy aus der Tasche.

Plötzlich packte Lena Markus' Hand und zog ihn hastig hinter sich her.

„Lauf!"

Sie sprinteten direkt auf die automatischen Zwischentüren zu, die sie vom Ausgang trennten.

Der Wachmann reagierte blitzschnell. Und er war deutlich sportlicher als sie. Nach wenigen Schritten hatte er Lena fast eingeholt, streckte schon seine Hand nach ihr aus, als er plötzlich stolperte und dicht hinter ihr hart mit dem Gesicht auf dem Boden aufschlug.

Aus den Augenwinkeln sah Markus, dass der Uniformierte vom Aufprall benommen liegenblieb.

„VORSICHT!" Markus' Warnung kam in letzter Sekunde. Fast hätte auch Lena den von der Seite heranrauschenden Gepäckwagen übersehen.

„Hier lang", rief Lena, ohne stehenzubleiben. Sie rannte vorweg durch die hell erleuchtete Ankunftshalle. Markus stürmte hinter ihr her.

Sie erreichten den Ausgang. Lena deutete auf ein wartendes Taxi wenige Meter vor ihnen. „Dort hin."

„LOSFAHREN!", brüllte Lena den Fahrer auf Russisch an, während sie sich in das Taxi schwangen, Lena vorn, Markus auf die Rückbank. Noch bevor sie die Fahrzeugtüren hinter sich zugeschlagen hatten, beschleunigte der Fahrer vor Schreck seinen alten Volvo dermaßen, dass die Reifen quietschten.

Lena drehte sich um, konnte aber keinen Verfolger entdecken.

Markus atmete schwer. Der Schweiß stand ihm auf der Stirn. Hoffentlich war die Todesliste noch nicht durchgesickert! Unerträglich die Vorstellung, in einem russischen Gefängnis zu schmoren und auf die Auslieferung an die Amerikaner zu warten.

Der Taxifahrer trat weiterhin kräftig auf das Gaspedal und drängelte sich geschickt durch den Verkehr. Markus verstand nicht, welche Anweisung Lena dem Mann gab. Dann drehte sie sich zu Markus um. „Die haben wahrscheinlich unser Geld im Scanner entdeckt."

Langsam wurde Markus klar, was Lenas unerwartete Flucht ausgelöst hatte. Er klammerte sich an die Lehne des Vordersitzes und beugte sich zu ihr hin. „Du ... du meinst, die wollten uns ausrauben?"

„Genau. Und das wäre der Anfang vom Ende gewesen, ohne das Geld sind wir hier aufgeschmissen."

Lena gab dem Taxifahrer erneut Anweisungen. Ohne eine Miene zu verziehen, zückte dieser sein Handy und drückte es an seine unrasierte Wange. Zwei schnelle Sätze, dann nickte er Lena zu.

Am Stadtrand bremste der Fahrer ruckartig und brachte sein Fahrzeug unmittelbar neben einem alten Mercedes zum Stehen.

„Wir sind da", sagte er und deutete auf den wartenden Wagen.

Fahrzeugwechsel!

Lena drückte ihm zweihundert Dollar in die Hand, und sie sprangen in den mit laufendem Motor wartenden Mercedes.

Der Fahrer des Mercedes schien denselben Fahrlehrer gehabt zu haben wie sein Kollege. Mit jaulender Automatik ging es durch die engen verwinkelten Gassen eines Wohngebiets. Markus spürte, wie sich ihm auf der Rückbank langsam die Nackenmuskulatur verkrampfte. Ständig drehte er sich um und beobachtete angespannt die Straße. Wenn ihnen jemand gefolgt war, dann hatten sie ihn jetzt mit Sicherheit abgeschüttelt. Servierte ihnen das Schicksal zur Abwechslung einmal eine Kelle Glück als Nachschlag?

*

Die Adresse stimmte. Der zweite Fahrer hatte fast eine Stunde bis hierher gebraucht, weil ihr Ziel im Bezirk Kirowski lag, südlich des Don. Der Mercedes hielt vor einer alten Baracke im Hafengebiet, rechts und links eingerahmt von maroden Industrieanlagen. Endlich am Ziel!

Die Ernüchterung folgte beim Anblick des Gebäudes, vor dem sie standen. Von außen machte das Gebäude nicht den Eindruck einer Impfpraxis. Ein muskulöser Türsteher in grauer Bomberjacke öffnete die Eingangstür, kurz darauf stellte sich ihnen ein älterer gebeugt gehender Mann als Arzt vor. Anstelle eines weißen Kittels trug er eine ausgeblichene Militärjacke über seiner ausgebeulten Jeans, was Markus' Vertrauen in seine medizinische Kompetenz nicht unbedingt erhöhte. Auch waren keine Patienten zu sehen. Die alte baufällige Baracke schien alle Geräusche von draußen zu schlucken, hier drinnen war es totenstill.

„Womit kann ich Ihnen helfen?" Der Mann hatte mit seiner Frage gewartet, bis die Tür wieder verschlossen war.

„Haben Sie den neuen Armeeimpfstoff für uns?", schoss Lena umstandslos ihr Anliegen auf ihn ab. Die Zeit lief ihnen davon, in zwei Stunden mussten sie wieder am Flughafen sein. Vielleicht die letzte Möglichkeit, hier noch rechtzeitig vor dem Sturm wegzukommen.

„Keine Ahnung, wovon Sie reden", antwortete der Mann gelangweilt.

Überrascht von der unerwarteten Antwort blickte Lena hilfesuchend zu Markus.

„Der Wirkstoff, mit dem die Spezialkräfte in der Armee gerade geimpft werden. Wir wissen, dass Sie ihn haben", setzte Lena forsch nach.

„Wer hat Ihnen denn *den* Unsinn erzählt?" Der Arzt ließ sich nicht beirren. Dann gab er mit regloser Miene ein Zeichen und wandte sich zum Gehen.

Mit schnellen Schritten und bedrohlichem Gesichtsausdruck kam der Türsteher auf sie zu. Seine Schnürstiefel dröhnten auf den Fliesen.

„Halt", rief Lena dem Arzt hinterher. „Basko Sennikow schickt uns."

Der Alte blieb stehen. „Und dieser Sennikow glaubt, dass ich den Impfstoff habe? Pah! Dass ich nicht lache."

Schlagartig überfielen Lena Zweifel.

Hatte Basko Sennikow sie in eine Falle gelockt?

Warum hatten sie sich bloß so leicht für dumm verkaufen lassen?

„Sein Schwiegersohn hat Ihnen acht Ampullen verkauft", gab Lena ihre letzte Information preis.

Bei dem Stichwort Schwiegersohnes, glaubte Lena ein leichtes Zucken im runden Gesicht des Türstehers zu sehen. Sie hatte zwar keinen blassen Schimmer, wie Sennikows Schwiegersohn aussah, aber was wäre wenn? Nachvollziehbar wäre seine Anwesenheit hier allemal. Bei Geschäften wie diesem wollte jeder den dicken Dollarbündeln, die verteilt wurden, ganz nah sein.

„Glauben Sie nicht so einen Unfug", empörte sich der Arzt, gab aber gleichzeitig ein Zeichen, ihm in den Nebenraum zu folgen. Markus wartete im Flur, hinter ihm der Türsteher, der breitbeinig den Ausgang versperrte.

„Ich musste sicher sein, dass Sie es sind", sagte der Arzt. „Es wird hier immer gefährlicher. Vorhin hat schon jemand angerufen, der Wind von dem Impfstoff bekommen hat."

Lena nickte. „Haben Sie die vier Ampullen?"

„Haben Sie das Geld?"

Lena legte die gebündelten Dollarscheine vor ihn auf den Tisch, und der Arzt begann, sorgfältig die Scheine zu befühlen.

Hier traute offenbar niemand niemandem.

„Zwei Ampullen", sagte er, als die Prüfung abgeschlossen war.

„Wir hatten vier abgesprochen", entgegnete Lena, „wir haben eine Vereinbarung mit Sennikow."

„Es existieren nur noch diese zwei Ampullen. Zwei für sechzigtausend."

„Aber ..."

„Plus die dreißigtausend für Sennikow."

Lenas Finger krallten sich an der Tischkante fest. „Bitte?"

„Sonst kaufen Sie doch den Stoff bei Sennikow, falls der noch welchen hat", konterte der Arzt emotionslos und stand auf.

„Okay, okay, wir nehmen die zwei Ampullen." Lena beschlich das dumpfe Gefühl, dass sie keine Wahl hatte. Der alte Mann bluffte vermutlich nicht. Und ihnen raste die Zeit davon.

Der Arzt raffte die Geldbündel zusammen und verstaute sie in einem Wandsafe. Dann hinkte er aus dem Raum in den Flur hinein.

Lena folgte ihm wortlos.

„Alles in Ordnung?", fragte Markus und folgte den beiden. Er sah, etwas war schiefgelaufen.

Lena streckte zwei Finger nach unten.

Markus verstand. „Verdammt! Steph hat gesagt, sie braucht mindestens vier Ampullen, um den Impfstoff reproduzieren zu können", raunte Markus Lena zu.

„Es gibt aber nur noch zwei. Das muss reichen. Zwei Ampullen sind besser als nichts. Viel besser!"

„Aber vielleicht gelingt es gar nicht, aus den zwei Proben neuen Impfstoff herzustellen. Vielleicht ist die Menge zu klein. Oder es dauert zu lange und die Viren haben uns alle vorher umgebracht?"

„Markus, worauf willst du hinaus?"

Sie erreichten einen Raum am Ende des Flurs. Der Arzt schaltete das Licht an und schloss die Tür hinter ihnen.

Die milchige Lichtquelle zeigte eine Wand des nur wenige Quadratmeter großen Zimmers, zugepflastert mit Stahlschränken, davor massive Vorhängeschlösser. Die andere Wand zierte ein dreckiges Handwaschbecken, daneben eine Ablagefläche mit Verbandsmaterial, darüber ein fast blinder Spiegel.

Der Arzt bemerkte Markus' angewiderten Blick, zuckte die Achseln und schloss einen der Stahlschränke auf. Anscheinend dachte er, der Impfstoff sei für sie gedacht und bereitete alles für die anstehende Impfung vor.

„Wissen wir, ob unsere Menge zur Produktion neuen Impfstoffs ausreicht?"

Lena verneinte.

„Wir wissen also nicht, ob die Ampullen ausreichen. Wenn nicht, hätten wir das Geld nutzlos verballert."

„Sag schon, raus mit der Sprache, was will du mir sagen?"

„Wenn die Menge sowieso nicht für die Reproduktion ausreicht, warum sollen dann ausgerechnet wir auf eine Impfung verzichten?"

„Markus, das ist total egoistisch."

„Warum denn? Jeder würde in dieser Situation so handeln. Sonst sind die beiden Ampullen wertlos."

Lena schüttelte ungläubig den Kopf.

„Schluss!", bestimmte Markus. „Wir lassen uns jetzt impfen."

Lena sah ihn perplex an.

Der Arzt nahm eine Brechampulle aus durchsichtigem Glas, drehte sie in seiner Hand und schaute dann skeptisch Markus an. „Seid ihr soweit? Wollt ihr euch das jetzt injizieren lassen? … Auf dem Etikett ist kein Impfstoff angegeben. Da steht *nur für den Dienstgebrauch* drauf."

Markus verstand kein Wort und schaute Lena fragend an.

„Wissen wir", antwortete Lena schroff.

„Dann injiziere ich euch jetzt den Impfstoff. Soll ich euch erklären was passiert?"

„Nein", sagte Lena. Steph hatte ihnen schon alles erklärt. Die Russen hatten aus einem Tierkadaver in der Antarktis einen Superimpfstoff hergestellt. Die Kombination aus toten Erregern des Urzeittieres mit aktiven Antikörpern würde sofortigen Schutz bieten und ihre Körper zur Bildung von weiteren Antikörpern gegen das Virus anregen.

Lena beobachtete den Arzt wie er einen Folienbeutel aufriss und eine Einweg-Kanüle mit Schutzkappe aus der Verpackung zog. *Die Nadel könnte das einzige sterile Teil im ganzen Gebäude sein*, dachte sie. Eben wollte der Arzt den dünnen Glashals der ersten Brechampulle zum Öffnen mit der Hand abbrechen, da hob Lena die Hand. „Stopp!"

„Sollen deine Kinder ohne Impfschutz bleiben, Markus?", unternahm sie einen letzten Versuch.

Markus zog seine Jacke aus und schob einen Ärmel hoch. „Wir schaffen es nicht rechtzeitig."

„Nein, ich kann das nicht", sagte Lena, griff das zweite Glasfläschchen und reichte es Markus. „Nimm meine Ampulle für eines deiner beiden Kinder. Du entscheidest, ob du Max oder lieber Lisa retten möchtest."

Der Arzt verharrte mit der noch intakten Ampulle in der Hand und schaute Lena ungeduldig an.

Auch Markus schien langsam verunsichert. „Du hast Recht, wir lassen uns nicht impfen und nehmen die Ampullen mit." Er schnappte sich seine Jacke und zog ein Taschentuch heraus, worin er vorsichtig beide Ampullen einwickelte. Dann ließ er das Päckchen in seiner Tasche verschwinden. Plötzlich griff er auch die Einwegspritze und den Beutel mit den Kanülen und steckte beides in seine Jackentasche. „Nur für den absoluten Notfall", beantwortete er Lenas kritischen Blick.

„Markus, wir haben nur noch eine Stunde. Wir müssen los. Jetzt!"

„Es tut mir leid", entschuldigte sich Markus. „Ich weiß auch nicht, was da in mich gefahren ist. In meinem Kopf hat sich alles nur noch gedreht, ich konnte einfach nicht mehr klar denken."

Lena winkte eilig ab. „Komm. Beeilen wir uns."

Sie waren ihrem Ziel näher denn je. Vielleicht bestand noch ein Funken Hoffnung.

Lena winkte ein Taxi heran. Der Weg zurück zum Rostower Flughafen war ihnen versperrt. Sicher standen sie dort auf der Fahndungsliste inzwischen ganz oben. Ihren Flug nach Frankfurt konnten sie abschreiben.

Lena hatte ihr Telefon in der Hand. Im Internet verdichteten sich die Gerüchte, Russland verlege verstärkt Truppen an die ukrainische Grenze.

„Ist die Grenze noch offen?", fragte Lena und beobachtete die Reaktion des Taxifahrers genau.

Dieser beantwortete die Frage mit ehrlicher Überraschung und einem klaren Ja.

Lena tippte etwas in ihr Smartphone. Dann schaute sie den Fahrer an. „Flughafen Mariupol, in der Ukraine, wieviel?"

„Fünfhundert Dollar."

Lena nickte und reichte ihm zweihundert als Anzahlung.

„Steph organisiert uns einen Flieger", informierte sie Markus, der sich gleich darauf auf die Rückbank sacken ließ. Er war todmüde. Beschützend legte er eine Hand auf die wertvolle Fracht in seiner Jackentasche, dann fielen ihm die Augen zu.

*

Donnerstag, 21. Oktober:
Rostow am Don – Mariupol

Während der Taxifahrer sein Fahrzeug stoisch durch den Rostower Verkehr steuerte, dachte Lena fieberhaft nach. Vielleicht war es schon zu spät. Aber wenn der Impfstoff sie retten sollte, brauchten sie Hilfe, Hilfe von ganz oben.

Der Bundeskanzler!

Aber wie jetzt am besten an den Kanzler herankommen? Einfach anrufen? Und reichten die wenigen Male aus, die sie ihn getroffen hatte, dass er auf sie hörte?

Wie auch immer, versuchen musste sie es auf jeden Fall. Deutschland musste jede Sekunde zur Vorbereitung nutzen. Sie zog ihr Telefon aus der Tasche.

*

Bundeskanzler Stupp schaute seinen Staatssekretär verwundert an. Er kannte Lena Eck erst aus wenigen Meetings des Digitalrates. Ihr resolutes Auftreten verriet dem Bundeskanzler aber, dass etwas Außergewöhnliches passiert sein musste. Sonst hätte sie nicht angerufen!

Lena berichtete in Kurzform, was sie von Steph wusste, ohne ihre Quelle preiszugeben.

„Schon gut", sagte Stupp und richtete seinen Blick gen Zimmerdecke, „beruhigen Sie sich, Frau Eck. Mein Staatssekretär wird sich nächste Woche um das Thema kümmern."

„Die Zeit haben wir nicht", Herr Bundekanzler, widersprach Lena. „Das Virus könnte bald irgendwo freigesetzt werden. In wenigen Tagen ist es dann auch in Deutschland."

Es kann nicht sein. Warum sollte jemand so etwas tun? dachte Bundeskanzler Stupp.

„Wieviel Zeit bleibt uns aus Ihrer Sicht?"

„Kommt drauf an. Wie schnell können Sie einen Impfstoff für dreiundachtzig Millionen Bundesbürger herstellen?"

Stupp blieb wie angewurzelt stehen.

„Nicht jetzt!", wimmelte er einen Mitarbeiter ab, der ihm etwas zur Unterschrift hinhielt. Er wollte sich jetzt auf das Gespräch mit Lena konzentrieren.

„Wer kann Ihre Aussage bestätigen?"

„Niemand. Aber Fakt ist", drängte Lena, „ich halte das Serum gerade in meiner Hand. Die letzten zwei Ampullen."

„Und wie lautet Ihre persönliche Meinung, Frau Eck?"

„Am besten wäre, Deutschland schnellstens zu isolieren. Alle Flughäfen sofort schließen. Wir müssen Zeit gewinnen, um den Impfstoff in ausreichender Menge produzieren zu können."

Kanzler Stupp fühlte sich unwohl. Die Maßnahmen, die Frau Eck forderte waren massiv. Er konnte sich nicht einfach auf diese Einzelmeinung verlassen. Aber jetzt konnte er auch nicht mehr den Unwissenden mimen und einfach nichts tun. Er musste eine Entscheidung treffen. „Mein Staatssekretär bereitet alles Nötige vor." Stupp verdeckte das Mikrofon des Telefons mit einer Hand und flüsterte seinem Staatssekretär zu: „Versuch, die Russen an die Strippe zu kriegen."

Wieder an Lena gerichtet: „Kommen Sie mit dem Impfstoff direkt nach Berlin. Und passen Sie auf sich auf!" Stupp war froh, das Gespräch zu beenden. Das mit dem Virus klang für ihn äußerst unwahrscheinlich, aber er musste die Warnung ernst nehmen.

Markus war aufgewacht und hatte zugehört. „Was ist unser Bundeskanzler eigentlich für ein Mensch?", fragte er.

„Sieht aus wie George Cloony. Ein richtiger Womanizer. Der Traum jeder Frau."

„Haha!"

„Keine Ahnung", sagte Lena und drehte sich zu ihm um. „Eigentlich gilt er als Entscheider. Gerade klang er aber eher wie eine schlaffe Hacke. Hoffentlich ist er nicht ganz beratungsresistent."

Vielleicht hatte der Bundeskanzler ihre Warnung verstanden.

Hoffentlich!

*

Freitag, 22. Oktober: Berlin, Kanzleramt

Bundeskanzler Jens Stupp galt als Macher. Nach über drei Legislaturperioden einer Politik der ruhigen Hand war der Amtsantritt Jens Stupps, dem ehemaligen Gesundheitsminister, der Beginn einer neuen Zeitrechnung. Einer neuen Ära, die viele Altgediente nicht mehr im Kanzleramt erleben wollten. Wer konnte, nutzte seine Netzwerke, erhörte einen Ruf aus Brüssel, entdeckte seine alte Liebe zur Landespolitik oder half als Berater der Wirtschaft bei ihrer Besitzstandswahrung.

Staatssekretär Burkhard Wagner zählte zu den Vertretern genau dieser alten Garde. Auch er hatte die Zeichen der Zeit rechtzeitig erkannt, hatte sich bei Entscheidungsträgern, die ihm einen Gefallen schuldig waren, in Erinnerung gebracht, und war dennoch nicht rechtzeitig aus Berlin weggekommen.

Bundeskanzler Stupp hielt große Stücke auf ihn, hatte ihn bei seiner Begrüßungsrede im Kanzleramt sogar als systemrelevant bezeichnet. Stupps Wahlkreis lag in Wanne-Eickel, Wagners Heimatstadt.

Heute wirkte der Bundeskanzler, dessen bloßes Erscheinen bei den meisten seiner Minister und Staatssekretäre Schweißausbrüche verursachte, irgendwie gehetzt. Unruhig wanderten seine Augen hinter der großformatigen Hornbrille von links nach rechts. „Wir packen das doch, Wagner."

Wagner konnte nicht heraushören, ob der Kanzler ihm Mut machen wollte oder ob er eine Frage gestellt hatte. Vorsichtshalber schwieg er.

„Haben Sie so etwas schon mal erlebt?"

Wagner spürte kurz Stupps Hand auf seiner Schulter.

„Wenn ich Sie nicht an meiner Seite hätte, Wagner ..."

Erneut hatte der Staatssekretär seinen Redeeinsatz verpasst.

Der Bundeskanzler ließ sich in den Schreibtischsessel fallen, der unter seinem Gewicht kurz federte. Beinahe hilfesuchend wanderte sein Blick zu den Porträts von Konrad Adenauer und Angela Merkel, die neben einer schwarz-rot-goldenen Fahne hingen und ihn überlegen anzuschweigen schienen.

„Drei Krisenstäbe, die im Kanzleramt gleichzeitig tagen. Und alle warten auf meine Entscheidungen. Ich kann mich doch nicht zerreißen."

„Ich denke, wir haben jetzt erst einmal ein gutes Lagebild."

„Gutes Lagebild", schnaubte Stupp verächtlich. „Der Verteidigungsminister rät der Bundesregierung aufgrund der russischen Truppenkonzentration an der Grenze zur Ukraine dringend zum Umzug nach Bonn. Und der Krisenstab Naturkatastrophen, allen voran dieser Dr. Baukloh, ..."

„Bahlo," soufflierte Wagner.

„… die raten mir aufgrund von Sturmgefahr und möglicher Erdbeben dringend davon ab."

Burkhard Wagner spürte, wie seine Körpertemperatur unter dem bohrenden Blick des Kanzlers anstieg. „Das Argument der Gesundheitsministerin, dass wir bei einer möglichen Epidemie näher bei der Pharmaindustrie sein sollten, hat auch etwas für sich."

„Glauben Sie, das weiß ich nicht." Stupp erhob sich, lockerte seine Krawatte ein stückweit und musterte Wagner mit zusammengepressten Lippen. „Dass das neue Virus ein Killervirus ist, wissen wir bisher nur aus einer unbestätigten Quelle", grummelte er.

Der Staatssekretär wischte unauffällig seine schweißnassen Hände am Jackett seines Anzugs trocken.

„Wie würden Sie an meiner Stelle entscheiden, Wagner. Wo gehört die Bundesregierung in der Krise hin? Berlin oder Bonn, Bonn oder Berlin?"

„Ich würde zunächst die Entscheidungen treffen, die am wichtigsten für die Bevölkerung sind", entgegnete Wagner, der den ganzen Vormittag im Krisenstab Naturkatastrophen zugebracht hatte.

„Nicht schlecht, Wagner. Notieren Sie den Satz auf jeden Fall schon mal für meine Fernsehansprache heute Abend."

Stupp saß mit zusammengefalteten Händen am Schreibtisch und rang sichtbar mit sich. „Ich glaube, ich habe mich entschieden, sagte er nach einiger Zeit. Mit mir wird es keine Evakuierung des Ruhrgebiets geben!"

Wagner war entsetzt. Hatte ihm der Bundeskanzler denn nicht zugehört?

„Wir werden Unwetterwarnungen herausgeben und der Bevölkerung raten, sichere Plätze aufzusuchen. Und wir werden die Behörden in NRW auffordern, lokale Evakuierungen anzuordnen, wo sie dies für nötig halten."

Damit wäre dein Arsch schon einmal gerettet, dachte Wagner verächtlich.

„In meiner Fernsehansprache werde ich zusätzlich verkünden, dass ab Mitternacht alle Autobahnspuren, die von Norden, Süden und Osten ins Ruhrgebiet führen, gesperrt werden. Nur der Gegenverkehr bleibt frei. Das hat es noch nie gegeben und muss als Warnung für die Bevölkerung reichen. Ich will in jedem Fall eine Massenpanik verhindern."

Wagner begann vorsichtig, sein bisheriges Urteil zu revidieren. Dieser Plan des Bundeskanzlers könnte aufgehen.

„Machen Sie sich Notizen Wagner, ich bin noch nicht fertig."

Eilig schlug der Staatssekretär sein Notizbuch auf.

„Wir versetzen Bundeswehr, Katastrophenschutz und Polizei in Alarmbereitschaft. Kein Wort von möglichen Erdbeben und ihren Folgen. Wir müssen die Leute dort abholen, wo sie mit ihrem Wissensstand sind. Da schadet zu viel Wahrheit eher, als dass sie hilft. Und, hören Sie, auch kein Wort von diesem ominösen Killervirus."

Der Bundeskanzler ging nachdenklich hinter seinem Schreibtisch auf und ab, kam langsam in Fahrt.

„Die Bundesregierung bleibt vorerst in Berlin. Genauso der Sicherheitsrat. Die Vizekanzlerin soll die Leitung übernehmen. Wir beide, Wagner, gehen nach Bonn. Bereiten Sie alles vor. Ich werde persönlich die Leitung des Krisenstabes Epidemie leiten."

Der Kanzler streckte sein Kinn vor und wirkte jetzt wild entschlossen. Die Leitung des Krisenstabes Epidemien hatte er nur übernommen, weil er innerlich fest daran glaubte, das Virus-Gespenst würde an ihnen vorbeiziehen, ahnte der erfahrene Staatsekretär.

„Sie, Wagner, Sie sind mein bester Mann. Sie leiten den Krisenstab Naturkatastrophen und Wiederaufbau und

240

berichten mir, falls nötig, stündlich. In Zeiten wie diesen braucht Deutschland gestandene Kerle wie Sie."

Inhaltlich gab Wagner dem Bundeskanzler jetzt zu einhundert Prozent recht, auch wenn ihm angesichts der Herkules-Aufgabe, die auf ihn wartete, ganz flau wurde.

„So, und jetzt holen Sie mir Düsseldorf an die Leitung, und dann berufen Sie das Kabinett ein."

*

Freitag, 22. Oktober: Mariupol, Ukraine

Alexej verachtete die Arbeit der russischen Geheimdienste, weil sie solche Aufträge wie den, den er vor wenigen Stunden erhalten hatte, allzu häufig mit der Diskretion eines Silvesterfeuerwerks abwickelten. Als Informanten dagegen waren ihm die GRU, der SWR und die vier 'F-Dienste' ausgesprochen willkommen. Sie wussten sehr genau, was in der Ukraine vor sich ging, sie waren bestens vernetzt und hatten keinerlei Interesse, sich bei seinem aktuellen Auftrag selbst die Hände schmutzig zu machen.

General Diggins' Mann für die besonderen Fälle warf einen Blick auf die schematische Darstellung der Sauerstoffversorgung des Flugdecks der Embraer 170. Zwei redundante Systeme, baugleich. Jeweils ein Druckgasbehälter für die Sauerstoffversorgung bei Notfällen, angesteuert über pneumatische 2/2-Wegeventile. Alexej riss ein kleines Stück blaues Putzpapier von einer Rolle und zerteilte es. Dann zog er bei beiden Luftversorgungssystemen die Schläuche am Pneumatikventil ab, rollte die kleinen Papierschnipsel zusammen und stopfte sie in die Schläuche. Eine kleine 'Unachtsamkeit' bei der Wartung des Systems, mehr nicht. Für den notwendigen Druckabfall in der Kabine würde ein defektes Bolzenschussgerät sorgen, das sich bereits, versehen mit ordnungsgemäß ausgefüllten Rücksendepapieren, im Frachtraum befand und beim Erreichen einer Höhe von achttausend Metern ein letztes Mal seine Durchschlagskraft beweisen würde.

*

Lena zog im Laufen ihr Telefon aus der Hosentasche und wählte eine gespeicherte Nummer.

Freizeichen, ... dann sprang die Mailbox an.

Verdammt!

Sie hatte es schon auf der Fahrt mehrfach versucht, aber Steph ging nicht ran, dabei hatten sie genau diese Nummer für Notfälle abgesprochen.

Ein prüfender Blick: die Nummer war richtig, kein Zweifel. Sollte sie etwas auf die Mailbox sprechen?

Nutzlos!

Sie brauchte die Hilfe jetzt. Steph musste ihnen sofort eine neue Reisemöglichkeit organisieren.

Verärgert steckte sie das Handy ein und stieß mit Schwung die große Glastür zum Mariupol International Airport auf.

Die Bezeichnung *International* war ein Witz. Seit dem Krieg im Donbass wurde der Flughafen fast nur noch militärisch genutzt. Lediglich ein einziger Schalter, nur Inlandsflüge, davor ausschließlich wartende Soldaten.

Ein banger Blick nach oben: Auf der zentralen Anzeigetafel begannen sich die Buchstaben zu drehen, dann war der Flug nach Kiew verschwunden.

Sie kamen zu spät.

Der Flug, den Steph für sie gebucht hatte, war abgeflogen. Ohne sie.

Damit war auch ihr Anschlussflug nicht mehr zu erreichen. Sofort meldeten sich bei Lena die starken

Kopfschmerzen wieder, die sie schon seit Rostow quälten.

Die Taxifahrt hatte viel länger gedauert als geplant. Zuerst, kurz hinter Rostow, hatten sie das Gefühl, dass ein schwarzer Aurus Senat sie verfolgte. Waren sie schon paranoid, oder wurden sie tatsächlich verfolgt? Eigentlich waren solche Luxuskarossen keine Geheimdienst-fahrzeuge, doch der Wagen ließ sich nur mühsam abschütteln. Sie durften nichts riskieren. Sie mussten ihre kostbare Fracht schützen. Eine zweite Chance, an den Impfstoff zu kommen, würde es für sie nicht geben.

Aber die wertvolle Zeit fehlte jetzt.

Auf Umwegen erreichte ihr Taxi endlich die Grenze. Dort versperrten ihnen ukrainische Soldaten den Weg. Lena versuchte alles Mögliche, um passieren zu dürfen, keine Chance, diesmal auch keine Frage des Geldes. Sie ließen den russischen Taxifahrer nicht in die Ukraine einreisen.

Wieder hieß es warten.

Ihr Zeitpuffer schmolz dahin.

Als endlich ein ukrainisches Taxi für die Weiterreise bereitstand, war es schon zu spät.

Die leere Anzeigetafel des Flughafens bestätigte: *Es war alles umsonst!*

Lena sprintete trotzdem Richtung Check-in-Schalter. Mit zuckersüßem Lächeln schlängelte sie sich zwischen den jungen Soldaten durch, die anzüglichen Pfiffe mit einem Augenzwinkern erwidernd, Markus hinter sich herziehend. Innerhalb weniger Sekunden stand sie vorn am Schalter und schilderte ihr Anliegen.

Während die Service-Mitarbeiterin etwas auf dem Bildschirm suchte, wählte Lena erneut die Nummer.

„Heb endlich ab", drängelte sie leise. Als die Mailbox ansprang, legte sie auf. Was war nur los mit Steph?

Markus stand neben ihr, seinen Rucksack auf der Schulter, und beobachtete Lenas sinnlosen Versuch. Er schaute auf die Uhr und sah sich um.

Ihr Flug war seit zwanzig Minuten weg.

Plötzlich stieß Markus Lena an und deutete hektisch auf den Fernsehschirm über ihnen. Gerade zeigten die Nachrichten, wie sich von Hongkong in der Bildmitte rote Linien in alle Himmelsrichtungen ausbreiteten und sich wie ein Spinnennetz über die Welt legten. Erreichten die Linien eine Großstadt, explodierten neue Linien in alle Richtungen. Der Lauftext am unteren Bildschirmrand lieferte die Erklärung:

+++ Hongkong: Unbekanntes Virus ausgebrochen +++

Trotz der Geräusche in der Wartehalle konnten sie die letzten Sätze der Eilmeldung aufschnappen. „Unbekannte Infektionskrankheit breitet sich rasend schnell über das weltweite Flugnetz aus", übersetzte Lena, ohne den Bildschirm aus den Augen zu lassen. „Infektionsdynamik durch globale Vernetzung und internationalen Flugverkehr kaum zu stoppen. Luftverkehrsknoten London, New York, Frankfurt vermutlich zuerst betroffen. Großbritannien verhängt unbefristetes Landeverbot für Flüge aus Hongkong."

In der Zwischenzeit hatten sich die roten Linien immer weiter ausgebreitet und die Weltkarte komplett rot gefärbt. Was heute eine Prognose war, könnte morgen Realität sein, wenn die Verantwortlichen nicht rechtzeitig handelten.

Markus schaute Lena bestürzt an. „Sag, dass es nicht der Anfang ist."

Es ist vermutlich der Anfang und wir sitzen hier im Nirgendwo fest, dachte Lena und sah, wie Markus im Angesicht der bedrückenden Meldung seine Hand auf die

Jackentasche legte, als wollte er sich versichern, dass beide Ampullen noch da waren.

Die Nummer des Bundeskanzleramts! Schon mit dem ersten Klingeln hatte Lena ihr Handy am Ohr. Nach zwei Minuten legte sie auf und ließ ihr Gespräch mit dem Kanzler noch einmal Revue passieren. *Was für ein seltsamer Dialog.*

Die Sondermeldungen von der beginnenden Virus-Epidemie liefen gerade über die Monitore der Welt. Langsam schien Deutschlands Regierungschef die Dringlichkeit zu begreifen.

Wir versuchen, Ihnen ein Flugzeug zu schicken. Seine Zusage klang vage. *Aber das könnte dauern.*

Bleiben Sie in Moldawien! Mein Staatssekretär koordiniert alles Nötige, so seine Worte.

Mariupol, Ukraine, hatte sie ihn korrigiert.

Ja, ja, ja! Habe ich gerade etwas anderes gesagt?

Lena wusste nicht recht, was sie von dem Telefonat halten sollte. War das Bundeskanzleramt tatsächlich ernsthaft dabei, alle erforderlichen Maßnahmen zu veranlassen?

Lena drehte sich zum Check-in-Schalter und sah zu ihrer Überraschung die Service-Mitarbeiterin lächelnd den Telefonhörer auflegen. „Sie werden in einer Minute von einer Flugbegleitung abgeholt." Dann entschuldigte sie sich höflich im Namen der Airline, dass eine technische Überprüfung ihren Abflug heute um dreißig Minuten verzögert habe.

Unglaublich! Lena konnte ihr Glück nicht fassen. Ihr Flugzeug war noch nicht abgeflogen.

Sie mussten nicht lange warten, bis die Flugbegleiterin, schon von weitem an ihrem hellblauen Kostüm und gelbem Halstuch zu erkennen, auf sie zukam.

Eingerahmt wurde die junge Frau von zwei scherzenden Flugzeugmechanikern in Overalls.

„Frau Eck, Herr Manx? Folgen Sie mir bitte." Lena und Markus in Schlepp nehmend, drehte sie um und ging zurück Richtung Flugzeug. Durch die dünnen Wände der Flugbrücke hörten sie ein leichtes Brummen. Die Embraer 170 ließ bereits ihre Triebwerke warmlaufen.

Lena schaute Markus an und nickte. Heute hatten sie wirklich Glück. Vielleicht konnten sie es doch noch schaffen.

Niemand beachtete den schlanken jungen Mann im Mechaniker Overall und der markanten Narbe im Gesicht, der abseits der Startbahn im Schatten einer Halle stand und eine American Spirit rauchte.

*

Freitag, 22. Oktober: Virginia, Newport News

„Willkommen an Bord der Sea Force One, Mr. President." Mit den gestreckten Fingern der rechten Hand berührte Joe Diggins seine Kopfbedeckung. Die militärische Ehrbezeugung führte er in gewohnter Manier schnell und straff aus. Der 4-Sterne General und US-Verteidigungsminister stand in Newport News, Virginia, mit Blick auf den Atlantik und begrüßte die Ankommenden, alle handverlesen und erste Garde der Politik.

Er liebte diesen Hafen, diesen Geruch. Hier bei Northrop Grumman, in der größten militärischen Werft der Welt, schlug das kriegerische Herz der USA. Hier ließ Diggins Amerikas Zerstörer, Atom-U-Boote und Flugzeugträger bauen. Sein Blick ging am Präsidenten vorbei auf die andere Seite des Hafens. Dort lag das berühmte Trockendock zwölf mit einer Länge von sagenhaften sechshundertsiebzig Metern groß genug, um Flugzeugträger zu bauen.

Von außen unscheinbar, aber noch viel eindrucksvoller, waren die drei U-Bootbunker hinter ihm. Von der Atlantikseite sah man nur drei riesige Öffnungen, verschlossen von Stahltoren. Das schmucklose Gebäude bestand aus meterdicken Betonwänden, genaugenommen drei Hallen, jede einzelne so groß wie zwei Footballfelder.

In jeder freien Minute hatte sich Diggins aus dem hektischen Washington D.C. hierher fliegen lassen. Einhundertneunzig Meilen, mit dem Hubschrauber ein Katzensprung. Das hier waren seine Babys: die Zerstörer, die Flugzeugträger und dann das Nautilus-Projekt! Das gigantische Projekt umfasste eine unterseeische Stadt, *New Manhattan,* und die drei größten U-Boote, welche die Menschheit je gebaut hatte, die Sea Force One, die Kastor und die Pollux.

Es ging Diggins nicht um irgendwelche persönlichen Eitelkeiten. Aber dass der Präsident die Leitung des Nautilus-Projektes an einen Zivilisten übergeben hatte, das hatte den alten Haudegen doch getroffen. Und ausgerechnet diesem Jasper Collins von der NASA, dem er, Diggins, nicht mal die Leitung der Kombüse auf der Sea Force One, übertragen würde.

Der Präsident hatte den Gruß des Generals mit einem leichten Nicken erwidert, als sein Adjutant herbeigeeilt kam.

„Mister President", sofort klappte er seinen Laptop auf. „Die Lage in Florida verschärft sich."

Diggins trat neben den Präsidenten und beide blickten konsterniert auf den Monitor, der tausende von schweren Pick Ups und SUVs zeigte, die in langen Autoschlangen nach Süden krochen und sich in Cape Canaveral vor den Toren des Kennedy Space Centers stauten.

„Mister President, unser Weltraumbahnhof ist in Gefahr."

„Verdammt, das seh ich selbst", raunzte der Präsident seinen Adjutanten an.

Die aufgebrachte Menschenmenge rückte mit jedem Schritt näher an die militärische Absperrung und bedrängte die Soldaten. Eine Kamera zeigte einen Abschnitt, etwa zweihundert Fuß vom Haupttor entfernt, wo die ersten Ankömmlinge begannen Abschleppseile an Sperrzäunen und Pickups zu befestigten.

„Haben Sie die Lage unter Kontrolle, Herr General?", fragte der Präsident, ohne seinen Blick vom Laptop zu nehmen.

„Nein, Mister President." Die Tränensäcke von Joe Diggins waren durch die letzten schlaflosen Nächte noch größer geworden und ähnelten den hängenden Kehllappen eines alten Hahnes. Seine Lippen wirkten blass und schmal wie ein Strich.

Diggins hatte geschworen, Amerika gegen alle Feinde zu verteidigen, selbst mit seinem Leben.

Aber das hier, das sind nicht die Feinde Amerikas. Es sind amerikanische Familien in Angst um ihre Zukunft.

Aber jetzt wollte der Präsident eine Erklärung von ihm.

„Die idiotische Falschmeldung heute Mittag, dass die wichtigsten zweihundert Politiker mit der *Orion* den Planeten dauerhaft Richtung Mars verlassen wollen, hat das ganze Chaos verursacht, Mister President."

„Dann erklären Sie den Menschen, dass die Orion überhaupt nicht flugfähig ist und vermutlich in den nächsten hundert Jahren auch nicht flugfähig sein wird."

Was für ein führungsschwaches Arschloch, dachte Diggins. *Macht sich mit der Sea Force One in wenigen Minuten aus dem Staub, und ich soll die armen Schweine beruhigen, die er hier verrecken lässt.* Damals hatte

Diggins das Amt des Verteidigungsministers nur übernommen, um Amerika vor den Fehlentscheidungen dieses Idioten zu schützen. Heute bereute er seine Entscheidung.

Die Kamera zeigte jetzt, wie Zaunelemente aus der Verankerung gerissen wurden und die ersten Fahrzeuge durch die Lücke auf das Gelände vordrangen. Die Menschenmenge strömte in Richtung des riesigen Vehicle Assembly Buildings. Der imposante Hallenwürfel, kurz *Raketenhalle* genannt, war die Geburtsstätte des Raumschiffs Orion, des Schiffes, das ursprünglich dafür bestimmt war, die Menschheit zu ihrem neuen Lebensraum auf dem Mars zu bringen, aber schon seit Jahren unfertig vor sich hin moderte.

Diggins musste beim Anblick der Raketenhalle an die alte Zeit zurückdenken. Die Fantasten von der NASA hatten der Politik früher einzureden vermocht, dass ein Leben im All der Traum der Menschheit sei. Die Reise in die Unendlichkeit. Hightech Raumfähren als Religionsersatz.

Was für ein Bullshit!

Diggins hatte immer dagegen gekämpft, die vielen Milliarden Dollar im Weltraum sinnlos zu verballern. Erst als die US-Politik erkannte, dass die Zeit für die Verwirklichung des Weltraumabenteuers nicht reichen würde, verabschiedete sie sich von diesem utopischen Ziel.

Die Verantwortlichen hatten inzwischen auch eingesehen, dass die Erde nicht mehr geschützt werden konnte. Es gab keine grüne Supertechnologie oder kohlendioxidfressende Roboter, die die Menschen vor den Folgen des Klimazusammenbruchs bewahren konnte. Man hatte nichts, nicht einmal einen Strohhalm, an den man sich klammern konnte.

Das war die Geburtsstunde des Nautilus-Projektes, der Bau einer geheimen unterseeischen Stadt für zwanzigtausend Menschen mitsamt den drei größten Transport-

U-Booten der Welt, der *Sea Force One* und ihrer beiden Schwesterschiffe.

Diggins wusste, warum das Scheitern der Mars-Mission trotzdem bis heute verheimlicht wurde: Erstens wollte man den Menschen nicht die Hoffnung auf Rettung nehmen und zweitens nicht vor den Russen und Chinesen eingestehen, dass die USA für fast eintausend Milliarden Dollar Schrott produziert hatten, der jetzt in der hermetisch abgeschirmten Raketenhalle vor sich hin gammelte. General Diggins schüttelte kaum wahrnehmbar den Kopf, als könne er damit seine Gedanken verscheuchen.

Jetzt ist eh alles egal!

Die Bilder auf dem Monitor zeigten, dass sich die Soldaten im Kennedy Space Center von der aussichtslosen Sicherung der Außenanlagen zurückzogen und sich in großem Abstand um eine gewaltige Stahlkonstruktion gruppierten: Eine in die Jahre gekommene Startplattform, auf der ein veraltetes Space-Shuttle abschussbereit wartete.

Die Menschenmenge drängte weiter auf das Gelände vor und ignorierte den Countdown, der nur etwa einen Kilometer entfernt auf dem Gelände stattfand.

„Three ... two ... one ... ignition!"

Als die zwei Feststoffraketen mit ohrenbetäubenden Knall gezündet wurden, verharrten die Menschen für einige Sekunden, drehten sich kurz zur Startplattform um, dann stürmte der Pulk unaufhaltsam weiter zur Raketenhalle. Jeder wusste, dass in dem museumsreifen Shuttle sich heute definitiv kein Lebewesen größer als eine Kellerassel befand. Vermutlich ein Ablenkungsmanöver.

Es war kein Ablenkungsmanöver. Die alte Startrampe beförderte zum letzten Mal ihre Fracht ins Universum. Keine Menschen, sondern ausgewählter Hartmetall-schrott.

In wenigen Stunden würden sich die Luken des klapprigen Shuttles zum letzten Mal öffnen und die geladenen Metallteile in die Erdumlaufbahn auf Jagd schicken. Nach nur wenigen Tagen, so die Berechnungen der NASA, hätten die zigtausend Kugeln und Würfel aus Titanstahl sämtliche bekannten Satelliten in wertlosen Weltraummüll zerlegt.

Damit wäre die weltweite Kommunikation endgültig erledigt, kein Telefon mehr, keine Navigation, kein Internet, nichts ... Und das für Jahre!

Die Welt richtete ihre Augen im Moment fälschlicherweise auf Cape Canaveral. Hier, achthundert Meilen weiter nördlich, in Newport News, Virginia, lief der echte Countdown.

Joe Diggins wollte gerade dem Präsidenten in den U-Bootbunker folgen, als ihn ein aufdringlicher Piepton innehalten ließ.

*

Freitag, 22. Oktober: Ukraine, Mariupol

„10A und 10B", sagte die junge Stewardess, die sie zu der abflugbereiten Maschine begleitet hatte und deutete auf eine Sitzreihe, in der Mitte des schmalen Flugzeugrumpfes.

Lena rutschte zum Fensterplatz durch, während Markus mit einem wohlwollenden Blick die Stewardess durch den schmalen Gang nach vorne begleitete. Seine Gedanken kreisten um die junge ukrainische Luftfahrt, als er Lenas hochgezogene Augenbraue bemerkte.

„Ähm, ich hatte mir das Flugzeug größer vorgestellt", startete er einen Ablenkungsversuch.

„Und nicht so jung", antwortete Lena kühl und hielt ihm ihr Smartphone vor die Nase. „Diese E-Mail aus dem

Kanzleramt ist gerade reingekommen. Ein Flugzeug ist bereits auf dem Weg, uns abzuholen."

Markus nahm das Handy und streckte seinen Arm soweit aus, dass er die Nachricht lesen konnte.

„Markus Manx, du brauchst eine Brille", analysierte Lena scharf. „Die Flugbereitschaft der Bundeswehr holt uns ab. Hier! In fünfzehn Minuten. Die bringen uns direkt nach Berlin. Dann verlieren wir keine Zeit – jede Stunde zählt."

Markus schaute zur Kabinentür, die sich gerade schloss.

Verdammter Mist! Jetzt müssen die wertvollen Ampullen einen Umweg über Kiew und Frankfurt fliegen!

„Zu spät", stellte Lena resigniert fest.

„Abwarten", konterte Markus und schnallte seinen Sicherheitsgurt los.

„Madame, könnten Sie meiner Frau freundlicherweise erklären, dass dies nicht der Direktflug nach Odessa ist." Markus hatte sich an die junge Stewardess gewandt, die gerade die Gepäckfächer schloss und den Passierraum abflugbereit machte.

„Meine Dame", die Flugbegleiterin beugte sich mit einem Lächeln in Lenas Richtung, „diese Maschine fliegt planmäßig nach Kiew."

„Hab ich's dir nicht gesagt", raunzte Markus Lena lautstark an.

„Hast du überhaupt nicht", schrie Lena zurück. Auch sie hatte ihren Sicherheitsgurt gelöst und schob sich über die Sitze Richtung Gang.

„Würden Sie beide bitte wieder Ihre Sitzplätze einnehmen, wir wollen in zwei Minuten starten."

„Hast du nicht verstanden", röhrte Markus und versetzte Lena einen derben Schubs, der sie zurück in ihren Sitz warf. „Du sollst sitzenbleiben. Ich kläre das hier schon allein, klar?"

„Du bist so peinlich", keifte Lena bewusst laut und riss den Lichtschutz vor dem Fenster hoch. Das mittelalte Paar in der Sitzreihe hinter ihnen hatte sich inzwischen tief in die Sitze geduckt, dass sie kaum noch zu sehen waren.

„Und mach diese verdammte Jalousie wieder runter." Markus beugte sich über Lena und zog den Plastikgriff mit einem lauten Knall wieder nach unten.

„Brauchst du Hilfe, Anastasia?" Der Erste Offizier eilte seiner Kollegin zu Hilfe.

„Alles unter Kontrolle", murmelte die Stewardess leise, aber dankbar über die männliche Unterstützung.

„Darf ich fragen, worum es geht?", wandte sich der Erste Offizier mit fester Stimme an Markus.

„Die blöde Tussi am Flugschalter hat uns für den falschen Flieger gebucht."

„Hör endlich auf mit deiner peinlichen Szene. Du machst uns lächerlich", zischte Lena vernehmlich und riss den Lichtschutz wieder nach oben.

„Es ist immer das Gleiche mit ihm", richtete sie sich mit einem Bambiblick an den Ersten Offizier. „Mein Mann hat panische Flugangst. Dann säuft er immer, bevor er ein Flugzeug betritt, fängt an rumzupöbeln und die Stewardessen und die Passagiere zu belästigen. Sie hätten mal sehen sollen, wie lüstern er gerade ihre reizende Kollegin beglotzt hat."

Markus war überrascht von Lenas schauspielerischem Talent und ihrer Schlagfertigkeit. Ein wohlartikulierter Rülpser, sicherte ihm für seine nächste Aktion die volle Aufmerksamkeit des Ersten Offiziers.

„Ey Sie, Tisch hochklappen, aber schnell. Wir wollen abfliegen." Markus blickte die ältere Frau, die zwei Reihen hinter ihm saß, wütend an, nahm ihre Zeitschrift vom Tisch, klappte diesen geräuschvoll hoch und drückte der Frau die Zeitschrift vor die Brust.

„Und Sie da. Sie schnallen sich wieder an", drohte er einem jungen Mann, der gerade aufstehen wollte, mit der Faust. Dann brüllte er laut durch die Maschine: „Achtung! Es gibt eine Planänderung. Wir fliegen zunächst nach Odessa!" Dann merkte er eine Hand, die von hinten fest nach seiner Schulter griff.

„Flossen weg!" Im Umdrehen versuchte Markus die Hand des Ersten Offiziers von seiner Schulter zu wischen. Dabei bemerkte er den jungen Mann nicht, der inzwischen aufgestanden war und dem Offizier zu Hilfe eilte.

Unter den Beifallsrufen der übrigen Passagiere, des nur zu Hälfte ausgebuchten Fluges, wurde Markus äußerst schmerzhaft der Arm auf den Rücken gedreht.

„Bleiben Sie doch bitte ruhig", versuchte der Offizier die Passagiere zu beschwichtigen. Mit dem zunehmenden Tumult im Flugzeug konnte er nicht umgehen. Insbesondere damit nicht, dass jetzt weitere Männer aufstanden und in den Gang drängten. „Würden jetzt bitte alle ihre Sitzplätze einnehmen und sich anschnallen."

„Du bist eine echte Flasche, Markus", schrie Lena. „Ich lasse mich scheiden."

Ihr Zwischenruf wurde nicht nur mit einem Johlen im Flugzeug beantwortet, er lenkte auch die Passagiere ab, die auf Markus zusteuerten und signalisierte ihnen den unterhaltsamen Höhepunkt des Beziehungsdramas.

„Ich hätte auf meine Mutter hören sollen", konterte Markus und konnte wenigstens bei einigen Passagieren die ersten Pluspunkte sammeln.

„Ich muss Sie bitten, sofort die Maschine zu verlassen. Widerstand gegen die Anweisungen kann nach Paragraph zwölf Luftsicherheitsgesetz …"

„Jetzt kommen Sie mir nicht mit so was", winkte Markus ab und streckte Lena die freie Hand hin. „Los jetzt, komm."

„Ich fliege nie wieder mit dir, darauf kannst du Gift nehmen", fauchte Lena.

„Wir fliegen jetzt nach Odessa."

„Vergiss das."

Einige Passagiere wendeten sich stumm ab, als das Tumult-Paar die Reihen durchschritt. Dann öffnete die Stewardess ihnen die Kabinentür.

Sie hatten es geschafft.

„Wie war ich?", flüsterte Markus.

„Ziemlich überzeugend." Lena lächelte amüsiert. „Aber mir war bisher irgendwie entgangen, dass ich schon deine Frau bin. War das eben ein versteckter Antrag?"

*

Freitag, 22. Oktober: Dubai, International Airport

Die Maschine der Ethiopian Airlines war auf ihrem Weg von Hongkong nach Addis Abeba für ihren Zwischenstopp in Dubai gelandet.

Die Landung verlief planmäßig, wurde aber längst nicht mit von der normalen Routine behandelt, die sonst auf einem der größten Flughäfen der Welt herrschte. Seit sich das Virus von Hongkong aus in die Welt verteilte, wurden alle Flüge aus China bei der Zwischenlandung vollständig entladen und einer sorgfältigen Desinfektion unterzogen. Die weiterfliegenden Passagiere konnten nach einer kleinen Verzögerung und einer erneuten Sicherheitskontrolle zurück an Bord gehen.

Inmitten einer Gruppe Passagiere ging eine elegante junge Frau mit unverkennbar asiatischen Gesichtszügen auf den Security Check zu, um sich für die zweite Hälfte des Fluges einzuchecken. Ruhig stellte sie sich ans Ende der Schlange. Schritt für Schritt rückten die vor ihr Wartenden weiter.

Am Scanner vor der Schleuse griff sie in ihre Handtasche, zog ein Flugticket heraus und drückte den QR-Code auf das Display. Die Anzeige sprang auf grün und gab den Durchgang für den Weiterflug frei.

HKG - ADD, Hongkong - Addis Abeba, leuchtete es auf einem Monitor wenige Meter entfernt im Flughafen auf. Der Bildschirm daneben zeigte Foto, Namen und die sensitiven Personendaten genau dieser Frau.

Auf diesen Moment hatte eine Gruppe Männer, die ununterbrochen auf die Monitore gestarrt hatten, gewartet. Die Botschaft der Vereinigten Arabischen Emirate hatte vor wenigen Stunden einen Hinweis aus Hongkong erhalten, dass die Volksrepublik aktiv das Virus auch in Europa und Afrika verbreiten würde. Sie waren alarmiert und vorbereitet.

„Das ist sie!", brüllte der wachhabende Offizier, schnappte sich seine Dienstwaffe und hechtete aus dem Büro, hin zu dem angezeigten Gate.

Die beiden Hünen, die die ganze Zeit regungslos vor seinem Büro gestanden hatten, folgten wenige Meter hinter ihm. Auch die übrigen Polizisten schlossen sich an.

Die junge Frau hatte bereits die Sicherheitskontrolle für den Weiterflug erreicht. Sie streifte ihre kurze Lederjacke ab und legte sie neben ihre Handtasche in eine graue Plastikwanne, öffnete eine Wasserflasche, die sie bei dem Zwischenstopp erworben hatte, und nahm einen großen Schluck. Gleichzeitig fischte sie mit der anderen Hand unauffällig etwas aus ihrer Hosentasche.

Vorsichtig wanderte ihr prüfender Blick nach allen Seiten. Alles wirkte normal.

Gleich würde sie die Rolltreppe zur Abflughalle nehmen, den Hals der Ampulle anbrechen und diese bei der Vorbeifahrt auf der Rolltreppe in einen Lüftungs-schlitz der zentralen Klimalage des Terminal 1 fallen lassen. Ein winziger Gegenstand, der problemlos durch die breiten Lamellen passte, wem sollte das auffallen?

„AUS DEM WEG!"

Ein kleiner Mann, gefolgt von zwei Hünen mit Maschinenpistolen, stürzte um die Ecke und schob die Gruppe der diszipliniert Wartenden rüde zur Seite.

Die junge Frau versuchte nicht hinzusehen und lächelte unbeteiligt, während sich ihr Arm Richtung Sammelbehälter für Flüssigkeiten ausstreckte, um die halbleere Wasserflasche zu entsorgen. Dann spürte sie den dumpfen Stoß einer Plastikwanne in ihrer Seite. Die Dame neben ihr hatte bei dem Tumult den Halt verloren und brachte sie ins Straucheln. Vergeblich versuchte sich die junge Frau am Förderband festzuhalten.

„HALT - KEINE BEWEGUNG", ertönte es laut. Die Polizisten waren nur noch drei Schritte hinter ihr.

Schnell hob sie die fallengelassene Trinkflasche auf, machte einen großen Schritt nach vorn und versuchte, mit dem spitzen Absatz ihres Schuhs die auf dem Boden liegende Glasampulle zu zertreten.

In der Hektik erwischte sie das kleine Fläschchen nur an der Seite. Die Ampulle, von dem Tritt beschleunigt, verschwand unerreichbar unter dem Gepäckband.

Schnell warf sie die Trinkflasche in den Sammelbehälter und versuchte, die nur einige Schritte entfernte Scanner-Schleuse zu erreichen. Doch die Polizisten hatten sie bereits eingeholt. Im Fallen hörte sie den Offizier schreien:

„DER SAMMELCONTAINER."

Als der Offizier auf ihrem Rücken kniete und ihre Arme brutal nach hinten drehte, verlor sie das Bewusstsein.

Aus Richtung der Diensträume eilten vier Personen mit durchsichtigen Schutzmasken heran. Die beschlagenen Visiere verrieten, wie sie unter ihren Schutzanzügen schwitzten.

„Sie hat es in den Sammelbehälter geworfen", rief der Offizier und zeigte auf den Container.

In Sekundenschnelle stülpte das erfahrene Seuchenteam ein mobiles Zelt über den Behälter. Von allen vier Seiten verklebten die Männer das Zelt luftdicht am Boden, während einer von ihnen einen Luftfilter und eine Unterdruckpumpe anschloss.

„Die ganze Halle räumen!", ordnete der Offizier an. Die beiden Hünen hakten die bewusstlose Verdächtige unter und schleiften sie weg.

Der überraschende Polizeieinsatz hatte auch an den anderen Sicherheitsschleusen zu Unruhe geführt. Zwei Bänder weiter war Panik aufgekommen – ein Attentat? Die fliehende Menge hatte eine Mutter mit ihrer kleinen Tochter umgerissen, die jetzt weinend auf dem Boden umherkroch und ihre Babypuppe suchte. Glücklich zog sie die wiedergefundene Puppe unter dem Förderband hervor, daneben eine winzige Ampulle. Das Mädchen bog einen Arm der Puppe nach vorn, nahm die Ampulle und drückte sie der Puppe wie einen Schnuller zwischen Daumen und Finger in die zierliche Plastikhand. Dann kniete sie sich auf den Boden, steckte sich den Ohrbügel ihres rosafarbenen Spielzeug-Stethoskops in die Ohren und drückte das Bruststück vorsichtig horchend auf den Körper der Puppe. Sie lächelte glücklich. Ihrem Baby schien nichts passiert zu sein. Vorsichtig zog sie die kleine Wollmütze etwas höher, damit die Puppe sehen konnte.

Auch ihre Mutter hatte in der Zwischenzeit den Schreck überwunden und war aufgestanden. Sie streckte ihrer Tochter die Hand hin: „Sarah, our plane is waiting."

Zwei Minuten später schaltete der Sicherungsposten an ihrem Gepäckband seinen Scanner aus, drehte den Schlüssel im Kontrollpult auf AUS und zog ihn aus der Konsole.

Kurz darauf hatte auch das Seuchenteam den kompletten Inhalt des Flüssigkeitsbehälters in luftdichten Kassetten verstaut und war mit diesen abgerückt.

„Das war denkbar knapp", murmelte der Offizier und folgte seinen Guards zu den Büros.

Die Nachrichten auf den großen Wandmonitoren meldeten, dass der große Taifun MANGKHUT in wenigen Stunden die Millionenmetropole Hongkong erreichen würde. Vermutlich würde er einhundert Kilometer westlich der Stadt mit Windböen von über 200 km/h auf Land treffen. Wie lange der Flugverkehr beeinträchtigt sein würde, könne nicht gesagt werden. Sicherheitshalber wurden die offenen Flüge von und nach Hongkong für den Rest des Tages ausgesetzt.

*

Freitag, 22. Oktober:
Frankfurt a. M., Rhein-Main-Flughafen

Sechs Stunden später. Es war ein langer Reisetag. Endlich hatten sie es geschafft. Die Mutter nahm ihre Tochter an die Hand, mit der anderen zog sie ihren Trolley hinter sich her. Sie freute sich, gleich von ihrem Mann, einem in Ramstein stationierten amerikanischen Offizier, abgeholt zu werden.

Obwohl die Maschine in Dubai schon desinfiziert worden war, hatten auch die deutschen Behörden ihre Sicherheitsvorkehrungen massiv verschärft. Geduldig stellte die Frau sich mit ihrer Tochter in die Schlange, die sich vor den Fieberscannern bildete. Die Kontrolle verlief zügig, und die Menge rückte rasch vor. Mutter und

Tochter passierten die mobilen Überwachungsmonitore, hinter denen hochkonzentriert mehrere junge Beamte die Ergebnisse der Fiebermessung prüften. Ohne besonderen Befund. Alle ankommenden Personen zeigten nur unauffällige Blautöne und durften passieren.

Gott sei Dank!

Nicht auszudenken, hätte einer der mitfliegenden Passagiere Fiebersymptome gezeigt. Dann wären vermutlich die Passagiere und die gesamte Besatzung der Maschine für Tage oder Wochen unter Quarantäne gestellt worden.

Als der letzte Fluggast aus Dubai die Kontrolle passiert hatte, öffnete ein Bundespolizist die Tür des Warteraumes und entließ ihre Gruppe in die sehnsüchtig erwartete Freiheit.

Zwei Minuten später fiel die Rückgekehrte erleichtert ihrem Mann um den Hals, der die gut einhundert Kilometer nicht gescheut hatte, um sie persönlich abzuholen. Ihre Puppe fest im Arm haltend war die kleine Sarah vor Müdigkeit im Auto sofort eingeschlafen, vorher hatte sie nochmals geprüft, dass ihr Baby den gefundenen gläsernen Schatz fest in der Hand hielt.

Während sich der Cadillac ruhig Richtung Ramstein bewegte, legte der besorgte Familienvater erleichtert den Arm um seine Frau, froh, dass seine Lieben heil zurück waren.

Der blaue, wolkenlose Himmel versprach einen der letzten warmen Herbsttage in Deutschland.

*

Freitag, 22. Oktober: Ukraine, Mariupol

Der Optimismus, dem Markus und Lena kurzzeitig verfallen waren, als sich die Tür der abflugbereiten Embraer für sie öffnete, verflog ruckartig, als sie die beiden Militärpolizisten am Fuße der kleinen fahrbaren Treppe erblickten.

Widerstand gegen die Anweisungen ... Paragraph zwölf Luftsicherheitsgesetz, kamen Markus die Worte des Ersten Offiziers wieder in den Sinn. Dann war dies kein einfacher Rausschmiss. Kein unkompliziertes Umsteigen in den Direktflug nach Berlin. Aber wenigstens hoben die beiden Militärpolizisten ihre Maschinenpistolen nicht, als sie die beiden Festgenommenen wortlos aufforderten, in den Jeep zu steigen.

Die kurze Fahrt führte über einen holprigen Betonplattenweg und endete vor einem schlichten Gebäude, dessen schmale Fenster an Schießscharten erinnerten. Bevor Markus und Lena in das Gebäude geführt wurden, hörten sie die Turbinen der startenden Embraer aufheulen. Markus blickte sich um: Der Passagierjet war das einzige größere Flugzeug auf dem jetzt verlassen wirkenden *internationalen* Flughafen von Mariupol. Von der angekündigten Maschine der Luftwaffe keine Spur.

Das Büro, in das ihre bewaffneten Begleiter sie führten, war so karg eingerichtet, dass es vermutlich nur gelegentlich genutzt wurde, lediglich ein Hauptraum und zwei Nebenräume, einer davon offenbar als Ausnüchterungszelle gedacht. Markus und Lena hatten auf zwei Holzstühlen Platz zu nehmen, die mit der Rückenlehne zu einer hellblau gestrichenen Wand standen, von der der Putz großflächig abbröckelte.

Der junge Militärpolizist hängte seine Maschinenpistole an einen Haken an der gegenüberliegenden Wand, zog seine Armeejacke aus und setzte sich in den Bürostuhl hinter den Schreibtisch.

Lena sagte etwas auf Russisch zu dem Mann.

Der Militärpolizist antwortete nicht, schien sich aber auch nicht wohlzufühlen.

„Ich habe ihm gesagt, dass wir Deutsche sind und unsere Regierung ein Flugzeug schickt, um uns abzuholen", erklärte Lena.

„Don't talk." Der Militärpolizist stand auf, ging zur Tür und sprach mit dem Mann, der vor der Eingangstür Position bezogen hatte. Als er zurückkam, schaltete er den Fernseher ein und setzte sich.

Lena griff Markus' Hand und drückte sie fest. Der russische Nachrichtensender zeigte Bilder eines abgestürzten Militärflugzeugs mit amerikanischen Hoheitszeichen. Markus konnte weder die kyrillische Laufschrift am unteren Bildschirmrand lesen, noch den Kommentar des Sprechers verstehen.

Der Militärpolizist schaltete auf einen anderen Sender. Markus erkannte den ukrainischen Präsidenten, der eine Rede hielt.

Ihr Bewacher gab eine laute Unmutsbekundung von sich und schaltete weiter. Voice of Russia.

Lena lächelte unschuldig und sagte etwas auf Russisch.

Der Mann nickte sichtlich erfreut und begleitete Lena in das Nebenzimmer.

Markus hörte Geräusche, die er nicht eindeutig zuordnen konnte. Sie saßen hier fest, zweitausend Kilometer von Berlin entfernt, wo man händeringend auf den Impfstoff wartete, den er in seiner Tasche bei sich trug. Und es war nicht abzusehen, ob sich an dieser Situation in absehbarer Zeit irgendetwas ändern würde.

Was jetzt tun? Sein Blick glitt ziellos durch den Raum und blieb dann an der Maschinenpistole hängen. Ließ sich mit dieser Waffe ihr Problem lösen? Wie stünden ihre Chancen, wenn sie ihren beiden Bewachern entkämen?

War es überhaupt eine Chance?

Vorsichtig stand Markus auf. Die Tür zum Nebenraum war angelehnt. In nur zwei Schritten wäre sein Bewacher bei ihm, wenn Lena ihn nicht aufhielte.

Dann wurde die Eingangstür aufgerissen.

Fast zeitgleich öffnete sich die Tür des Nebenzimmers.

Lena erschien in der Türöffnung und stutzte, als sie Markus vor der Wand mit der Maschinenpistole stehen sah. Dann stürzte sie auf ihn zu und fiel ihm weinend um den Hals. „Markus … Rabea und Steph sind tot ... Die Meldung lief gerade in den Fernsehnachrichten ... Das amerikanische Flugzeug, das bei einem NATO-Manöver abgestürzt ist. Sie haben gesagt, es wäre vollgetankt auf eine verlassene Pharma-Forschungsanlage auf den Äußeren Hebriden gestürzt."

Markus brauchte einige Sekunden. „Die Todesliste", murmelte er. „Das war also kein Zufall, dass wir Steph nicht erreicht haben."

Der Mann, der gerade den Raum betreten hatte, räusperte sich vernehmlich. „Sie sind Lena Eck, nehme ich an?"

Der Mann in der Uniform eines Offiziers der deutschen Luftwaffe salutierte flüchtig. „Leutnant Timmermann. Wir sollen Sie und Ihren Begleiter schnellstmöglich nach Berlin bringen. Der Bundeskanzler erwartet Sie." Der Pilot bedankte sich bei den beiden ukrainischen Militärpolizisten und sie verließen das Gebäude.

Draußen, in einem Ford-Transit mit offener Schiebetür und laufendem Motor, wartete bereits ein weiterer Luftwaffenoffizier.

„Das ist Stabsarzt Dimmeler."

„Sie haben die Impfampullen bei sich?", fragte Dimmeler und öffnete eine Kühltasche mit Kunststoff-halterungen.

Vorsichtig zog Markus beide Ampullen aus seiner Jacke und übergab sie dem Arzt, der sie sorgfältig fixierte.

„Haben Sie die Meldung gesehen, die gerade durch alle Medien geht? In Hongkong ist eine tödliche Seuche ausgebrochen, die sich rasend schnell ausbreitet."

Lena und Markus nickten.

„Wir hoffen inständig, dass der Impfstoff das richtige Gegenmittel ist."

„Wenn das Wetter mitspielt, fliegen wir Sie gleich nonstop nach Berlin," sagte Timmermann, zog die Schiebetür von außen zu, setzte sich auf den Beifahrersitz und gab dem Fahrer das Zeichen zur Abfahrt.

Auf dem Parkplatz des Flughafens herrschte eine unerwartete Betriebsamkeit. Autoscheinwerfer leuchteten den Platz aus, auf dem sich eine Menschenmenge versammelt hatte. Vor dem Gebäude bauten Polizisten Absperrgitter auf.

„Das sind vermutlich die Angehörigen der Passagiere, des Abendflugs nach Kiew", informierte sie Timmermann. „Die Maschine ist plötzlich vom Radarschirm verschwunden, als wir im Landeanflug waren."

Lena schloss die Augen und atmete tief durch.

Markus strich ihr über die Wange.

„Es wird ihnen nicht gelingen", sagte Lena kämpferisch. „Was immer diese Dreckskerle vorhaben, es wird ihnen nicht gelingen."

Der Ford-Transit stoppte vor einem weißen Airbus der Luftwaffe.

„Willkommen im Airbus A319 OH, unser fliegendes Auge", begrüßte sie der Pilot. „Wir kommen gerade von einem angemeldeten Überwachungsflug über Russland zurück, darum konnten wir auch so schnell hier sein."

„Glauben Sie, man kann die Ausbreitung der Epidemie jetzt noch stoppen?", fragte Lena Stabsarzt Dimmeler.

„Klar. Man muss die Infizierten sofort isolieren, die Leute auffordern, zu Hause zu bleiben und die Verkehrsknotenpunkte überwachen", antwortete der Arzt aus dem Stehgreif.

*

Freitag, 22. Oktober: Virginia, Newport News

Das Funkgerät von Joe Diggins meldete sich mit einem eindringlichen Piep.

„Herr General, Sie hatten den ausdrücklichen Befehl gegeben, nur Personen, die auf der Boarding-Liste stehen, auf das Gelände zu lassen. Ausnahmen ausgeschlossen. Wir haben jetzt so einen Fall. Der Leiter der Mission Control, Herr Jasper Collins, ist in Begleitung einer Person, die nicht auf der Liste steht. Er besteht darauf, sie mit an Bord zu nehmen. Erbitten Befehle."

„Ich komme zum Haupttor." Joe Diggins sprang, ohne lange nachzudenken, in den alten Humvee, der mit seinem Fahrer bereitstand. Auf gar keinen Fall würde er Collins zusammen mit seiner Begleitung in die militärische Einrichtung oder auf die Sea Force One lassen.

Ausgeschlossen!

Und er konnte sich denken, wen Collins dabeihatte: Julia Scharapowa. Händchenhaltend hatte er ihn gestern zusammen mit der russischen Verteidigungsministerin im Georgetown Park in Washington D.C. gesehen. Wie zwei Turteltauben flanierten die beiden am Potomac River, wenige Meilen vom NASA Hauptquartier entfernt in den letzten Strahlen der Abendsonne. Ein weiteres Indiz dafür, dass sich die militärischen Konturen der Bündnisse schon vor dem finalen Weltuntergang auflösten. Aber wenn er, Joe Diggins, schon nicht selbst die attraktive Julia Scharapowa haben konnte, dann ganz sicher auch nicht Collins, dieser Schlappschwanz.

Die breitstolligen Reifen des Humvees hämmerten über die grobe Betonpiste. Diggins lehnte sich in den harten Kunstledersitz zurück. Er liebte dieses klobige, geländegängige Fahrzeug, auch wenn es kurz vor der Ausmusterung stand.

Wo er der Fahrerin schon einmal begegnet war, wollte ihm partout nicht einfallen. Eine zierliche Frau mit stoppelkurzen blonden Haaren, die so aufrecht hinter dem großen Lenkrad saß, dass sie die Rücklehne nicht berührte. Diggins bildete sich etwas darauf ein, niemals das Gesicht einer attraktiven jungen Frau zu vergessen – schon gar nicht, wenn sie Uniform trug.

Ohne abzubremsen nahm der Humvee die Neunzig-Grad-Kurve zum Haupttor. Diggins hatte Mühe, sich festzuhalten. Jetzt lächelte ihn die Fahrerin an. *Ein fantastisches Lächeln*, fand der Verteidigungsminister. Und obwohl es vielleicht das letzte Lächeln vor der großen Katastrophe war, fühlte er sich hervorragend. Vor seinem geistigen Auge sah er, wie das Gespräch mit Collins ablaufen würde.

Und genauso lief es dann auch ab.

Zuerst berief sich Collins darauf, dass er der Leiter der Mission Control des Nautilus-Projektes sei und hier die Entscheidungshoheit hatte. Der erste Teil des Satzes war richtig, der zweite Teil falsch.

Wie hatte der Präsident es ausgedrückt, als er, wie so oft, Militär und NASA gegeneinander ausspielte: *Jasper Collins ist nicht Ihr Chef. Er koordiniert nur sämtliche Nautilus-Entscheidungen. Alle, ausnahmslos!*

Genau! Und das Nautilus-Projekt war mit der Fertigstellung der Boote heute abgeschlossen. Hier, in dieser militärischen Anlage in Newport News, Virginia, hatte jetzt er, Joe Diggins, General und US-Verteidigungsminister, das uneingeschränkte Sagen. Hier hatte er die Macht, und das war verdammt gut so – für Diggins, nicht für Jasper Collins.

Jasper Collins wollte den Präsidenten persönlich sprechen. Er war über drei Ecken mit der First Lady verwandt. Das wussten alle, und es waren mindestens zwei Ecken zu viel.

Der Präsident war für Collins nicht zu sprechen, beschloss Diggins.

Collins hatte ein persönliches Ticket für das Schiff. Wenn er an Bord der Nautilus wollte, und hierfür blieben nur noch wenige Minuten Zeit, musste er seinem Scharapowa-Täubchen jetzt goodbye sagen.

Goodbye Lili Marl e e e n, goodbye Lili Marleen, summte Diggins den leicht veränderten Refrain.

Nein, verdammt, nie und nimmer würde er die russische Verteidigungsministerin an Bord der Nautilus lassen. Wer konnte schon wissen, ob sie nicht schon wegen Hochverrats in Russland bereits per Haftbefehl gesucht wurde.

Die Zeit drängte. Der Countdown zum Auslaufen der U-Boote lief bereits.

Jasper Collins hatte nicht ohne Julia Scharapowa an Bord der Nautilus gewollt. Darum waren beide zusammen an Land geblieben.

Winning isn't everything, but losing sucks, oder wie siehst du es, lieber Jasper Collins?

Für Diggins war die Sache klar: Es war Collins' persönliche Entscheidung, zurückzubleiben. Punkt. Collins musste wissen, was er tat.

Diggins machte sich wieder auf dem Weg zurück zur Nautilus. Er sprang aus dem Wagen und betrat den riesigen U-Boot-Bunker. Ein Adjutant reichte ihm ein Klemmbrett mit einer Liste, die der Verteidigungsminister schnell überflog. Alle drei Schiffe waren bereit zum Auslaufen: Nur eine Person fehlte - Jasper Collins. *So what?*

Diggins gab den Wachen ein Zeichen. Die Soldaten verschlossen die Eingangstore. Während er zügig über den Steg auf die Sea Force One ging, warf er einen letzten Blick in die sechs Stockwerke hohe Halle und nahm Abschied von den Arbeitsbühnen, mobilen Brücken, Kränen. Schnell sog er einen letzten Atemzug dieses herrlichen Geruchs ein, eine Mischung aus Öl und Feuer.

Durch eine Stahltür betrat Diggins den Turm des U-Bootes und drehte sich ein letztes Mal um, als die taghelle Beleuchtung durch gedimmtes Rotlicht abgelöst wurde. Mit militärischem Gruß verabschiedete sich General Diggins von seinem Amerika. Mit der linken Hand ließ er sein Smartphone ins schwarze Wasser des U-Boot-Bunkers fallen. Er wusste, er würde es nie wieder brauchen. Er hatte das Space Shuttle starten sehen, in wenigen Stunden waren Mobiltelefone etwas für das Geschichtsmuseum. Er drehte sich um, gab dem stählernen Turm der Nautilus einen jovialen Klapps und stieg die Leiter hinunter zum Kontrollraum.

„Meine verehrten Damen, meine Herren, willkommen an Board der Sea Force One." Diggins begrüßte per Mikrofon die Auserwählten. Draußen öffneten sich langsam die riesigen Stahltore und gaben den Blick auf den Atlantik frei. „Machen Sie es sich jetzt gemütlich. Wir bleiben für genau fünf Jahre unsichtbar tief im arktischen Meer, dann machen wir erste Erkundungstouren an die Erdoberfläche."

Sie hatten es geschafft.

Zu gern hätte Diggins in den nächsten Tagen die Gesichter der Demonstranten gesehen, wenn sich herumgesprochen hatte, dass die amerikanische Elite abgetaucht war.

Der ewige Vorwurf, die Politik hätte nicht auf die Wissenschaft gehört und nicht gehandelt, war falsch.

Fridays for Future irrte gewaltig.

Sie hatten auf die Wissenschaft gehört und gehandelt. Bei knappen Ressourcen hatte die Zeit gerade noch gereicht, den eigenen Arsch in Sicherheit zu bringen. Sogar die Abstimmung mit China und Russland hatte ausnahmsweise funktioniert. Und ab morgen würden sie gemeinsam das globale Problem der Erderwärmung dauerhaft lösen.

Die verbleibende Zeit hatte nicht gereicht, einen wirksamen Impfstoff zu entwickeln. Mit einem solchen Impfstoff hätten sie nicht abtauchen müssen, um in Sicherheit zu sein. Aber wahrscheinlich war es sogar besser, sich nicht auf der Erdoberfläche zu befinden, wenn Naturkatastrophen, Epidemien und Kriege die Bevölkerung und den geschundenen Planeten heimsuchen würden.

*

Freitag, 22. Oktober: Dortmund, Signal-Iduna-Park

„Die Stadt-Parfümerie Pieper bedankt sich bei 81.385 Zuschauern", dröhnte es aus den Lautsprechern. Wieder einmal war das Fußballstadion von Borussia Dortmund bis auf den letzten Platz ausverkauft.

Amelie Wagner spürte die Bewegung der soliden Betontreppe unter ihren Füßen. Sie war zum ersten Mal hier. Was hatte dieses anhaltende, rhythmische Schwingen der Konstruktion ausgelöst? Sie blickte sich um. Niemand außer ihr schien sich Sorgen zu machen. Im Gegenteil. Die Stimmung der Leute war so ausgelassen, wie den ganzen Abend noch nicht. Dann bemerkte sie eine Hand auf ihrem Hintern. Im nächsten Moment kratzte ein warmes, stoppeliges Kinn an ihrer Wange.

„Ich habe dir doch versprochen, dass diese Flutlicht-Spiele etwas Besonderes sind."

Mit einem Schlag erstarb der Fan-Gesang, nur um einen Sekundenbruchteil später einem Jubelschrei aus tausenden von Kehlen Platz zu machen.

Amelie riss die Arme hoch. Für einen Moment schloss sie die Augen und schickte ein Dankgebet Richtung Himmel. *Na endlich! Das hat ja gedauert mit dem Führungstor.* Als sie die Augen wieder öffnete, blickte sie in das glückliche Gesicht ihres Freundes, eingerahmt von einem schwarz-gelben Fahnenmeer. Amelie zückte ihr Handy und machte ein Selfie von sich und ihrem Freund, das sie an die in ihren Favoriten gespeicherten Kontakte weiterleitete.

*

Fünf Minuten Nachspielzeit.

„Mann, das gibt's doch nicht, das kann doch wohl, bitte schön, nicht wahr sein!"

Amelie merkte, wie nervös Julian war. Die drei Punkte heute Abend waren fest eingeplant, doch nach dem Führungstreffer hatte sich der BVB aus unerfindlichen Gründen weit zurückgezogen, hatte ängstlich agiert, sich regelrecht vom Gegner im eigenen Strafraum einschnüren lassen.

„Wow!"

Wieder tauchte der Dortmunder Keeper in größter Not im bedrohten Eck ab.

„Ich werde verrückt. Abpfeifen Schiri!"

So kannte Amelie ihren Freund gar nicht. Normalerweise war Julian ein eher ruhiger Vertreter.

Wieder geisterte eine Flanke völlig orientierungslos an Freund und Feind vorbei durch den Dortmunder Strafraum.

„Meeeine Herren! Die spielen sich aber heute einen Stiefel zusammen." Julian fuhr sich mit der Hand durch die Haare. „Hier liegt heute noch was in der Luft, Amelie. Ich hab' da ein ganz mulmiges Gefühl."

Die Spannung kochte weiter. Niemand verließ das bis auf den letzten Platz ausverkaufte Stadion. Auch auf den Sitzplatztribünen standen jetzt die Fans und feuerten die Heimmannschaft an.

Ein letzter Spielerwechsel, um etwas Zeit zu gewinnen. Dann Einwurf für den BVB.

Annahme mit der Brust, vom Gegenspieler eng bedrängt den Ball behauptet, eine Körpertäuschung, dann der öffnende Pass.

Die letzte Aktion des Spiels?

Der Lärmpegel im Stadion strebte neuen Spitzenwerten entgegen. Amelie stellte sich auf die Zehenspitzen und reckte den Hals, um besser sehen zu können.

Drei Borussen mobilisierten noch einmal alle Kräfte und sprinteten mit Höchstgeschwindigkeit über die Mittellinie. Jetzt lief der schnelle Konter Richtung Südtribüne, angetrieben von mehr als achtzigtausend Fans.

Vier Gegenspieler. Uneinig in der Zuordnung. Der erste Schuss. Abgeblockt.

Die Menge raunte.

Dortmund bleibt im Ballbesitz. Ein Pass mit der Hacke zum nachrückenden Mannschaftskapitän.

Julian war jetzt nicht mehr zu halten. „Aus dem Hintergrund müsste Reus schießen – Reus schießt ...", brüllte er.

Der Torschrei blieb aus.

Urplötzlich fand sich Amelie auf den Betonstufen der Stehplatztribüne wieder. Ihr Rücken schmerzte. Beine und Arme anderer Fans, auf denen sie lag, verhinderten Schlimmeres. Langsam hob sie den Kopf. Ihr Freund lag reglos zu ihren Füßen. Gestürzt, wie viele in Block 14 auf der Südtribüne. Überall stöhnten Menschen. Manche fluchten lauthals.

Was war das?, fragte sich Amelie verstört. *Ein Attentat?* Sie hatte keine Detonation gehört.

Sicher, hier ist es laut wie Hölle. Aber einen Knall hätte ich hören müssen.

Amelie wollte zu ihrem Freund. Mühsam gelang es ihr, sich von fremden Körpern zu befreien und aufzustehen. Sie war unverletzt. Sie blickte sich um. Auch auf den anderen Tribünen sah es ähnlich aus wie auf der Süd.

Ein Knistern lag in der Luft. Jemand räusperte sich am Mikrofon des Stadionlautsprechers.

Dann bebte die Tribüne erneut. Entschieden heftiger als beim ersten Mal. Kein leichtes Vibrieren oder Wippen. Mit einem Schlag erlosch das Flutlicht. Ringsum Angstschreie. Sekunden später sprang die Notbeleuchtung an, tauchte das Stadion in geisterhaftes Licht.

Amelie strauchelte abermals. Mit einer Hand bekam sie gerade noch das kalte Stahlrohr eines Wellenbrechers zu fassen und konnte ihren Sturz etwas abbremsen. Sie fand sich direkt neben Julian wieder, der mit dem Kopf seitlich auf einer schwarz-gelben Fahne lag. Sein Gesicht wirkte blass, die Augen waren geschlossen. An der Stirn Schmutz und eine Schürfwunde. Vorsichtig streichelte Amelie ihm über die Stirn.

Julian öffnete die Augen, wirkte benommen. „Na, wie is' es?"

„Und selbst?", fragte Amelie erleichtert. „Was war das, Julian?"

„Ich glaube ein Bergbeben. Und zwar das heftigste, von dem ich je gehört habe." Julian kannte sich aus, er verdiente sein Geld als Bauingenieur mit der Begutachtung von Bergbauschäden.

Gegenseitig halfen sich die beiden auf die Beine.

Auf den ersten Blick hatte das Stadion dem Beben ohne größere sichtbare Schäden standgehalten. Lediglich die großen LED-Anzeigetafeln in den Stadionecken wirkten ramponiert.

Die Masse der Fans drängte zu den Ausgängen. Nur weg hier! Raus aus dem Stadion.

Amelie zeigte auf einen der Ausgänge am Fuß der mächtigen Tribüne. Menschenmassen bewegten sich auf eine enge Treppe zu.

„Wir bleiben erst mal hier", entschied Julian.

„Hallo Fans, bitte bewahrt Ruhe", meldete sich jetzt, der Stadionsprecher über die großen Lautsprecher. „Bitte bleibt auf euren Plätzen. Hier seid ihr im Augenblick ..." Mit einem Knistern und einem schmerzhaft spitzen Ton verstarb die Lautsprecherdurchsage.

In Block 14 wurde es unruhig. Immer mehr Fans schauten jetzt Richtung Spielfeld.

Amelie schätzte, dass seit dem ersten Beben nicht einmal drei Minuten vergangen waren, drei Minuten, in denen sie keine Zehntelsekunde daran gedacht hatte, auf das Spielfeld zu schauen. Jetzt forderte sie ihren Freund mit einem Nicken auf, ihrem Blick zu folgen.

„Hey, der Ball liegt im Tor", freute sich Julian.

„Das meine ich nicht."

Jetzt bemerkte Julian das riesige Loch vor der Westtribüne. Der ovale Krater schien unter dem Bauwerk zu beginnen und zog sich bis in den Strafraum vor der Südtribüne hin. Ratlos standen einige Spieler am Rand des Kraters und blickten in den Abgrund. Aufgeregt zog der Dortmunder Mannschaftskapitän einen Spieler, der besonders nah an der Bruchkante stand am Arm und versuchte, ihn von dem Loch wegzuziehen. Dann kam Bewegung in den Untergrund, und ein tiefes Grollen ertönte, das aus der Tiefe des Schlundes zu kommen schien und mit einem dumpfen Schlag endete. In der Nähe des Lochs hatte sich ein breiter Riss aufgetan und langsam, fast wie in Zeitlupe begann sich die dazwischen liegende Rasenfläche abzusenken.

Julian griff Amelies Hand. Gebannt blickten sie auf den Platz. Sein Griff wurde fester. Er zog sie Richtung Ausgang. Auf Block 14 hatten viele Fans die Aufforderung des Stadionsprechers befolgt und Ruhe bewahrt. Das änderte sich jetzt. Julian bahnte sich robust einen Weg durch die Menschenmasse, Amelie an seiner Hand hinter sich herziehend. Fast hatten sie den Treppenaufgang erreicht. Amelie blickte sich um. Aus den Augenwinkeln erkannte sie, dass eine der großen Anzeigetafeln zu brennen begann.

Der Rempler eines Mannes brachte Amelie aus dem Gleichgewicht und Julians Hand entglitt ihr.

„Amelie!", schrie Julian. Er drehte sich um, wurde aber von anderen Fans immer weiter Richtung Ausgang gedrückt.

Ein lautes, lang gezogenes metallisches Knirschen brachte den drückenden und schiebenden Strom der Stadionbesucher schlagartig zum Stillstand. Gleich darauf ein Schrei des Entsetzens, fast zeitgleich aus Tausenden Kehlen: Die Dachkonstruktion der Westtribüne knickte nach vorne und sank wie ein todbringender Vorhang auf die Zuschauerränge.

*

Freitagnacht, 22. Oktober: Berlin, Kanzleramt

So blass wie heute hatte Staatssekretär Burkhard Wagner Bundeskanzler Jens Stupp noch nie gesehen. Stupp saß vornübergebeugt mit leerem Blick auf einem Stuhl in einer Ecke des Konferenzraums. Er löste seine Krawatte und ließ sie auf den Nachbarstuhl fallen. Auf seinem Gesicht glänzte Schweiß.

Das ist das Ende von Stupp, war sich Wagner sicher. Das abrupte Ende einer kurzen und extrem erfolgreichen politischen Laufbahn. Wie angekündigt hatte Stupp die Bevölkerung in seiner Fernsehansprache zwar auf einen gigantischen Sturm vorbereitet, der Deutschland in den nächsten vierundzwanzig Stunden treffen würde. Das starke Erdbeben hatte er mit keinem Wort erwähnt.

Eine Kommunikationspanne!

Stillschweigend war der Kanzler davon ausgegangen, dass die Erdbeben erst auftreten würden, wenn der Sturm über Deutschland tobte. Niemand aus dem Krisenstab hatte ihn über Dr. Bahlos Theorie der transkontinentalen Wellen aufgeklärt. Auch Wagner nicht. Bahlos Theorie nach konnten bereits die ersten Ausläufer des Sturms an der Küste Erdwellen auslösen, die dazu führten, dass sich schon viele Stunden vor dem Sturm aufgestaute Spannungen in der Erdkruste schlagartig lösten.

Wagner blickte zu den Mitgliedern des *Krisenstabs Naturkatastrophen*, einem von drei Krisenstäben, die zeitgleich im Kanzleramt tagten. Irgendjemand in diesem Raum würde der Königsmörder sein, der seinen Mund nicht halten und Stupps Schafott in Gang setzte.

Die meisten Mitglieder verschanzten sich hinter ihren Bildschirmen. Lediglich die Vizekanzlerin und Dr. Bahlo standen. Die Vizekanzlerin, die den Krisenstab leitete, telefonierte seit zwei Stunden pausenlos, schien Lageberichte einzuholen und Anweisungen zu geben, statt hierfür den Krisenstab einzuspannen und sich auf dessen Leitung zu konzentrieren. Die Frau war als Leiterin des Stabs ein Totalausfall. Und als Hauptverantwortliche für die Kommunikationspanne war sie politisch erledigt.

Wie sah es mit Dr. Bahlo aus? Der Wissenschaftler der German Re war irritiert, dass Stupp ihn, anders als sein Amtsvorgänger, nicht in den Klimarat der Bundesregierung berufen hatte. Dr. Bahlo betrachtete halb entsetzt und halb fasziniert die Bilder, die die Nachrichtensender in die ganze Welt ausstrahlten. Die ARD zeigte live, wie in Köln Feuerwehrleute mit Schläuchen und Atemschutzgeräten versuchten, in die brennenden Ruinen des eingestürzten Doms vorzurücken, um zu retten, was nicht mehr zu retten war. Das stärkste Beben, das die Region in den letzten zweitausendfünfhundert Jahren heimgesucht hatte. Ein Beben mit einer Magnitude von 6,8 war für den Sakralbau und für zigtausend weiterer Gebäude zu stark gewesen.

Der Hubschrauber eines privaten Fernsehsenders kreiste über dem Dortmunder Fußballstadion, zeigte die zusammengebrochene Dachkonstruktion und laufende Rettungsarbeiten. Immer wieder wurde das Bild des Bundestrainers eingeblendet. Auch er gehörte zu den zahlreichen Opfern. Katastrophen-TV. Die Privaten verstanden ihr Handwerk, den Opfern ein Gesicht zu geben.

Dann die Bilder der Polizei, die mit dem Ausmaß der Katastrophe völlig überfordert war und nur versuchen konnte, die laufenden Plünderungen für spätere Ermittlungen auf Video festzuhalten. Weitere Bilder kamen von den Kameras der Polizeihubschrauber, die verstopfte Ausfahrtsstraßen zeigten, Lichterketten, die nur eine Richtung kannten, raus aus der Stadt.

Dr. Bahlos Vorhersagen, als Horrorprognosen gescholten, hatten sich mit fast diabolischer Detailtreue als zutreffend herausgestellt.

Ein junger Regierungsrat zeigte dem Kanzler eine Nachricht auf seinem Handy.

Zu jung, zu unbedarft und vor allem zu wenig ambitioniert, um zu wissen, wann man sich besser von Verlierern fernhält, dachte Wagner und checkte, bestimmt zum fünfzehnten Mal in den letzten zwei Stunden, die Nachrichten auf seinem Handy. Die einhundertzwölf eingegangenen E-Mails interessierten ihn nicht. Genauso wenig wie die achtundzwanzig entgangenen Anrufe. Stattdessen checkte er zum wiederholten Male sein WhatsApp nach neuen Nachrichten. Mit seiner Familie kommunizierte er, wenn er nicht zuhause in Castrop-Rauxel war, fast ausschließlich über die WhatsApp-Gruppe Team Wagner.

Immer noch keine Nachricht.

Da war es auch nicht beruhigend, dass alle im Raum wussten, dass die Kommunikation mit Nordrhein-Westfalen nur noch über Satelliten aufrechterhalten werden konnte, und auch hier schien es in den letzten Minuten immer mehr Störungen zu geben. Wagner öffnete das Bildarchiv auf seinem Handy und schaute sich die Fotos seiner Familie an, die er bei der letzten Geburtstagsfeier seiner Frau gemacht hatte. Dann das Bild, das seine Tochter Amelie ihm vor der Katastrophe von der Südtribüne des Dortmunder Stadions zugeschickt hatte. Ja, er war es, der dafür sorgen würde, dass der Bundeskanzler zur Rechenschaft gezogen werden wird, wenn nur einem von ihnen ein Haar gekrümmt würde.

„Wagner, kommen Sie", forderte Stupp ihn in diesem Augenblick auf.

Der junge Regierungsrat war inzwischen verschwunden, aber seine Nachricht schien dem Kanzler neues Leben eingehaucht zu haben.

„Wagner." Der Kanzler schaute seinen Staatssekretär von unten an. Dann reichte er ihm feierlich die Hand. „Burkhard, mein Freund, setz dich."

Als der Staatssekretär den Händedruck des Kanzlers erwiderte, hatte er den Eindruck, ein Ertrinkender würde nach seiner Hand greifen.

Stupp zog einen Stuhl für Wagner zurück.

„Hast du so etwas schon einmal gesehen?" Stupp reichte ihm sein Handy.

„Ein Atom-U-Boot. Ganz schön riesig."

„Unmittelbar vor dem Auslaufen des U-Boots gemacht und mir direkt zugestellt. Aufgrund der Krise wurde die Nachricht des anonymen Absenders aber nicht priorisiert."

„Welche Nachricht?"

Stupp nahm sein Handy wieder an sich und wischte über das Display. „*Ausgewittert. US-Präsident taucht mit Sea Force One ab.*"

„Das ist ein schlechter Scherz." Wagner schaute den Kanzler entgeistert an. Glaubte Stupp etwa diesem Fake? Für so gefährlich naiv hatte er seinen neuen Duzfreund nicht gehalten.

„Unsere Geheimdienste haben die Echtheit des Fotos bestätigt. Aufgenommen vor knapp zwölf Stunden in Virginia auf der Schiffswerft Newport News Shipbuilding and Drydock Company. Gehört zum Rüstungskonzern Northrop Grumman."

Stupp gab Wagner einige Sekunden Zeit, die Nachricht zu verdauen. Dann ergänzte er: „Seit zwölf Stunden gibt es kein Lebenszeichen von der US-Regierung und anderen wichtigen Entscheidungsträgern in den Staaten."

Wagner wusste, dass sich dies auch nicht damit erklären ließ, dass heute Samstag war. „Was sagen die Briten?"

„Mauern."

„Mauern?"

„Behaupten, nichts Ungewöhnliches festgestellt zu haben, wollen die Sache aber noch mal prüfen."

„Frankreich, China, Russland?"

„Frankreich ist mit dem Sturm beschäftigt, der in wenigen Stunden Paris erreichen wird. In China herrscht ebenfalls seit Stunden Funkstille." Der Kanzler blickte auf seine Uhr. „Aber die stehen auch gerade erst auf. Es gibt jedoch ein beunruhigendes Satellitenfoto aus dem Südchinesischen Meer: Eine Boeing 747 ist auf einer der künstlichen Inseln gelandet, die die Chinesen dort aufgeschüttet haben."

„Du glaubst, …?"

Stupp zuckte die Achseln. „Glauben. Wenigstens scheinen die Russen noch da zu sein."

„Die Russen ziehen Truppen an der Grenze zur Ukraine zusammen. Laut Lena Eck ..."

„Kenne ich nicht."

„Sie ist Mitglied im Digitalrat. Eine hervorragende Frau." Stupp blickte bei diesen Worten kurz zu seiner Vizekanzlerin, die noch immer telefonierte. „Lena Eck behauptet, die Russen hätten unter größter Geheimhaltung einen Antikörper gegen das Virus entwickelt."

„Wie kann das sein? Das Virus ist gerade erst ausgebrochen. Wir wissen nicht einmal, um was für einen Typ es sich dabei genau handelt."

Stupp legte seine Hand auf Wagners Arm. „Frau Eck behauptet weiter, ihr wäre es zusammen mit einem gewissen Markus Manx gelungen, an das Gegenmittel heranzukommen."

„Markus Manx?!"

„Kennst du ihn etwa?"

„Markus Manx ist der Enthüllungsreporter, der die Snow-White-Verschwörung aufgedeckt hat. Leider haben wir damals zu spät auf ihn gehört", erinnerte sich Wagner.

„Burkhard. Beruhige dich. Die Eck und dieser Manx, sind schon mit einer Maschine der Luftwaffe auf dem Weg nach Berlin."

Wagner nickte und legte sein Handy auf den Tisch.

„Gibt es was Neues von deiner Familie?" Stupp deutete auf das Handy.

„Nein, Jens. Das Sendenetz ist zusammengebrochen."

„Du fliegst morgen als Erstes mit einem Hubschrauber nach Castrup-Rauxel, sobald es hell ist," entschied der Kanzler. „Ich übernehme persönlich die Leitung des Krisenstabs Naturkatastrophen. Wir bauen ein Evakuierungs- und Versorgungszentrum am Dortmunder Flughafen auf. Dort treffen wir uns." Der Bundeskanzler blickte zu der Wand mit den Monitoren, von denen fast die Hälfte nur noch ein Bildrauschen von sich gab.

„Wir sind alleine auf uns gestellt, Burkhard. Wir müssen handeln!"

*

Samstag, 23. Oktober: US Air Base, Ramstein

Alexej beobachtete zwei Soldaten, die zügig den Flugzeughangar durchschritten, ihr Ziel fest im Auge. Selbst durch die locker sitzenden Tarnanzüge erkannte er ihre durchtrainierten Körper.

„Mister Alexej Lubow?" Die beiden Männer hatten sich unmittelbar vor ihm aufgebaut.

Alexej nickte und zog ein Schreiben von General Diggins aus seiner Jeans. Sein Auftrag war erledigt. Sein persönlicher Persilschein würde ihn jetzt sicher nach Hause bringen.

Der Leutnant schaute konzentriert für einige Sekunden auf die Sondergenehmigung des amerikanischen Verteidigungsministers. Den Sturm, der unaufhörlich an den schweren Stahltoren des Hangars zerrte, schien er vollkommen auszublenden. Dann blätterte er ein paar Papiere auf seinem Klemmbrett um. „Sir, you are on next Galaxy flight to Dover, Delaware. Departure 6 p.m."

Alexejs Blick folgte den beiden Soldaten, bis sie in einer Tür auf der anderen Hallenseite verschwunden waren. Er legte beide Füße auf seinen Transportsack, der vor ihm auf dem Boden lag, und lauschte dem Sturm, der gegen die Halle peitschte.

Noch fünf Stunden, dann bin ich auf dem Weg nach Hause.

Heute Nacht war er mit der letzten Maschine aus Mariupol ausgeflogen. Dann hatte der Monstersturm alle Flugbewegungen zum Erliegen gebracht.

Er zog sein Handy aus der Tasche und suchte nach Meldungen über den Flugzeugabsturz in der Ukraine von vergangener Nacht. Das Internet baute sich nur im Schneckentempo auf.

Alle Insassen ums Leben gekommen.

Er scrollte weiter.

Das Auswärtige Amt bestätigte: *zwei Deutsche unter den Opfern.* Russland bestritt jegliche Beteiligung an dem Absturz, wie immer. Er drückte die Meldung weg, als Bilder von den trauernden Angehörigen in Mariupol gezeigt wurden.

Immer mehr Paletten mit zusammengeschnürter Ausrüstung wurden für den Rücktransport in die USA herangefahren, die Materialschlangen vor ihm wurden länger und länger. Plötzlich erkannte er den Grund: *Die US Air Base wird gerade vollständig geräumt! Die Elite ist mit der Nautilus abgetaucht. Jetzt werden alle US-Kräfte nach Hause zurückgeholt.*

Morgen um diese Zeit wäre auch er zurück in Amerika. Den Flugplatz Dover, Delaware, südlich von New York, kannte er gut. Von dort waren es noch zwölfhundert Meilen bis Waterloo, Nebraska, einem aus der Zeit gefallen Achthundert-Seelennest, in dem er geboren war. In diesem Nest, fern der normalen Welt, würde er solange den Kopf einziehen, bis das Virus vorübergezogen war.

Wieder sah er den Leutnant den Hangar in seine Richtung zügig durchqueren.

„Sagt Ihnen der Name Mike Matis etwas?"

Alexej blickte geradeaus, während seine Gedanken in der Zeit zurückwanderten. Natürlich sagte der Name ihm etwas. Vor einigen Jahren hatte er diesem Mike in Afghanistan den Arsch gerettet. Und General Diggins hatte neulich beiläufig erwähnt, dass er noch Kontakt zu Mike hielt, der irgendwo beim CIA untergekommen war.

„Jawohl, Sir." Alexej hatte die Füße vom Gepäcksack genommen und richtete sich auf. „Warum?"

„Funkgespräch für Sie."

Er schulterte seinen Gepäcksack und folgte dem Leutnant.

Verdammt nochmal, was wollte Mike von ihm? Und wie hatte er ihn hier in Ramstein auf dem amerikanischen Stützpunkt gefunden? Keiner wusste, dass er hier war.

In dem stickigen Büro am Rand des Hangars reichte der Offizier ihm das Funkgerät.

„Alexej, sieh dir das hier mal an." Mike Matis sparte sich die persönliche Begrüßung und kam direkt auf den Punkt. Er nannte eine Internetadresse für einen virtuellen Briefkasten und ein Passwort.

Alexej tippte alles sofort in sein Smartphone. Das Internet schien noch langsamer geworden zu sein.

„Kommen die beiden dir bekannt vor?"

Alexej stockte der Atem. Er konnte seinen Blick nicht von dem Foto lösen. „Wie, zur Hölle, haben die den Absturz überlebt?", flüsterte er heiser, weiter auf das Bild starrend.

„Es gab keine Überlebenden", antwortete Mike.

Das Foto zeigte seine Zielperson Markus Manx und dessen Freundin Lena Eck vor einem Airbus der Bundeswehr. Zusammen mit dem Bundeskanzler. Die Aufnahme aus Berlin war erst wenige Stunden alt.

„Glaubst du, dass die beiden gewarnt worden sind?", fragte Alexej, auf der Suche nach einer Erklärung.

„Keine Ahnung."

Ich hätte am Gate warten müssen. Ich hätte nicht zulassen dürfen, dass die beiden die Maschine wieder verlassen. Immer noch fassungslos, schüttelte Alexej den Kopf: *Sie sind hier in Deutschland, und sie sind noch am Leben! Fuck!* Die Wahrheit schmerzte.

„Ich geh nach Berlin", sagte Alexej, entschlossen seinen Job zu Ende zu bringen.

„Brauchst du nicht. Die kommen zu dir."

Der Klang einer viergestrichenen Oktave und das zeitgleiche Vibrieren seines Smartphones kündigten den Eingang einer Mail an. „Handy-Ortung?" Alexej öffnete sofort den geschickten Link. Der Bildschirm zeigte zwei Punkte und ihren Standort.

„Die sind in Frankfurt?" Alexej holte tief Luft, bevor er weitersprach. „Du hast was bei mir gut."

„Nein", antwortete die Stimme am Funkgerät, „Alexej, du hast für den Rest des Lebens was bei mir gut."

Und woher weiß Mike, dass ich hier in Ramstein bin?

Mike schien die Frage zu ahnen. „Grüße von General Diggins. Wir sollen dir den Rücken freihalten. Aber ab morgen bist du auf dich allein gestellt. Wir rücken aus Berlin ab."

„Danke", murmelte Alexej und legte den Hörer auf den Tisch.

„Sie können ein Fahrzeug der Air Base nehmen", bot der Leutnant an, der das Gespräch mitgehört hatte. „Wir lassen die Fahrzeuge hier sowieso zurück."

Er nickte und nahm den Schlüssel, der ihm hingehalten wurde.

„Wenn Sie nicht pünktlich zurück sind, fliegen wir ohne Sie."

Alexejs Gedanken rasten. Er hatte seinen Befehl nicht ausgeführt. Die Zielperson lebte. Aber er würde General Diggins nicht enttäuschen. Das war er ihm schuldig. Er hatte noch nie bei einem Auftrag versagt.

Dann riss er sich aus der Vergangenheit los. Wenn dieser verdammte Sturm endlich mal eine Pause einlegen würde, wäre er in zwei Stunden in Frankfurt. Sonst konnte er sein Ticket nach Hause vergessen.

Alexej warf seinen Gepäcksack auf die Rückbank, ließ den Motor an und fuhr los. Zurück in die Schlacht.

*

Montag 25. Oktober: Frankfurt a. M., Ulmenstraße

Die Straßen waren wie leergefegt. Markus ließ das Taxi nicht vor seinem Büro halten, sondern fünfzig Meter weiterfahren und stieg auf der anderen Seite der Ulmenstraße aus. Misstrauisch musterte er die Straße und die parkenden Autos. Alles schien friedlich. Sicherlich trugen die dicken Schneeflocken, die seit zwanzig Minuten fielen, mit zu dem Erscheinungsbild bei.

Oben, bei ihnen in der Redaktionsgemeinschaft, brannte Licht. Kein Wunder, wenn einige Kollegen noch arbeiteten, bei der unübersichtlichen Nachrichtenlage. Für sein eigenes paranoides Verhalten schämte sich Markus längst nicht mehr. Man konnte nicht vorsichtig genug sein, das hatte er mit den Jahren gelernt.

Er fühlte sich hundemüde. Seit der Meldung, dass ein Kampfflugzeug das Labor auf der Isle of Lewis zerstört hatte, konnte er kaum noch schlafen. Steph und Rabea waren tot. Und immer wieder die eine bohrende Frage:

Wie willst du Jonathan den Tod seiner einzigen Tochter erklären?

Er wusste es nicht.

Ihm fehlten die Worte, von den Fakten einmal ganz abgesehen.

Inzwischen fiel der Schnee kübelweise vom Himmel. Im Eingang des Bürogebäudes wischte Markus sich wie in Trance die dicken Flocken von der Jacke.

„Vorübergehend außer Betrieb", verkündete ein Zettel an der Fahrstuhltür.

Langsam stampfte Markus die Stufen zu seinem Büro hoch. Die Tasche in seiner Hand fühlte sich von Stufe zu Stufe schwerer an. Dabei hatte er zuhause nur schnell das Nötigste für ein paar Tage zusammengesucht.

Ein weiterer Gedanke wich ihm nicht aus dem Kopf: *Die zehn biblischen Plagen! Welche Hiobsbotschaft wartet als nächste auf uns?*

*

Dieser verfluchte Schnee.

Alexej nahm das Auge vom Zielfernrohr seines Scharfschützengewehrs und checkte einmal mehr die Szenerie. Hatte er wirklich nichts übersehen? Das Treppenhaus war der einzige Zugang zu dem sanierungsbedürftigen Altbau in der Ulmenstraße. Vier Stockwerke bis zur Büroetage unterm Dach.

Den Aufzug, der seiner Zielperson einen gewissen Schutz vor den Hochgeschwindigkeitsgeschossen seines Präzisionsgewehrs geboten hätte, hatte er außer Betrieb gesetzt. Das außenliegende Treppenhaus mit seinen alten Klappfenstern bot diesem Manx definitiv keinen Schutz. Alexej entschied sich für die großen Fenster neben den Hauptpodesten, sie boten ihm einen klaren Blick auf die Zielperson und ausreichend Zeit.

Eine Flucht über den schmalen Fenstersims auf das Dach des Nachbargebäudes? Lebensgefährlich! Das würde ein Markus Manx nicht wagen. Dafür hing er zu sehr an seinem Leben und an dem seiner Freundin. Alexej schüttelte müde den Kopf, als er daran dachte, wie die beiden ihm in der Ukraine entkommen waren. General Diggins musste vor Wut getobt haben. Diesmal gab es keine Ausreden mehr, aber auch keine Vorgaben, dass es wie ein Unfall aussehen musste. So liebte Alexej seinen Job. Es gab nur noch einen knappen letzten Befehl: Kein Versagen. Keine Zeugen.

Ein letzter Blick auf den Handy-Tracker. *Manx sitzt in der Falle!* Und auch der zweite Punkt, der den Standort seiner Freundin markierte, war gerade zum Stillstand gekommen.

*

Markus und Lena waren froh gewesen, nicht in Berlin bleiben zu müssen. Ohne zu zögern hatten sie das Angebot des Bundeskanzlers angenommen, mit einer Regierungsmaschine nach Frankfurt zu fliegen.

Hoffentlich hat der Kanzler recht, und die Experten können den Impfstoff schnell genug herstellen.

Nicht auszudenken, was passieren würde, erreichte das Virus Deutschland unvorbereitet.

Die letzten Stufen fielen Markus immer schwerer. Er öffnete die Tür zu seinem Büro, flippte den Lichtschalter nach oben und ließ seine Tasche auf den Boden fallen. Er zögerte kurz. Nein, heute war er selbst für einen Kaffee zu schlapp. Er zog den Laptop aus seinem Rucksack und klappte ihn auf.

Das Netz quoll bereits über von aktuellen Katastrophenmeldungen. Frankfurt war noch nicht betroffen, aber im Ruhrgebiet herrschte seit den heftigen Beben totales Chaos.

In Dortmund waren ganze Stadtteile eingesackt. Dorstfeld und Marten nicht wiederzuerkennen, Hausruinen balancierten handbreit neben metertiefen Kratern, bis sie vor laufender Kamera ganz abrutschten und verschwanden. Pausenlos Bilder von Polizei, Feuerwehr und Technischem Hilfswerk, gemeinsam bemüht, Verschüttete zu retten. Die starken Senkungen hatten auch den Ruhrschnellweg, die Lebensader des Reviers, an vielen Stellen zerstört.

Jetzt, wenige Tage nach dem tropischen Sturm, der das verheerende Erdbeben ausgelöst hatte, wurde auch noch ein früher Kälteeinbruch, von Norden kommend, angekündigt. Der Schneeschauer eben war nur ein Vorbote.

Markus klickte auf den nächsten Link. Die Nachrichten zeigten Aufnahmen von zehntausenden Menschen im Schneetreiben auf der Flucht. Die Bevölkerung versuchte, sich mit dem wenigen Hab und Gut, das man tragen konnte, entlang des Dortmund-Ems-Kanals in das schwächer besiedelte Münsterland zu retten. In Dortmund war es zu ersten Plünderungen gekommen.

Im gesamten Ruhrgebiet waren durch Funkenschläge zahlreiche Feuer ausgelöst worden und außer Kontrolle geraten.

Ein Sprecher des regionalen Energieversorgers erklärte live vor der Kamera, RWE hätte die Strom- und Gasversorgung vorsorglich abgeschaltet, um den Ausbruch weiterer Brände zu vermeiden. Mehr als vier Millionen Einwohner seien seitdem ohne Strom und Wärme.

Der Innenminister rief die Bevölkerung auf, Ruhe zu bewahren, sich mit Vorräten einzudecken, aber ansonsten zuhause zu bleiben. Notwendige Evakuierungen würden die Behörden vor Ort anordnen.

In Mainz informierte das Gesundheitsministerium, über vierzig Infizierte in Ramstein, Rheinland-Pfalz. Den Ausgangspunkt der Infektionen vermuten die Behörden in einer Kindertagesstätte der US Air Base. Damit wurden erstmals in Deutschland Krankheitsfälle mit dem neuartigen Erreger bestätigt. Die Betroffenen seien isoliert worden, das Risiko für die Bevölkerung noch gering, beruhigten die Behörden.

Markus stand auf und öffnete Lena. Er war sicherheitshalber mit einem Taxi vorgefahren, sie war mit ihrem Auto nachgekommen.

„Hier, lies das." Markus tippte mit dem Finger auf den Bildschirm. „Diese Meldung ist neu. Sie zeigen sie auf allen Regierungsseiten."

Lena setzte sich in Markus' Sessel und überflog die Meldung.

„Der Bundeskanzler hat dir wirklich zugehört", kommentierte Markus anerkennend.

„Die Infrastruktur im ganzen Land für ein paar Tage vollständig lahmzulegen, ist ja auch die einzige Möglichkeit, die unkontrollierte Ausbreitung zu verhindern. Auch in Frankfurt gibt es seit ein paar Stunden nichts mehr zu kaufen, haben sie gerade im Radio gesagt."

„Jetzt hat es auch uns erreicht", murmelte Markus deprimiert.

„Ja, jetzt wird es ernst." Lena sah nachdenklich aus. Sie schaute auf die Warnung ihres Handys. „Die Stromabschaltung ist schon in ein paar Minuten. Komm!"

Ungeduldig zog sie Markus hinter sich in den Flur und ließ die Tür zufallen. Sie hatten eben den ersten Treppenabsatz erreicht, als die Beleuchtung im Treppenhaus erlosch.

*

„Shit!"

Alexej nahm den Finger vom Abzug. Eben noch hatte das Fadenkreuz seines Zielfernrohrs auf der Stirn von Markus Manx geruht, und ausgerechnet da fiel das Licht aus.

Bis auf einige grüne Lampen der Notbeleuchtung war das Treppenhaus des gegenüberliegenden Bürogebäudes stockfinster. An einen Präzisionsschuss aus dieser Entfernung war nicht mehr zu denken. Alexej schnappte sich ein Ersatzmagazin für seine Pistole und verließ die Wohnung. Das Gewehr ließ er zurück, zusammen mit dem gefesselten Ehepaar, das in der Wohnung lebte.

Eilig sprang er, immer mehrere Stufen auf einmal, durch das dunkle Treppenhaus nach unten. Er musste am Ausgang des Bürogebäudes sein, bevor die Zielperson es verließ. Mit einem kräftigen Stoß drückte er die Haustür auf.

Verdammt. Zu spät.

Auf der gegenüberliegenden Straßenseite verließ seine Zielperson bereits das Gebäude und bewegte sich zügig auf eine Gruppe von Zeugen Jehovas zu.

Sollte er den beiden hinterherlaufen, um sie an der nächsten Hausecke zu stellen? *Nein! Zu auffällig.*

Hektische Aktionen waren etwas für Anfänger. Und nicht ohne Risiken.

Alexej wusste, wo er auf sie warten würde.

*

Ein Geräusch wie ein tiefer Seufzer fegte durch die Stadt. Mit einem Schlag fiel auch die Straßenbeleuchtung aus. Es war stockdunkel. Nur einzelne Bürohäuser bildeten mit ihrer Notstromversorgung kleine Lichtinseln. Die Straßen waren leer, die Stimmung gespenstisch.

Es hatte aufgehört zu schneien.

Auf der gegenüberliegenden Straßenseite sah Markus, wie ein Mann aus einem Wohnhaus stürmte, kurz stehenblieb und dann eilig das Weite suchte.

An der Ecke zum Kettenhofweg, vom trüben Licht der Notbeleuchtung einer Bankfiliale angestrahlt, standen vier vollkommen durchnässte Zeugen Jehovas und hielten unbeeindruckt von der unheimlichen Situation weiterhin ihre Transparente hoch. Einer hatte ein weinendes Kind an der Hand.

Harmagedon las Markus im Vorbeigehen auf einem Transparent, daneben *Unsere letzten Tage*. Das breite Plakat zeigte aufgerissene Straßen, die Menschen verschlangen.

Lena zog ihn weiter.

Deutschland, Frankreich und Belgien hatten in diesem Moment ihre Kraftwerke heruntergefahren und den Strom abgeschaltet. Vielleicht für immer. Der Flugverkehr war vollständig zum Erliegen gekommen, ebenso der Bahnverkehr. In wenigen Stunden würden auch keine Autos mehr fahren, jegliche Mobilität würde erlöschen.

Nach wie vielen Tagen würde die Welt im Chaos versinken?

In den letzten Wochen hatte sich Markus oft gefragt, wie er sich fühlen würde, wenn das befürchtete Szenario einträte. Jetzt wusste er es. Keine Anspannung mehr, nur noch eine große Leere.

Pling!

Überrascht zog er sein Telefon aus der Tasche. Trotz des Stromausfalls schien wenigstens hier in der Innenstadt das Mobilfunknetz noch zu funktionieren. Wortlos hielt er Lena die Meldung hin:

+++ wir leben! +++
PS du schuldest mir noch eine Antwort
+++ Rabea +++

Markus konnte es nicht glauben. „Rabea und Steph leben!" Sofort musste er an seinen alten Freund Jonathan Schreiber denken. Gleich würde er ihm eine Nachricht schicken, solange sein Handy noch Saft hatte.

„Welche Antwort schuldest du denn Rabea?" Lena schaute Markus mit leicht hochgezogener Augenbraue an.

Markus hob die Schultern. „Keine, die sie nicht kennt."

„Komm, sag schon. Rück raus mit der Sprache. Welche Geheimnisse habt ihr vor mir?"

„Ich glaube wir alle haben Rabea viel mehr zu verdanken, als wir heute wissen", wand sich Markus am Kern von Lenas Frage vorbei.

„Du meinst, dass sie dich alten Spürhund auf die richtige Fährte gesetzt hat?"

Markus lachte kurz auf. Das Bild von dem alten Spürhund gefiel ihm.

*

Die Straßen waren menschenleer. Alexej blickte auf seinen Handy-Tracker und beschleunigte seinen Schritt. Er wusste, wo sie hinwollten und er würde vor ihnen dort sein. Zum Parkplatz am Main waren es nur wenige Minuten.

Kurz darauf eilte er zielstrebig auf den roten Fiat zu, in dem er die Freundin von Markus Manx schon einige Male beobachtet hatte.

Geschafft.

Alexej ging hinter dem Kleinwagen in Deckung. Nicht eine Minute zu früh, Zielperson und Begleitung erreichten soeben den Fußweg, der zum Parkplatz hinunterführte.

Nur noch knapp fünfzig Meter.

Der Countdown lief.

Eilig holte Alexej einen faustgroßen Metallpuck aus seinem Rucksack. Er bemerkte in seinen Aktionen eine ungewohnte Unruhe. Verdammt, was war los mit ihm? Keine Frage, er war im Zugzwang, diesmal durfte er nicht versagen. Nervös stellte er den integrierten Zünder auf vier Minuten und heftete das todbringende Teil unter den Fiat. *Nur für alle Fälle!* Diesmal würden sie ihm nicht entkommen.

Die Beiden kamen rasch näher. Schon konnte er ihre Stimmen deutlich hören.

Vorsichtig spähte er über das Wagendach. Jetzt waren sie nahe genug.

Sie ahnten nichts.

Er entsicherte seine Pistole, richtete sich langsam hinter dem Fahrzeug auf und stützte beide Arme auf das Autodach. Die Pistole lag ruhig in seinen Händen.

Die perfekte Schussbahn.

Jetzt würde er endlich das zu Ende bringen, was ihm bisher misslungen war. Er war eins mit seiner Waffe. Langsam atmete er aus. Dann zog er Millimeter für Millimeter den Abzug durch.

*

Markus konnten ihren roter Fiat 500 schon sehen, als Lena lockend einen Haustürschlüssel hochhielt. „Hoffentlich bist du hierfür noch nicht zu alt. Eine abgelegene Holzhütte im Odenwald. Kein Strom, kein Wasser nichts – nur wir beide. Wir tauchen eine Zeit lang unter!"

Markus schmunzelte. Das hörte sich für ihn verdammt nach einem Happy End an. Dann unterbrach ein weiteres *Pling* den Wunschfilm, der gerade vor seinem geistigen Auge ablief.

+++ ich bin in Frankfurt +++
Ich sehe euch!

Wie elektrisiert hob Markus den Kopf und scannte mit einem schnellen Blick die Umgebung. Dann entdeckte er den Mann hinter Lenas Auto, beide Arme ausgestreckt auf dem Dach, einen schwarzen Gegenstand in den Händen haltend. Sie gaben das perfekte Ziel ab.

„EINE WAFFE!" schrie Markus.

Lena riss entsetzt die Augen auf und folgte seinem Blick.

Urplötzlich brach die Hölle los. Das Aufheulen eines Motors, quietschende Reifen, dann ein Krachen und Scheppern, als sich ein Fahrzeug in den roten Fiat bohrte, ein entsetzlicher Schrei fast zeitgleich mit dem Knall eines Schusses.

Einen Wimpernschlag später lag Lena auf dem Boden, Markus schützend auf ihr.

Als Markus eine gefühlte Ewigkeit später die Augen wieder öffnete, blickte er auf zwei schwarze Armeestiefel, die dicht neben seinem Kopf standen.

„Ihr beide seid also immer noch ein Paar. Das hättest du mir doch einfach sagen können, Markus."

„Der Mann … der Mann mit der Waffe, Rabea."

„Keine Aufregung, der tut keinem mehr etwas."

„Ist er …?"

„Tot. Ja ist er. Er ist mir quasi vor die Kühlerhaube gelaufen."

„Der wollte uns töten, Rabea!", sagte Markus, dem erst jetzt wirklich bewusst wurde, wie knapp sie wieder einmal davon gekommen waren.

„Ja, aber er hat nicht mit eurem Schutzengel gerechnet", sagte Rabea. „Laut Steph war er so etwas wie die dreckige Geheimwaffe von Joe Diggins, dem US-

Verteidigungsminister. Den Rest erkläre ich euch ein andermal, okay?"

„Also lebt Steph wirklich?"

„Ach ja, das wisst ihr ja noch gar nicht. Ihr habt vermutlich die Bilder in den Nachrichten gesehen von dem zerstörten Bio-Labor. Das war für Steph nur so eine Art Empfangshalle, um neue Gäste zu begrüßen. Nicht alle Wissenschaftler, die sie versucht hat zu retten, haben ihr geglaubt, und da wollte sie ihr richtiges Versteck natürlich nicht verraten."

„Und warum bist du nicht bei ihr geblieben?", fragte Markus, während er sich aufrappelte.

„Ich hatte keinen Bock, mich auf einer Ölplattform im Nordatlantik jahrelang mit einem Haufen von langweiligen Wissenschaftlern einsperren zu lassen. Da bin ich abgehauen."

„Und weiter?", fragte Markus, der den Eindruck hatte, Rabea verberge irgendetwas.

Sie wirkte jetzt sichtlich verlegen.

„Mein Vater ... ich wollte sicher sein, dass es ihm gut geht. Und außerdem hatte mir Steph gesagt, dass Diggins einen Killer auf euch angesetzt hat … Da musste ich doch was tun, schließlich hab ich dir die ganze Geschichte doch eingebrockt."

*

Vorsichtig versuchte Alexej, ein Auge zu öffnen. Blut lief ihm ins Gesicht.

Was ist passiert?

Er blieb still liegen, hielt den Atem an und horchte in sich hinein. Alle Körperfunktionen signalisierten Alarm.

„Das war für Noah", hörte er eine Frau im Weggehen zischen. Offenbar hielt sie ihn für tot.

Er versuchte seinen Kopf zu drehen, konnte die Person aber nicht sehen.

Notfallprogramm abrufen. Check der vitalen Grundfunktionen, ertönten in seinem Kopf die programmierten Befehle aus dem Survival Training.

Atmung flach, Puls rasend, Sehkraft eingeschränkt.

Seine Halswirbelsäule schien okay, er konnte auch die Finger bewegen.

Er hob den Kopf und schaute an sich herunter. Er war zwischen zwei Autos eingeklemmt, wie in einem Schraubstock aus Blech.

Limitierte Kampffähigkeit!

Langsam kam die Erinnerung zurück.

Sein hochgepuschter Adrenalinspiegel verhinderte, dass er irgendeinen Schmerz spürte. Er musste hier weg, das war sicher.

Die Erinnerung wurde deutlicher: Der Sprengsatz unter dem Auto!

Überleg, Alexej! forderte er sich auf. *Du musst einen Ausweg finden! Du musst weg von hier, bevor dich deine eigene Bombe ins Jenseits kickt.*

Er glaubte nicht an Glück, nur an richtige und falsche Entscheidungen. Offensichtlich hatte er eine falsche getroffen. In diesem Höllenjob konnte jeder Fehler tödlich sein. Aber jetzt war nicht der Zeitpunkt für eine Analyse, jetzt half nur die nächste richtige Entscheidung.

Die Zeit drängte!

Alexej stützte sich mit aller Kraft nach hinten ab und tatsächlich bewegte sich das hintere Fahrzeug ein Stück. Unter Aufbietung all seines Willens gelang es ihm, sein Bein unter dem Autowrack hervorzuziehen. Erleichtert stöhnte er auf und versuchte verzweifelt, die wenigen Meter Richtung Main zu kriechen.

Er kam nicht weit. Die vier Minuten waren abgelaufen. Der Sprengsatz explodierte.

Alexej schlug die Augen auf. Die Kraft der Detonation hatte ihn die Uferböschung heruntergeschleudert, aber er lebte noch. Vom Mainufer trennten ihn jetzt nur wenige Armlängen.

Er hatte seinen Job erledigt. Die Explosion hatte die Zielperson mit Sicherheit zerrissen. Er hatte noch nie bei einem Auftrag versagt. Mit letzter Kraft zogen seine Arme seinen geschundenen Körper Zentimeter um Zentimeter zum Wasser. Geräuschlos ließ er sich hineingleiten.

Das Wasser war kalt, der Schmerz blieb verschwunden. Er holte tief Luft und tauchte mehrere Züge.

Er hatte sein Versprechen gehalten.

Er war frei.

Er hatte sich nie gefragt, wie es wäre zu sterben, aber jetzt fühlte er sich bereit.

Er musste an seinen Kameraden Mason denken, der sich die Pulsadern aufgeschnitten hatte.

Noch zwei Züge mit einer letzten Anstrengung hinunter in die Tiefe des trüben Wassers.

Wer würde seine Asche auf den Heldenfriedhof nach Arlington bringen?

Ein letzter Gedanke an seine toten Kameraden.

Dann atmete Alexej langsam aus.

*

Die Druckwelle hatte alle von den Füßen gerissen. Zum Glück hatte es sie weit genug entfernt vom Explosionsherd erwischt. „Ist das jetzt das Ende?", stammelte Markus, kreidebleich. In seinen Augen spiegelten sich die Flammen des explodierten Fiats.

„Nach jedem Ende kommt auch ein Neuanfang", entgegnete Rabea cool, während sie mitleidig auf die

Trümmer ihres Laguna blickte. „Apropos: Habt ihr euch eigentlich schon um ein neues Nest gekümmert?"

Markus schickte ihr einen fragenden Blick. Dann suchten seine Augen Hilfe bei Lena, die immer noch auf der Straße kauerte, die Hände schützend auf dem Bauch.

„Wir haben ein Versteck im Odenwald", antwortete Lena für ihn. „Eine kleine Jagdhütte, ganz verborgen und fernab vom Schuss."

„Und wie kommt ihr da hin?" Rabea deutete mit einem Nicken auf die beiden Autowracks.

„Wir laufen", sagte Markus entschlossen.

„Das sind über achtzig Kilometer." Lenas Stimme klang überrascht, nicht klagend.

„In der Tiefgarage der HNP steht noch Dad's alter Volvo. Es gibt einen Ersatzschlüssel. Der klebt immer unter dem Feuerlöschkasten vor dem Heizungsraum. In der Redaktionsküche findet ihr bestimmt auch noch reichlich von dem Dosenfraß, den sich Jonathan immer reinschaufelt."

„Danke", sagte Lena, der Markus inzwischen auf die Beine geholfen hatte, mit leiser Stimme und umarmte Rabea.

„Und wo gehst du jetzt hin?", wollte Markus wissen.

„Ich kenn' da eine schmucke Höhle in Aachen", entgegnete Rabea und lächelte ihm zu. „Macht's gut, ihr drei."

Bevor Markus reagieren konnte, hatte sie sich umgedreht und verschwand zwischen parkenden Fahrzeugen.

Es hatte wieder angefangen zu schneien.

Wenige Straßen entfernt laute Schreie und das aggressive Gebell eines Hundes. Dann war es auf einmal ganz still in Frankfurt am Main.

Markus spürte, wie Lena sich an ihn schmiegte und ihre Hand sich in seine warme Jacke vortastete.

„Macht's gut ihr drei? … So ganz von dieser Welt ist Rabea nicht", konstatierte Markus.

„Nach jedem Ende kommt auch ein Neuanfang", wiederholte Lena einen anderen Satz, Rabeas Stimme imitierend.

Markus nickte. Dann sah er Lenas strahlende Augen.

„Wir sind bald zu dritt, Markus Manx. Wir bekommen ein Baby."

Markus sah sie perplex an. „Ein Baby?"

Lena nickte ermunternd. „Ich wollte es dir schon die letzten Tage sagen …"

Markus brauche eine ganze Weile, bis es bei ihm klingelte. „Fabelhafte Neuigkeiten", sagte Markus und nahm Lena in den Arm. *Woher hat Rabea das nur gewusst?* Er strich Lena sanft übers Haar, als er hinter ihr auf der Hauswand, ziemlich verrußt von der Explosion, einen Schriftzug entdeckte, der unter dem Graffiti eines alten Indianerkopfes stand:

Erst wenn der letzte Baum gerodet, der letzte Fluss vergiftet, der letzte Fisch gefangen ist, werdet ihr merken, dass man Geld nicht essen kann. (CREE)

Die Weissagung!

*

Epilog

Donnerstag, 21. Oktober: Südchinesisches Meer

Marius Kaczynski grübelte. Zum Grübeln hatte er gegenwärtig viel Zeit. Der Deal mit den Chinesen war tot. Er nicht. Dennoch bedeuteten die gut dreißig Stunden, die er jetzt schon in einer kleinen Rettungsinsel im Südchinesischen Meer trieb, für ihn eine bittere Ankunft in der Realität.

Ohne die zweite Hälfte der Zahlung von den Chinesen war er erledigt. Zu viele unbezahlte Rechnungen stapelten sich auf seinem Tisch. Und viel zu viel hatte er in der Erwartung des Geschäfts seines Lebens aus eigener Kasse vorgeschossen, wobei der Begriff 'eigene Kasse' den großzügigen Kredit seiner Hausbank und das nicht unbeträchtliche Privatvermögen seiner Frau mit einschloss.

Diesmal brauchte er sich zuhause nicht wieder sehen zu lassen. Aber vielleicht ist es ja sogar besser, sinnierte er, wenn die Welt glaubt, der unbezwingbare Marius Kaczynski hätte justament seinen Meister gefunden und seine letzte Reise angetreten.

Für einen winzigen Augenblick verschwamm dem schiffbrüchigen Müllhändler ein wenig der Blick.

Dann erregte ein Geräusch seine Aufmerksamkeit. Im nächsten Moment donnerten zwei Stealth Fighter mit chinesischen Hoheitszeichen dicht über das Meer. Dann zogen die beiden Kampfjets plötzlich hoch, trieben sich gegenseitig in einen atemberaubenden Steigflug, während sie sich mit nach oben gerichteter Spitze mehrfach umkreisten.

Fasziniert schaute Kaczynski den beiden Maschinen hinterher, bis sie als kleine Punkte aus seinem Sichtfeld verschwanden. Von den Flugmanövern moderner Kampfflugzeuge hatte er noch weniger Ahnung als vom fachgerechten Recycling gebrauchter Kunststoffver-packungen. Trotzdem hatte er eher den Eindruck, den Tanz zweier Liebender beobachtet zu haben, als das Training für einen Kampfeinsatz.

Ob sie mich von dort oben gesehen haben? Nein, das ist fast ausgeschlossen. Niemand erkannte bei dieser Geschwindigkeit eine kleine orangefarbene Rettungs-insel. Und schon gar nicht in diesem Meer an Plastikmüll, in dem er seit dem Aufwachen trieb. Hier war der große Kaczynski nur ein winziger bunter Stecknadelkopf in einem gigantischen Sammelsurium von Zivilisations-abfällen, mehr nicht.

Plastikmüll bis zum Horizont, und das in allen vier Himmelsrichtungen. So dramatisch hatte er sich die Verschmutzung der Weltmeere nie vorgestellt.

Doch wie sollte es jetzt für ihn weitergehen? Jede Krise ist zugleich eine Chance, hatte der Dortmunder Recycling-Schakal mal gelesen. Klingt gar nicht so schlecht, fand er jetzt. Vielleicht lässt sich daraus was machen. Dann kam ihm eine Idee: *Was würde sich die Gesellschaft wohl saubere Ozeane kosten lassen?*

Immer nach vorne blicken, Marius, motivierte er sich. *dann kommt auch Land in Sicht – und warum nicht Thailand?*

Vielleicht der richtige Zeitpunkt, genau das Leben anzufangen, von dem er immer geträumt hatte.

Traumdestination Thailand, frohlockte es in ihm. Und schon pirschte sich der angeborene Geschäftssinn des schlitzohrigen Dortmunder Müllhändlers an neue Businessmodelle heran.

Crowdfunding!

Warum bin ich da bloß nicht eher drauf gekommen …

Seine reizende Assistentin mit ihrem hübschen Gesicht und den langen Beinen würde er zur Gallionsfigur einer ganzen Serie von Crowdfunding-Kampagnen machen, ach was, er würde einen Kalender mit Jasmin als Modell herausbringen, der sogar den Pirelli-Kalender in den Schatten stellte. Und er würde mit all seiner Geschäftserfahrung von Thailand aus im Hintergrund die Fäden ziehen, weltweit.

Rettet die Weltmeere.
Rettet die Wale.
Rettet MARIUS KACZYNSKI!

Ungeduldig begann er, mit einer Hand in dem Meer von Plastikmüll, das die kleine Rettungsinsel umgab, zu paddeln. Er musste jetzt möglich schnellst an Land, und wenn er übers Wasser laufen müsste. Er brauchte eine Druckerei, die ihm neue Visitenkarten druckte. Jetzt sofort!

Kaczynski sah den Schriftzug bereits zum Greifen nahe vor sich, als die Abendsonne den Horizont berührte:

MaKaRe Ökowirtschaft
– Umweltschutz zu Ende gedacht –

*

Samstag, 25. Dezember: Odenwald

Markus kratzte zwei hartgefrorene Eisblumen von der trüben Fensterscheibe und spähte durch das entstandene Loch in die morgendliche Dämmerung hinaus. Alles war weiß. Der Neuschnee stapelte sich vor der Hütte fast bis zum Fensterbrett und machte jeden Versuch, Brennholz zu holen, zu einem Abenteuer. Noah hatte recht gehabt, ihre Überlebensfähigkeit war verkümmert, aber bisher hatten sie aus eigener Kraft hier draußen durchgehalten.

Wir leben in einer apokalyptischen Welt, sinnierte Markus, zündete eine Kerze an und schlug sein Notizbuch auf.

Weihnachten, 25. Dezember. Alles ist so unwirklich. Aber wir sind gesund und jetzt schon zwei Monate hier im Odenwald. Unsere Lebensmittelkonserven reichen noch für mindestens acht Wochen.

Die Radiosender sind weiterhin aktiv. Jeden Tag warten wir gespannt auf neue Nachrichten. Alle Frequenzen senden bisher aber nur Durchhalteparolen. Keine zuverlässigen Meldungen über die wirkliche Lage in den Städten. Beunruhigend! Wütet das tödliche Virus noch immer in Frankfurt?

Gestern kam die erste Mut machende Meldung: Der Bundespräsident verkündete in seiner Weihnachtsansprache den langersehnten Durchbruch. Deutsche Forscher hätten einen erfolgversprechenden Impfstoff gefunden, die Produktion solle bald beginnen. Haben unsere zwei Impfdosen tatsächlich für eine Produktion ausgereicht?

Wie dem auch sei, gleich musste er raus in den Wald, in ihrer Hütte war es eiskalt, das Brennholz hatten sie schon komplett verfeuert.

„Werden wir uns jemals von dieser Katastrophe erholen?", schimpfte Markus, als er Stunden später zitternd wieder zu Lena unter die Bettdecke kroch.

„Irgendwie geht es immer weiter", flüsterte sie. Vorsichtig legte er seine Hand auf ihren Bauch.

Demnächst

Im Handel ab Herbst 2021

John Kellermann
BEEF – Du willst es doch auch

Leseprobe: **BEEF**

Berlin, Deutschland. Ein altes Sprichwort sagt: *Der Narr hält sich für weise, aber der Weise weiß, dass er ein Narr ist.*

Für Larry kam die Erkenntnis jedenfalls zu spät. Er hatte sich unwiderruflich entschlossen, in dieser Sekunde das Zeitliche zu segnen und sich für immer von dieser Erde zu verabschieden.

Die Entscheidung kam überraschend, war aber nicht ganz freiwillig, da ein Projektil sich brutal seinen Weg durch Larrys Schädelknochen bohrte. Den Frontallappen mit seinen Persönlichkeitsmerkmalen und Sozialverhalten, die bei Larry zu Lebzeiten nicht besonders ausgeprägt gewesen waren, hatte das Geschoss bereits zerstört und wenige hundertstel Sekunden später auch den Rest seines Großhirns. Damit war das neue Jahrzehnt, das so vielversprechend begonnen hatte, schon wieder zu Ende, zumindest für ihn.

Larry war bis vor wenigen Tagen erfolgreicher Chefprogrammierer der größten Suchmaschine der Welt gewesen. Er war einer der fünf einflussreichsten Entwickler der Artificial Intelligence Group, kurz AIG, mit Sitz hier in der deutschen Hauptstadt. Seine Aufgabe bestand darin, die weltweit vernetzten Systeme so zu programmieren, dass sie den Menschen in jeder Lebensphase sinnvolle Vorschläge machten und ihnen das tägliche Leben erleichterten, wo immer es ging.

Larry war sich bewusst, dass die Maschinen, die er baute, keine harmlosen Helfer waren. Denn KI machte mit zunehmender Perfektion nicht nur Vorschläge, am Ende zwang sie uns ihre Lösungen auf. Für Algorithmen zählt der einzelne Mensch, in übertragenem Sinne, nicht das Schwarze unterm Fingernagel und Individualismus ist bekanntlich das Gegenteil eines strukturierten Prozesses.

Bis vor fünf Tagen, als Larry diese schockierende Entdeckung auf seinem Rechner machte, war es ihm egal gewesen.

Und dann war es zu spät.

Dass er nächste Woche mit Miriam, seiner langjährigen Freundin, zusammenziehen wollte, hatte sich erledigt.

Miriam arbeitete für den größten Nahrungsmittelkonzern der Welt: *Clean Meat*. Das deutsche Unternehmen dominierte schon seit Jahren den Weltmarkt und
hatte die Quadratur des Kreises in der Nahrungs-
mittelproduktion gelöst.

Miriam hatte nie verstanden, warum *Clean Meat* ein
so schwer zu durchschauendes Geflecht an Sub-Unter-
nehmen unterhielt. Es war ihr auch egal, denn als
berühmte Spitzensportlerin war sie nur das vegane
Gesicht des Konzerns und nicht dessen CEO. Ihre
Aufgabe war, mit ihrem jungen Gesicht strahlend auf dem
Siegerpodest zu stehen oder lächelnd in Talk Shows zu
sitzen, das Emblem des Konzerns werbewirksam auf ihrer
wohlgeformten Brust. Mit dem unerwarteten Dopingtest
vor fünf Tagen hatte sich alles verändert.

Jetzt saß sie ruhig neben Larry, ohne ein Wort zu sagen
oder einen Mundwinkel zu verziehen. Miriam war seit
einer Minute tot.

*

Freitag, Berlin, Treptow. Vier Wochen vorher: Das
schrille Konzert der Trillerpfeifen schwoll zu einem
Tosen an, als die Menschenmenge mit ihren Traktoren
näherkam. Selbst durch die schallisolierten Fensterscheiben war der Lärm deutlich zu hören.

„Die sind doch nicht alle wegen uns hier?" Jo Krüger,
CEO von Clean Meat, trat dicht an das Geländer, um
einen genauen Blick durch die über mehrere Stockwerke
reichenden Fensterscheiben der Skylobby zu haben. Hier
aus dem fünften Stock der Firmenzentrale konnte er die
Straße, die an dem Gebäude vorbeiführte, sowie den
Treptower Park gut überblicken. Die dichtgedrängte
Menge bewegte sich unaufhaltsam die Puschkin-Allee
herunter, immer weiter auf die Hauptverwaltung von

Clean Meat zu. Die ersten Demonstranten trennten sich aus der Fahrzeugkolonne und hatten fast die dichte Polizeikette vor seinem Gebäude erreicht.

„Leider ja", kommentierte sein persönlicher Assistent Mark Adel die Situation. „Die Bauern haben sich hier ganz auf uns eingeschossen. Die Millionen für unsere Imagekampagne sind wirkungslos verpufft."

Als die erste Stahlkugel, von einer Zwille abgeschossen, die Fensterscheibe direkt vor seinem Gesicht traf, zuckte Jo Krüger kurz zusammen. Aber das Panzerglas hielt stand, ohne einen einzigen Riss zu bekommen. Er spürte keinen Groll gegen die Menge, aber er beschloss, schon morgen die Vorstandsbüros auf die andere Gebäudeseite legen zu lassen: Mit Blick auf die Spree und für die Demonstranten zukünftig unerreichbar.

Ökologische Landwirtschaft, was ein bull shit, dachte er, ohne die Menge aus den Augen zu lassen.

Ihr wisst doch schon seit Jahren nicht mehr, was bei euch wirklich auf dem Teller liegt. Er rieb sich mit beiden Händen nachdenklich übers Gesicht, als ließe sich so der Spuk vertreiben, und beobachtete, wie die Menge an der Polizeikette vor dem Gebäude abprallte und in die Elsenstraße Richtung Spree abgedrängt wurde. Dass sich viele Transparente gegen ihn persönlich richteten, schmerzte ihn. Die Bauern hatte ihn zum Feind Nummer Eins erklärt, und das war schlecht für sein Geschäft.

Jo Krüger, seit fast zehn Jahren Vorstandsvorsitzender von Clean Meat, ließ die letzten Jahre Revue passieren. Er hatte viel erreicht. Er hatte den weltgrößten Nahrungsmittelkonzern aufgebaut. Er sorgte dafür, dass Millionen Menschen keinen Hunger leiden mussten, aber dafür durfte er keinen Dank erwarten. Vor Jahren hatte er diesen neuen Firmennamen durchgesetzt, vielleicht würde er ihn nochmal ändern müssen. Das *Meat* im Namen war nicht mehr zeitgemäß.

Jo Krüger las die Transparente, die gerade unten vorbeigetragen wurden.

Jo: Lass die Sau raus! *Sehr witzig!*

Gerechte Agrarpolitik! *Utopie!*

Die Biene darf nicht sterben – Clean Meat schon! *Lächerlich!*

Zwei maskierte Demonstranten wurden von Polizisten zu einem vergitterten Mannschaftswagen abgeführt. Da unten wimmelte es von Verrückten, geeint nur durch ihren Hass auf Clean Meat.

Er würde das Ende der klassischen Tierzucht erleben, einige dort unten mit Sicherheit nicht. Das Rad der Geschichte lässt sich nicht aufhalten, und wer es versucht, kommt unter die Räder.

Jo Krüger ballte die Fäuste.

Bisher erschienen:

John Kellermann
Das Gold-Komplott

„ ... durchgehend spannend, genau recherchiert und systematisch zu Ende gedacht."

Handelsblatt

„... ein beklemmend reales Bild ... kurzweilige Lektüre"

€uro

Die Finanzmärkte brechen zusammen. Zur Beruhigung der Bevölkerung holt die Bundesbank ihre im Ausland gelagerten Goldbestände nach Deutschland zurück. Auf dem Weg zur „Gold-Pyramide" in Frankfurt wird ein militärisch gesicherter Goldtransport überfallen.

Die Ermittlungen laufen an. Ein Journalist stellt tödliche Fragen. Gefälschte Goldbarren tauchen auf. Aber existiert unser Gold überhaupt noch? Welche Rolle spielt die CIA? Wurden wir alle betrogen?

Der Reporter Markus Manx und die IT-Hackerin Lena recherchieren in Frankfurt, Hamburg und Berlin. Sie geraten zwischen alle Fronten, gnadenlos gejagt von ihren mächtigen Gegnern.

Ein Wettlauf gegen die Zeit beginnt. Aber viel zu spät ...

„... hart an der Realität unserer Tage,
und exzellent recherchiert."

ISBN (dt.): 978-3-7412-6167-1 (Das Gold Komplott)
ISBN (engl.): 978-3-7412-2652-6 (The Gold Conspiracy)

Bisher erschienen:

John Kellermann
Die Snow White Verschwörung

„ ... eine rasante Terror-Fiction"

Wiener Zeitung

Peking *zieht Flotte im Süd-Chinesischen Meer zusammen.*
„Shit!", brüllte Redman, griff sich die Presseschau und
feuerte sie Richtung Tür. Die Russen bedrohten massiv
das europäische Gleichgewicht, und die Islamisten
wollten an das arabische Öl. Da fehlten ihm die Chinesen
gerade noch! Amerika brauchte jetzt die europäischen
Verbündeten! … Verdammt! Peter Redman, CIA-
Koordinator für Europa, schlug frustriert mit der Faust auf
seinen Schreibtisch. Die Zeit lief ihnen davon. Es gab nur
eine Lösung: Operation Snow White musste die
Deutschen aus ihrer Lethargie reißen!
In einem heiklen Aktionsdreieck zwischen rabiaten
Attentätern, fanatischen Umweltaktivisten und der CIA
entdecken der Reporter Markus Manx und die Hackerin
Lena eine entscheidende Spur: Ein perfider Anschlag
steht bevor, mitten ins politische Herz Berlins, eiskalt
geplant und radikal ausgeführt. Ist die Katastrophe noch
aufzuhalten?

„... bedrohlich nah an der Wirklichkeit,
aber hoffentlich keine Prophezeiung."

ISBN (dt.):   978-3-7504-1884-4
ISBN (engl.):   979-8-6070 6407-5

Über den Autor: John Kellermann

Hinter dem Pseudonym John Kellermann steht das Autorenduo Dr. Georg Friedrich Doll und Uli Schiffgen.

Dr. Georg Friedrich Doll studierte Betriebswirtschaft und ist Unternehmensberater. Er lebt und arbeitet in Hamburg. Unter dem Pseudonym John Kellermann sind bereits zwei Thriller erschienen.

Uli Schiffgen ist Maschinenbauingenieur. Unter dem Pseudonym Finn Crawley sind sein London-Krimi *Der Tote vom Swan Pub* und der Sport-Thriller *London-Ultramarathon* erschienen. Er lebt und arbeitet in Dortmund.

Danke!

Jetzt, da das Buch gedruckt ist, möchten wir uns bei unseren Familien und Freunden bedanken: Ohne Eure Hilfe würde das Buch nicht in dieser Form vorliegen. Den schwierigsten Part hatten wieder diejenigen, die früh nicht ausformulierte Manuskriptteile gelesen haben. Liebe Wera, Moritz, Wolfgang, Anna, Jakob, Eberhard, Reinhard, danke für Eure Hilfe, Eure Ideen, Eure Geduld und Eure Korrekturen.

John Kellermann
www.john-kellermann.de